GELD - FREI

Der Weg zurück ins Paradies

Gewidmet, all jenen, die genug vom Geld und dem Kapitalismus haben

Alle Personen, Orte, Handlungen und Begebenheiten sind frei erfunden. Ähnlichkeiten oder Überweinstimmungen mit noch lebenden oder schon verstorbenen Personen sind rein zufällig.

Katharina Kuntzer

GELD-FREI

Der Weg zurück ins Paradies

*Bibliografische Information der Deutschen National-
bibliothek:
Die Deutsche Nationalbibliothek verzeichnet diese
Publikation in der Deutschen Nationalbibliografie;
detaillierte bibliografische Daten sind im Internet
über http://dnb.dnb.de abrufbar.*

© 2016 Name des Autors/Rechteinhabers
Katharina Kuntzer

*Herstellung und Verlag: BoD – Books on Demand,
Norderstedt*

ISBN: **978-3-7431-0285-9**

Inhaltsverzeichnis

Vorwort		7
Prolog		11
Kapitel 1	Fortschritt und Wachstum	13
Kapitel 2	Alles ganz normal	33
Kapitel 3	Der Anfang vom Ende	53
Kapitel 4	Einbahnstraße	74
Kapitel 5	Die Erde dreht sich noch	95
Kapitel 6	Mittendrin	117
Kapitel 7	Opfer müssen gebracht werden	138
Kapitel 8	Drei Generationen	168
Kapitel 9	Alles neu	189
Kapitel 10	Alte Zeit – Neue Zeit	210
Kapitel 11	Weniger ist mehr	234
Kapitel 12	Der Kreis schließt sich	252
Epilog		273
Nachwort		276
Danke		278

Vorwort

Die Würde des Menschen ist unantastbar. So steht es im deutschen Grundgesetz. Alle Menschen sind frei und gleich. So steht es in der amerikanischen Verfassung. Aber ist das wirklich so? Sind wir wirklich alle frei und gleich? Oder sind wir nicht vielmehr ständig auf der Suche nach Freiheit, nach dem eigenem ICH, nach einem selbstbestimmten Leben, dem Sinn des Lebens oder einfach nur nach innere Ruhe? Wir lesen darüber entsprechende Bücher, besuchen Kurse, Seminare und Workshops und merken dabei gar nicht, dass sich ein ganzer Industriezweig um diese Suche entwickelt hat und davon lebt. Und versprochen, keiner wird fündig werden, zumindest nicht auf Dauer, weil dann wäre ja die Lebensgrundlage dieser Industrie verloren. Und das ist nur ein Beispiel, dafür, dass sich alles letztendlich nur um eine Sache dreht: GELD.
Jeder will es und auch noch möglichst viel davon. Aber was ist „Geld" eigentlich genau. Wo kommt es her? Wer bestimmt seinen Wert? Und vor allem, mit welchem Recht bestimmen einige wenige über den Wert? Wer hat damit angefangen, über andere Menschen zu bestimmen, sie zu unterdrücken, gegen sie Krieg zu führen? Mit welchem Recht gebieten Menschen über Menschen? Darf einer nur weil er reich ist, anderen befehlen, was sie zu tun und zu lassen haben? Wie kann es sein, dass sich einige wenige über alle anderen erheben und über diese auch noch bestimmen? Es wird bestimmt, was wir essen, wann wir essen und wie viel. Wer bestimmt das eigentlich und mit welchem Recht? Wie konnten wir dorthin

gelangen, wo wir heute sind und wie kommen wir da wieder heraus?
Es hat viele Geschichtsdokumentationen und Bücher gebraucht. Aber egal, was ich auch gelesen, gehört oder gesehen habe, ich kam immer zu demselben Ergebnis:
Es ist heute noch genauso wie damals bei den Römern, nur mit Fernsehen und Internet. Und das Grundübel ist und bleibt das Geld und die damit verbundene Macht. Und beides funktioniert nur, weil wir dem Geld Wert beimessen, der in Wirklichkeit gar nicht vorhanden ist. Der Wert ist nur in unserem Kopf. Und weil wir uns von Menschen, die wir gar nicht kennen, diktieren lassen, wie wir zu leben haben. Freiheit sieht anders aus. Macht kann nur ausgeübt werden, wenn es auch Menschen gibt, die sie an sich ausüben lassen. Da ist der Mensch irgendwie komisch gestrickt. Da trifft sich eine Gruppe von Kindern um zu spielen. Jetzt kann es sein, dass einer dabei ist, der sehr bestimmt auftritt und sagt „wir spielen Verstecken" und alle anderen machen mit, weil sie es wirklich auch wollen, einige würden vielleicht lieber etwas anderes spielen, trauen sich aber nicht etwas zu sagen und einer wird wohl sagen „das mag ich nicht", und gehen. Es mag auch Gruppen geben, die ausgeglichen sind und die darüber abstimmen, was gespielt werden soll. Aber in der Mehrheit wird es so ablaufen, wie in der ersten Gruppe. Weil so läuft es in der ganzen Welt. Es gibt „Bestimmer" und „Mitläufer" und einige wenige „Aussteiger". Aber wann hat dieses System angefangen und wie? Spätestens seit Pispers „die Lüge des Kapitalismus", Lesch: "Zinseszins, das perfekte Verbrechen", Hörmann: „wie Geld entsteht", Geißler, Hawking, Brodbeck und wie sie alle heißen,

ist vielen durchaus bewusst, dass sich daran etwas ändern muss; dass es so nicht weitergehen kann. Aber die Einen haben eigentlich keine Lust etwas zu ändern, weil es ihnen zu gut geht. Die Anderen haben Lust, aber es fehlt ihnen der Mut dazu, und dann gibt es noch diejenigen, die schon resigniert haben und denken eine Veränderung wäre eh nicht mehr möglich. Und dann ist da ja auch noch die große Frage wie und was kann überhaupt verändert werden? Denn jeder große Umbruch hatte bisher auch immer irgendwie mit Krieg zu tun oder zumindest mit Gemetzel. Also wie verändere ich die Welt ohne großes Blutvergießen und ohne allzu große Verluste, welcher Art auch immer?

Es wurden ja schon so einige Variationen des Zusammenlebens durchprobiert. Zum Beispiel: Sozialismus, Kapitalismus, Kommunismus. Sie wurden auf verschiedene Weise durchgesetzt: durch Diktatur oder Demokratie oder durch Religionsgründungen.

Aber auf Dauer hat nichts so richtig für alle funktioniert, weil es am Ende immer zu Ungerechtigkeiten geführt hat. Und diese Ungerechtigkeiten kamen zustande, weil Geld und Macht mit im Spiel waren und immer noch sind. Daher konnte auch der „Liberalismus" nicht funktionieren.

Nur einmal angenommen, alle Soldaten legten ihre Waffen einfach nieder und weigerten sich fortan zu schießen? Der Diktator oder Präsident oder König oder wie auch immer der jeweilige Machtinhaber sich gerade nennen mag, könnte einen Kopfstand machen und mit den Füssen wackeln. Mehr aber auch nicht. Er könnte hüpfen, wie einst das HB-Männchen, keiner würde mehr seinen Befehlen folgen. Aber die Menschen schaffen es ja nicht einmal, die Uhren nicht mehr auf Sommerzeit zu stellen, obwohl sie diese Zeitumstellerei gar nicht mehr wollen. Die Erde würde sich trotzdem weiter drehen, aber auch bei so etwas Banalem geht es nur um das Eine – das Geld. Genauso wie die Einführung der Zeitumstellung würde die Abschaffung ja erst einmal wieder Geld kosten.

Was geschähe nun, gäbe es das Geld- die Grundlage aller Macht und die Grundlage allen Übels- nicht mehr?

Ich habe diese Frage in meinem Bekannten- und Freundeskreis gestellt und sehr unterschiedliche Reaktionen erhalten. Von nachdenklich bis „das geht ja mal überhaupt gar nicht" war alles mit dabei. Keiner konnte sich eine Welt ohne Geld auch nur im Entferntesten vorstellen. Das hat mich zu diesem Buch inspiriert. Manches mag vielleicht etwas utopisch anmuten, aber „geht nicht" gibt es bei mir nicht. Schließlich hat unsere Gattung es geschafft, sich buchstäblich weltweit auszubreiten. Es gibt Menschen, die leben im Eis und andere in der Wüste. Alles eine Frage der Anpassung. Und diese Anpassungsfähigkeit wird es auch möglich machen, in einer Welt ohne Geld zu leben.

Prolog

Luzie streift mit ihrer Gruppe durch die Steppen Afrikas. Alles ist noch grün. Das Wetter ist schön und es gibt Nahrung im Überfluss. Es lauern viele Gefahren auf Luzie. Löwen und andere Raubtiere zum Beispiel. Den Löwen kann sie ganz einfach aus dem Weg gehen. Sie weiß, dass diese fast nur in der Dämmerung oder nachts jagen. Also geht sie tagsüber auf Nahrungssuche, wenn die Gefahr schläft. Sie ist noch kein richtiger Mensch, aber doch schon schlau genug. Auch wenn sie bei vielem noch instinktiv handelt, schlägt sie sich ganz wacker durchs Leben.

Viele Jahrhunderte später entdeckt ein Nachfahre, wie man Feuer macht. Er zeigt es den anderen und die zeigen es wiederum anderen, so lange, bis alle Hominiden diese Technik beherrschen. Das war ein wirklicher Fortschritt für die Menschheit gewesen. Die erste und einzige wirkliche Innovation. Alles was danach kam, hat die Menschheit nur scheinbar voran gebracht, weil sie mit allem, was sie auch taten, gleichzeitig ein Stück vom Paradies zerstörten.

Wir lesen darüber in der Bibel: die Vertreibung aus dem Paradies. Aber nicht Gabriel hat mit seinem Flammenschwert die Menschen daraus vertrieben. Nein. Das haben wir ganz alleine geschafft, indem wir Waffen erfunden haben um uns damit gegenseitig daraus zu vertreiben. Aber warum? Liegt es wirklich in der Natur des Menschen, anderen nichts zu gönnen? Ist Neid und Mißgunst angeboren? Werden wir es schaffen, diese negativen Eigenschaften abzulegen? Werden wir unser Paradies jemals wieder zurück erlangen?

Fortschritt und Wachstum

"Fortschritt ist die Quersumme aus Moderner Technik plus billige Rohstoffe plus längerer Arbeitszeit plus billige Lohnsklaven. Oder wie sonst ist es möglich, dass man trotz modernster Maschinen und Fertigungsanlagen doppelt so viel arbeiten muss um gerade einmal die Hälfte von dem zu verdienen, was die Menschen vor der Modernisierung verdient haben? Wie ist es möglich, dass Menschen einen zweiten Job annehmen müssen, um ihre Familie ernähren zu können? Fortschritt dient nur einer Elite und ist das kalorienlose Brot der Armen."

So oder so ähnlich schrieb einmal ein Facebook User. Aber es hat nichts genützt. Ein paar Likes gab es für diesen Beitrag, aber geändert hat sich nichts. Keine Menschenmassen sind auf die Straßen gegangen und haben gegen diese Eliten demonstriert. Manche wurden sentimental und dachten an „Früher". Auch Andrea. Sie dachte an das Dorf in welchem sie aufgewachsen war, damals in den Siebzigern. Es gab drei Gaststätten, zwei davon mit eigener Metzgerei nebst Verkaufsladen.

Ihre Mutter achtete stets darauf, dass immer abwechselnd bei beiden eigekauft wurde, weil selbstverständlich kannte jeder jeden und es hätte sich herumgesprochen, hätte man einen von beiden vernachlässigt. Dasselbe galt für den Bäcker, der auch einen kleinen Lebensmittelladen betrieb und den Tante Emma Laden, der hier in Wahrheit ein

„Onkel-Huber-Laden" war. Beim „Huber" gab es keine Selbstbedienung. Aber man konnte Dinge, die er nicht da hatte, bestellen. Andrea hatte sich einmal Feinstrumpfhosen bestellt. Er hatte zwar welche dagehabt, aber nicht in ihrer Größe. Und als sie noch kleiner war, da gab es immer diese kleinen roten Kirschlutscher oder ein Kaubonbon als Geschenk und manchmal auch einen Kaugummi oder so einen Glückskleetraubenzuckerlutscher. Es gab auch noch eine Raiffeisenbank und einen Raiffeisenhandel, eine Post und einen Friseur, der „Bader-Max" genannt wurde, weil dort wie früher beim Bader auch Kopfschmerztabletten und einige Salben erworben werden konnten. Eine BP-Tankstelle lag in Sichtweite des Reiheneckhauses, in welchem sie zu der Zeit wohnten. Und der Hauptgrund, warum sich ihre Eltern dazu entscheiden hatten, in diesem Dorf zu wohnen, war die Grundschule gewesen. Dreimal am Tag fuhren Busse in drei Richtungen. Der eine zur S-Bahn Station, welche ca. 5km entfernt in einem Marktort lag, der andere fuhr in die Kreisstadt, und der dritte war eigentlich nur ein Schulbus, der in den Ort fuhr, wo sich die nächste Hauptschule befand. Alle anderen weiterführenden Schulen befanden sich in der Kreisstadt und im Marktort. Es war alles in allem ein recht beschaulicher Ort, wo die Welt noch in Ordnung war. Selbst als die erste Energiekrise oder Ölkrise stattfand. Andrea bekam das nur insofern mit, als ihre Mutter die Drehventile von den Heizkörpern in den Kinderzimmern entfernte, damit sie und ihre Schwester diese nicht mehr unkontrolliert andrehen konnten.

Man hielt sich in der beheizten Wohnküche auf. Nachdem zum ersten Mal, wegen zu viel Schnee der Strom für mehrere Tage ausgefallen war, hatte der Vater einen Beistellherd besorgt. Der wurde mit allem befeuert, was nur irgendwie brannte. Außer Autoreifen. Aber ansonsten wurde da wirklich von Zeitungspapier bis zu Milchtüten alles reingesteckt. Im Winter, wenn der Dorfweiher zugefroren war, konnten die Kinder darauf Schlittschuh laufen. Andrea konnte ihre schon zu Hause anziehen, weil sie direkt daneben wohnten und da die Gehwege damals noch nicht so akribisch von Eis befreit werden mussten, konnte sie über diesen fast direkt auf den Weiher rutschen. Ein kleines Stück Wiese lag noch dazwischen. Neben dem Weiher befand sich die Dorfwiese, darauf wuchsen noch viele verschiedene Blumen.
Heute muss man solche Blumen als Wildblumensamen im Handel kaufen. Die wachsen nicht mehr so in der Wildnis. Ein paarmal im Jahr wurde diese Wiese von einem älteren Herrn mit der Sense gemäht, der Hasen züchtete. Der schimpfte die Kinder immer, wenn sie im hohen Gras verstecken spielten und dabei die Wiese zertrampelten. Das war den Kindern aber egal, weil sie wussten, dass die Wiese Gemeindeeigentum war und nicht diesem grantigen Mann gehörte. Und eigentlich war er ja sonst ganz lieb. Samstags fuhr die ganze Familie zum Großeinkauf in den nächsten Supermarkt. Damals gab es noch nicht so viele und sie lagen auch noch verstreuter. Vor dem Supermarkt gab es ein kleines Areal, wo die Kinder spielen konnten, mit kleinen Elektroautos. Die waren fast wie die im Autoskooter auf dem Volksfest.

Nur ohne diese langen Stäbe oder Antennen. Diese hier hatten einen Elektromotor. Ihr Papa kaufte drinnen im Supermarkt ein paar Chips, die man dann in die Autos steckte und schon konnte es losgehen. Wenn die Chips aufgebraucht waren, bevor die Eltern vom Einkauf zurück waren, dann ging man eben zur Schaukel rüber oder in den Sandkasten. Es gab keine Aufsicht. Das war auch nicht notwendig. Keines der Kinder wäre auch nur im Traum auf die Idee gekommen, den Spielplatz zu verlassen. Und es musste auch noch keiner Angst davor haben, ein Pädophiler könnte ein Kind stehlen. Und nachher gab es dann Softeis und vielleicht noch eine Runde auf dem Pferd reiten oder im Hubschrauber fliegen. Das kostete 10 oder 20 Pfennig. Auf keinen Fall mehr. Überhaupt kostete alles viel weniger. Andreas Familie wohnte direkt gegenüber einem der drei Gasthäuser.
Dort gab es die Kugel Eis für 25 Pfennige, meist im Becher, manchmal hatten sie auch Waffeln. Die schmeckten aber nicht so besonders. Ein wenig wie Pappe. Einen Sommer lang aß Andrea nur Waldmeister Eis. Davon wurde die Zunge so schön grün. Seit damals hat sie nie wieder so leckeres Waldmeistereis gegessen. Das Wasser schien auch nicht viel gekostet zu haben. Jeden Tag wurde der Garten gründlich mit Leitungswasser getränkt. Eine Regentonne aufzustellen, hielten die meisten damals noch für unnötig. Andrea erinnerte sich nur an zwei Sommer, die so heiß und trocken waren, dass der Bürgermeister des Ortes ein Gartengießverbot aussprach. Sogar der Weiher war fast ausgetrocknet und stank, zur Freude ihres Hundes, ganz fürchterlich. Der Hund hieß „Bazi"

und ein solcher war er auch. Damals mussten Hunde noch nicht an der Leine ausgeführt werden. Die meisten liefen frei im Ort herum und verrichteten zum Leidwesen des Hasenzüchters, ihr Geschäft mit Vorliebe auf dem Dorfanger. Die Hundesteuer wurde noch in bar von einem Gemeinderatsmitglied, vermutlich der Kassenwart, eingesammelt. Dieser kam mehrmals im Jahr und sammelte jedes Mal für irgendwas anderes Geld ein. Eine schöne Zeit war auch der Fasching. Der Rektor der Grundschule organisierte für die Kinder immer einen Umzug. Die Kinder zogen dann von Laden zu Laden und jeder Ladenbesitzer kam heraus und warf Bonbons. Am Schluss gab es beim Alten Wirt eine Kinderfaschingsfeier, wo ein Krapfen (Berliner) auch nur 50 Pfennige kostete, und als warme Speise gab es Wiener mit Breze oder Semmel. Mehr brauchte es nicht. Und Spezi. Den gab es zu Hause nämlich nicht. Überhaupt waren Kinder damals noch viel leichter zufrieden zu stellen. Das lag vielleicht auch daran, dass sie im Grunde nicht viel brauchten. Sie hatten ja sich selbst und konnten noch draußen miteinander spielen. Als Spielplatz diente das ganze Dorf. Wobei die Hauptstraße meist als Grenze fungierte. So war es nicht selten, dass Kinder, die auf der selben Straßenseite wohnten befreundet waren und bei Dorffeiern dann gegen die von der anderen Seite kämpften. Aber nie ernstlich. Am Ende saßen sie dann bei dem ein oder anderen hinten auf der Terrasse und erzählten sich so lange Horrorgeschichten, bis sich alle vor Angst fast in die Hosen machten und sich nicht mehr alleine Heim zu gehen trauten. Es gab auch diverse Vereine am Ort.

Vom Heimatverein war Andras Vater der Vorstand. Und auch vom Fischerverein. Ihr Vater hatte demnach viel zu tun. Wenn er nicht als Handelsvertreter unterwegs war, hatte er mit einem von den Vereinen zu tun. Aber auf diese Weise kam Andrea auch viel herum, weil jeder Verein damals noch einen Jahresausflug machte. Einen Bus zu mieten kostete noch nicht die Welt und die Leute hatten auch noch genug Geld für solche Ausflüge übrig. Und auch die Zeit. Damals ahnte noch niemand, dass sich das einmal so drastisch ändern würde. Wer hätte je gedacht, dass einmal eine Zeit kommt, wo Menschen zwei Jobs ausüben würden müssen, um ihre Familie auch nur ernähren zu können. Twix hieß noch Raider und Milky Way schwamm auf der Milch und schmeckte noch lecker, bevor sie die Rezeptur „verbesserten". Das Telefon war grau mit einer Wählscheibe und stand im Flur. Das Kabel reichte gerade bis zur Mitte der Treppe nach oben. Der Eintritt ins Freibad kostete für Kinder in den Sommerferien 50 Pfennige. Dann brauchte man nochmal 50 Pf. Für eine Portion Pommes und nochmal maximal 1 DM für ein großes Eis. Andrea nahm meist zwei kleine Eis, die zusammen nur 80 Pfennige kosteten und große Pommes für 1 Mark. Für nicht einmal 2 DM konnte ein Kind damals einen ganzen Nachmittag verbringen. Andrea und ihre Schwester fuhren immer mit der Nachbarin im Auto zum Freibad. Das war möglich, weil in dem Reihenhaus, welches sie zur Miete bewohnten, waren alle miteinander befreundet, Kinder und Erwachsene gleichermaßen. Man unternahm zusammen Radausflüge und veranstaltete Grillabende. Und es war auch die einzige Möglichkeit, weil ihre Mutter mit Heimarbeit beschäftigt war und ihr Vater so gut wie nie zu Hause. Mit dem Bus wäre das eine Weltreise gewesen. Einmal hatten sie sich zu elft in den kleinen Opel Kadett der Nachbarin gestapelt. Auf dem Beifahrersitz „saßen" drei Kinder, die restlichen sieben hinten. Es war sehr heiß gewesen, an diesem Tag und die Fahrt zum Freibad kam Andrea ewig vor. Fast hätte sie gekotzt. Die Rückfahrt war dann nicht mehr ganz so eng, weil von den anderen Eltern noch wer nachgekommen war. Die Nachbarin war immer zu Hause und sie zog sich manchmal fünf Mal am Tag um. Sie war eine Avonberaterin gewesen. Andrea hat immer noch diese kleinen Lippenstiftpröbchen. Aber ob die Nachbarin wirklich je etwas davon verkauft hatte? Wohl eher nicht, weil sie wie gesagt ja immer daheim war. Auch ihr Mann war Handelsvertreter, wie Andreas Vater, nur für Karten Geschenkpapier. Von damals ausgemusterten Karten und Geschenkpapier war auch immer noch etwas vorhanden. Andreas Vater verkaufte Briefkästen, und um sich ein kleines Zubrot zu verdienen, ging er auch hin und wieder auf Montagen. Ihre Urlaube verbrachten sie immer in Österreich in einem ehemaligen hundert Jahre alten Bauernhof. Es hatten sich mehrere Familien zusammengetan und diesen nach und nach ihren Bedürfnissen angepasst. Als erstes wurde aus dem Plumpsklo ein Wasserklosett gemacht. Nach und nach kamen dann eine Dusche, Waschbecken, neue Fußböden, neue Fenster, ein neues Dach usw. hinzu. Jede Familie schlief gemeinsam mit den Kindern in einem eigenen Zimmer.

Es gab eine Gemeinschaftsküche und eine Gemeinschaftsstube. Und ganz wichtig: keinen Fernseher.
Den brauchte es auch nicht, weil die Eltern da immer Zeit hatten und daher spielten sie ganz oft gemeinsam Brettspiele oder Kartenspiele. Ansonsten konnten sich die Kinder hinten in der ehemaligen Scheune ein Matratzenlager bauen. Und im Sommer bauten sie ihre Lager im Wald. Der Bereich, in dem sie sich aufhalten durften, war durch Waldwege abgegrenzt. Und nur ein einziges Mal hatten sie sich auf Erkundung außerhalb dieses Bereiches begeben. Ansonsten waren sie in Hörweite und wenn die große Kuhglocke, die im Flur gleich hinter der Haustüre hing, angeschlagen wurde, dann hieß das, Essen kommen, und die Kinder strömten aus allen Winkeln herbei um nach dem Essen sogleich wieder zu verschwinden, bis es dunkel wurde. Sie gingen auch viel in den Bergen wandern. Schön fand Andrea es, wenn sie Pilze suchen gingen. Da mussten sie schon bei Sonnenaufgang aufstehen, also so ca. halb fünf, um den anderen Pilzsammlern zuvor zu kommen. Wobei Andrea und auch die meisten der anderen Kinder eher auf Blaubeeren aus waren. Damals war vom Fuchsbandwurm noch keine Rede und man konnte sich den Bauch so richtig schön mit sonnenwarmen Beeren vollschlagen. Am Ende wurde dann geschaut, wessen Zunge am schwärzesten war. Solch leckere Baubeeren gibt es heute gar nicht mehr. Oder auch der Käse von der „Kasalm". Da gab es auch diese riesen Milka Schokotafeln. Die schmeckte immer viel besser, als die kleinere aus dem Laden. Damals wurde halt noch Wert auf Qualität und vor allem auf Geschmack

gelegt. Alles, egal was, ob nun Brot, Fleisch, Joghurt oder Schokolade, es schmeckte besser. Wenn man mal in ein Restaurant ging, bekam man keine in der Mikrowelle aufgetaute Tiefkühlkost vorgesetzt. Ja, Andreas Kindheit war noch in Ordnung. Nur die letzten beiden Schuljahre verliefen nicht so toll. Es wurde für die Jugend noch nicht so viel getan. Schnupperpraktika oder Veranstaltungen wie „go future" gab es noch nicht. Statt dessen bekam Andrea , und auch alle anderen, ein Buch vom Arbeitsamt (damals hieß das noch so. heute heißt es Arbeitsagentur, aber benehmen tun sich alle immer noch so, als wäre es ein Amt) in die Hand gedrückt, worin sämtliche Lehrberufe und freien Lehrstellen in ganz Deutschland (ohne DDR) aufgelistet waren. Das war's.
Andrea hätte eigentlich gern Goldschmied gelernt (die Bezeichnung Goldschmiedin gab es noch nicht), aber dafür gab es Deutschlandweit nur zwei Lehrstellen. Sie wagte nicht, ihre Eltern um Hilfe zu bitten. Sie erinnerte sich daran, dass alle immer gesagt hatten, sie könne gut mit kleinen Kindern umgehen. Da wäre Kindergärtnerin in Frage gekommen. Aber da hätte sie ewig weit und ganz kompliziert mit dem Bus fahren müssen oder weg ziehen. Das konnte sie sich gar nicht vorstellen. Irgendwie war sie nicht wirklich zur Selbstständigkeit erzogen worden. Damals mussten Kinder brav sein und den Mund halten, wenn sich Erwachsene unterhielten. Die eigene Meinung war nie gefragt gewesen. Und mit 18 sollte man dann plötzlich einen eigene Meinung haben und wählen gehen. Aber egal. Kindergärtnerin kam also auch nicht infrage. Dann las sie „Säuglingsschwester" und

dachte „genau, dass ist es". Sie schrieb eine Bewerbung an das Rote Kreuz Krankenhaus in der Landeshauptstadt. Aber die wollten sie nicht nehmen, weil ihnen ein Notendurchschnitt von 3,0 zu schlecht gewesen war. Nur ein paar Jahre später kamen dann die Schwestern aus dem damaligen Jugoslawien, die waren zwar nicht besser, aber billiger. Wochen später, Andrea kam auf dem Weg zum Bahnhof an der Apotheke vorbei, da kam ihr die Erleuchtung. Warum nicht in einer Apotheke arbeiten. Kranke Menschen würde es wohl immer geben. Es schien ihr ein sicherer Beruf. Und dieses Mal würde sie sich nicht lange mit Bewerbungen schreiben aufhalten, sie würde gleich direkt um eine Lehrstelle fragen. Gedacht-getan. Also nicht gleich. Es brauchte ein paar Tage, bis sie sich wirklich einmal hinein traute. Aber dann lief alles wie am Schnürchen. Sie bekam die Lehrstelle. Und auch als sie dann fertig war und gehen musste, bekam sie die Anschlußstelle ganz leicht. In der Berufsschule hatte eine der Lehrerinnen einen Zettel dabei, mit der Adresse einer neu zu eröffnenden Apotheke nur knapp 20 km von ihrem Wohnort entfernt. Keine der anderen Mitschülerinnen meldete sich, also griff Andrea zu. Ein Telefonat und ein Gespräch später hatte sie die Stelle. Leider nicht für lange, weil das Ärztehaus, in welchem sich die neue Apotheke befand, erst mit einem Arzt besetzt war. Zu wenig für den Apotheker um sich einen Helferin leisten zu können. Aber er sagte ihr wenigstens zu, dass sie so lange bleiben könne, bis sie was Neues hätte. Am Ende fand sie die neue Stelle schneller als gedacht und konnte von heute auf morgen dort anfangen. Nur war diese Apotheke in der Stadt und auch noch im Untergrund. Im Winter sah sie praktisch kein Tageslicht. Daher machte sie sich an ihren freien Tagen in der Kreisstadt auf die Suche. Sie ging so lange von Apotheke zu Apotheke, bis sie fündig wurde. Und wieder ging es ganz ohne zu schreiben. Doch langsam merkte sie, dass sie auf Dauer von ihrem Gehalt nicht würde leben können. 1200 DM brutto bekam sie damals im sechsten Berufsjahr. Wesentliche Steigerungen waren nicht zu erwarten. Fast die Hälfte ging für die Miete drauf. Dann kamen noch das Auto, Vorsorge, Versicherungen. Wirklich viel blieb da nicht mehr übrig. Und dann musste sie auch noch samstags vormittags arbeiten und daher zählten Samstage als Werktage bei den Urlauben. Durch Zufall fragte sie dann eines Tages ein Bekannter, der damals stellvertretender Geschäftsstellenleiter einer Sparkassenfiliale gewesen war, ob sie nicht Lust hätte, in der Sparkasse anzufangen. Sie meinte erst, das ginge nicht, weil sie in Mathe immer eine fünf gehabt hätte, da könne man doch unmöglich bei einer Bank anfangen. Aber sie konnte. Knapp ein Jahr später fing sie dort an. Sie bekam mehr Gehalt für weniger Stunden und Samstag zählen nicht mehr als Urlaubstag, was ihr zwei Wochen mehr Urlaub einbrachte. Daher machte sie zwei Jahre später Nägel mit Köpfen und absolvierte den Abschluss zur Sparkassenkauffrau. Es war nicht immer einfach gewesen als 25-Jährige nochmal einen komplett neuen Beruf zu erlernen. Und auch noch abends nach der Arbeit. Alle vier Wochen musste sie in die Hauptstelle um dort eine Klausur zu schreiben und die Abschlussprüfung war dann in der IHK-

Zentrale in der Stadt. Das alles hatte sie nur schaffen können weil die Mitarbeiter in der Zweigstelle noch wie eine Familie waren. Man unternahm auch privat noch viel zusammen. Man half sich gegenseitig egal ob beruflich oder privat. Damals dachte niemand auch nur im Traum daran, wie radikal sich das alles einmal ändern würde. Niemand dachte daran, dass Kunden, egal wie alt sie auch sein mochten, ihre Überweisungen einmal selber würden ausfüllen müssen. Es gab noch zwei Kassen und mehrmals am Tag kam einer vom benachbarten Autohaus und zahle bar tausende von DM ein. Bis dann der Einzahlungsautomat über Nacht aufgestellt wurde. Aber den musste der Herr der das Geld immer brachte, nicht mehr lange benutzen; es war ein Opel-Händler gewesen. Und Opel zeigte schon damals erste Anzeichen, des kommenden Untergangs. Andrea erinnerte sich noch gut an eine alte Frau, wie diese weinend mit ihrer neuen Kundenkarte vor den ganzen Automaten stand, und nicht wusste, wie sie diese bedienen sollte. Aber den Mitarbeitern war es streng untersagt, zu helfen und wenn, dann sollte eine Gebühr dafür erhoben werden. Das machten natürlich nicht alle mit. Vor allem nicht die, die langjährige Kunden betreuten. Also wurden die Kunden nicht mehr nach A-K und L-Z getrennt, sondern nach Kontonummern und völlig neu zugeordnet. Mitarbeiter wurden versetzt und so langjährige Kundenbindungen zerstört. Nicht mehr der Kunde stand im Mittelpunkt sondern nur noch der Profit der Sparkasse. Der neue Vorstand hatte die einstmals Kundenfreundliche Sparkasse zu Vertriebssparkasse umgemodelt.

Genützt hat es wenig. Dem Outsourcing einzelner Abteilungen war letztendlich doch eine Fusion mit zwei anderen Banken gefolgt. Die weltweite wirtschaftliche Talfahrt hatte unausweichlich begonnen. Die Fusion und die damit einhergehenden Versetzungen und Kündigungen (natürlich musste dieses Kreditinstitut von sich aus keine Mitarbeiter entlassen. Da gingen die subtiler vor) musste Andrea allerdings nicht mehr miterleben, weil sie zuvor rausgemobbt worden war. Das ging nicht anders, weil sie schon die Unkündbarkeit erreicht hatte. Andererseits hätten sie sie gleich gefragt, ob sie gehen will und ihr eine ordentliche Abfindung geboten, wäre ihr viel Leid erspart geblieben. Leid, an dem sie heute noch zu knabbern hatte. Die 1980er und Anfang bis Mitte der 1990 Jahre waren noch dem Aufschwung beschieden. Aber es zeichnete sich bereits ab, dass dieser zu teuer erkauft sein würde. Und dass dieser Aufschwung längst nicht für alle galt. Und Andrea, die nie gelernt hatte zu kämpfen, der aber andererseits vieles in den Schoß gefallen war, musste nun in dieser Neuen Welt klar kommen. Sie, die selbst nach der Geburt ihrer beiden Kinder nach der Stillzeit wieder angefangen hat, zumindest in Teilzeit zu arbeiten, musste nun mit ihrer Arbeitslosigkeit klar kommen. Wieder in ein Kreditinstitut oder eine Versicherung wollte sie nicht mehr. Mit den Apotheken ging es auch begab und sie war auch schon zu lange draußen. Die Berufsbezeichnung „Apothekenhelferin" gab es schon nicht mehr. Das hieß jetzt Pharmazeutisch-Kaufmännische Angestellte. Wobei, sie konnte noch „zu-Fuß-rechnen". Also ohne Taschenrechner und auch im Kopf.

Schon ihre Kinder hatten Kopfrechnen nicht mehr wirklich gelernt. Auch nicht mehr das große" Ein mal Eins", nur noch das kleine. Andrea erinnerte sich mit Grauen an die Zeit, wo sie die Quadratzahlen auswendig lernen hatte müssen. Ihr damaliger Mathelehrer hatte gesagt, wenn er des Nachts in ihr Fenster einsteige und sie wecke und frage was ist 12^2 dann müsse sie ihm wie aus der Pistole geschossen antworten können. 144. Wer wusste das denn heute noch? Wer von den jungen Leuten war sich eigentlich bewusst, dass die angezeigten 1,12 € an der Tankstelle in Wirklichkeit 1,13€ bedeuteten und 1,99 eher 2€ sind. Aber die sehen alle nur die Ziffer vor dem Komma. Und keiner rechnet nach, dass 1,75€ für eine Tüte Chips mit oft nicht mal mehr 200gr. Inhalt umgerechnet ca. 3,50 DM sind. Eine große Cola in der Gaststätte sind keine 500ml mehr, sondern nur noch 400ml, mancherorts sogar nur 0,3l. Keiner scheint zu bemerken, dass die Preise zwar gleich bleiben, der Inhalt der Packungen aber immer kleiner wird. Aus ehemals 500 Gramm werden schleichend 400 Gramm. Zum ersten Mal fiel Andrea das bei Schokolade auf. Auf einmal waren da 80 Gramm Tafeln zum Preis von 100 Gramm. Und wenn sie dann diese Aufsteller mit den Sonderangeboten „plus 2 Riegel gratis" sah, da kam ihr schon wieder die Galle hoch. Wer nachrechnete, wieviel Gramm Inhalt in der Packung war, der kam ganz schnell drauf, das zwei kleine Packungen dieser Riegel billiger waren, als eine Packung mit den 2 Gratis-Riegeln. Es gibt auf dieser Welt absolut nichts Gratis und umsonst. Umsonst ist der Tod - und der kostet das Leben. Aber sie wollen es einfach nicht begreifen. Oder sie konnten es gar nicht mehr begreifen. Was lernten die Kinder denn heute überhaupt noch? Wie sah diese sogenannte Bildung denn aus? Irgendwie hatte Andrea den Eindruck, dass die Menschheit nur noch auf Konsum und Geld machen konditioniert wurde. Die Werbung suggeriert, dass wenn irgendwie „Gratis" draufsteht oder „Bio" oder „Umweltfreundlich" dann ist das was ganz Tolles und Gutes und dann wird es blindlings gekauft. Den Menschen geht es so gut, dass sie sogar zerrissene Kleidung kaufen und Pullis mit Pillings drauf und dafür auch noch ein Vermögen ausgeben. Alt und getragen sollen die Klamotten aussehen. Das ist doch bescheuert! Andrea hätte sich als Kind zu Tode geschämt, hätte sie so etwas tragen müssen. Es war schon schlimm genug, wenn sie Kleidungsstücke ihrer Cousine hatte auftragen müssen. Und diese Stücke waren wirklich noch gut gewesen. Da ging es auch eher darum, dass ihre Schwester nicht ihre abgetragenen Sachen tragen musste, weil sie eine völlig andere Figur hatte und da einfach nicht hinein gepasst hatte. Die Ansprüche hatten sich vollkommen gewandelt. Alles ging immer schneller. Andrea war in einer Zeit aufgewachsen, in der alles noch gemächlicher ging und es war alles wenn nicht besser so doch zumindest menschlicher gewesen. Und die Leute waren noch zufriedener. Vor allem die Kinder. Niemals hätte Andrea mit dem Flugzeug irgendwohin fliegen wollen. Wenn sie über fremde Länder etwas wissen wollte, holte sie sich Bildbände und Bücher aus der Bücherei. Es wurde auch keiner deswegen gemobbt, weil er nicht irgendwo weit weg im Urlaub gewesen war. Abgesehen davon, dass es das Wort „Mobbing" noch gar nicht gab. Die Tat an sich allerdings schon. Nur war das damals noch nicht so drastisch. Obwohl in ihrer Klasse hatte sie einen Mitschüler, den nannte der Lehrer immer „Flegel". Warum, wusste keiner so wirklich. Dennoch nannten ihn dann alle auf einmal nur noch „Flegel" obwohl er eigentlich Robert hieß. Andrea dachte später oft an diese Zeit zurück und an den Jungen, zu dem alle so ungerecht gewesen waren. Was wohl aus ihm geworden war? Andrea würde sich gerne bei ihm für damals entschuldigen. Nicht weil sie selbst auch gemein zu ihm gewesen wäre, das war sie zu niemandem gewesen, aber weil sie es zugelassen hatte und nicht für ihn eingetreten war. Obwohl sie damals noch viel zu klein dafür gewesen war. Und Lehrer galten noch als Respektspersonen. Offiziell war auch die Prügelstrafe noch nicht abgeschafft worden. Der Rektor selbst zog noch den ein oder anderen Jungen an den Haaren und der Pfarrer hatte einmal einem Jungen gleich zwei solche Ohrfeigen verpasst, dass man die Handabrücke an beiden Wangen deutlich hatte sehen können. Und dann gab es zwei Wochen lang keinen Religionsunterricht. Der Pfarrer kam einfach nicht. Ob aus Scham oder weil er sich immer noch so sehr ärgerte wusste niemand. Es fragte auch keiner danach. Genauso störte sich auch keiner daran, dass die Lehrer in den Pausen rauchten. Drinnen! Und zum Ärger der Hausmeisterin steckten sie die Kippen oft noch in die Blumentöpfe. Andreas Eltern rauchten auch. Beide. Auch im Auto; und wunderten sich dann, daß den Kindern während der Fahrt immer schlecht wurde. Also was solche Dinge betraf, hatte sich einiges im Laufe der Jahre gebessert. Andrea atmete buchstäblich auf, als endlich das Rauchverbot am Arbeitsplatz durchgesetzt worden war. Ein Kollege hatte ihr sogar während ihrer Schwangerschaft oft direkt ins Gesicht geraucht. Es gab aber auch einmal eine Lustige Begebenheit, bezüglich eines kettenrauchenden Kollegen. Der hatte seinen Schreibtisch hinter einem Schrank stehen, damit er von der Kundentheke etwas abgeschirmt war. Und wenn man auf der anderen Seite stand, sah man hinter dem Schrank immer eine dicke Rauchsäule aufsteigen. Andrea hat ihn dann mal gefragt: „ worüber denkst du denn gerade nach, dir raucht ja schon der Kopf?" Ja, das war noch in einer Zeit, als in der Arbeit noch gelacht werden durfte. Oft hatte sie ihren Kolleginnen und Kollegen kleine Streiche gespielt. Das ging noch und war auch erwünscht, weil es den Zusammenhalt stärkte und zu einem guten Betriebsklima beitrug. Und wer in einem guten Klima arbeitet, geht gerne zur Arbeit und leistet auch mehr. Dann wurde einen neue „Unternehmenskultur" eingeführt und von da ab war Schluß mit Lustig. Aber noch ahnte keiner, dass ihnen allen das Lachen bald endgültig vergehen würde.

Als es dann schließlich so weit war, ging alles auf einmal ganz schnell. Überall wurden immer mehr Menschen durch Maschinen ersetzt. Der Kunde wird nicht mehr als Mensch gesehen, sondern nur noch als Geldgeber. Sein Geld soll er rausrücken und zwar möglichst schnell und möglichst viel davon. Mit einem Mal war sie vorbei die „Gute alte Zeit".

Andrea erinnerte sich mit Wehmut an die Zeit, wo sie gebaut hatten. Die Handwerker stammten alle aus der Umgebung. Ihre Möbel kauften sie in einem kleinen Möbelhaus, welches noch ein Familienbetrieb gewesen war. Wo sie nur konnten, unterstützten sie die heimischen kleinen Händler. Sie wurden dort mit ihren Namen angesprochen, wenn sie den Laden betraten. Ihr Optiker kannte sogar die Namen und das Alter ihrer Kinder. Es war immer Zeit für einen privaten Plausch. Erzähl mal heute, bei Apollo oder Fielmann deine Lebensgeschichte. Das interessiert den Verkäufer nicht im Geringsten. Der will dir nur eine möglichst teure Brille verkaufen. Ob die dann auch wirklich zu dir passt, ist egal. Wenn Andrea nur daran dachte, geriet sie fast schon in Rage. Und dann kamen ein Möbelriese und Mediamarkt und nach und nach verschwanden all die kleinen gemütlichen Familienbetriebe. Und zwar wirklich alle. Kein Elektrofachhandel mehr, kein kleines Möbelgeschäft mehr. Es herrschen die Großmärkte in denen der Kunde nur noch über seine Kreditkarte identifiziert wird. Sie waren dann einmal gezwungen gewesen, zu diesem Möbelgroßmarkt zu fahren, weil es „ihren" Händler ja nicht mehr gab. Und trotz der riesen Auswahl fanden sie nicht das passende. Der Verkäufer war zwar freundlich, aber er kannte sie nicht. Er wusste nichts von ihrem neuen Haus, wusste nichts über ihren Geschmack und auch nichts über ihre finanzielle Lage. Ihr alter Händler hatte das alles gewusst und konnte demzufolge auch gleich passende Stücke vorzeigen. Und weil noch eine eigene Schreinerei dabei war, wurde notfalls eigens ein passender Schrank gezimmert. Das ging auch. Heute ist alles genormt und man muss die Möbel auch noch selber zusammen bauen. Diese Idee ist auch nur für den Erfinder toll. Komischer Weise rennen trotzdem Millionen von Menschen zu diesem schwedischen Möbelhaus, kaufen sich Sachen mit unaussprechlichen Namen und basteln die auch noch selber zusammen. Inzwischen gibt es da nicht einmal mehr Kassenkräfte. Der Kunde muss seine Waren selber scannen. Was für ein Fortschritt. Fragt sich nur für wen. Für den Kunden bestimmt nicht. Es gab einmal eine Zeit, da war der Kunde König gewesen. Mittlerweile gibt es immer mehr Hotelbetriebe, die für die Urlauber Kaffeeautomaten aufstellen, wo sich diese dann erst ewig anstellen müssen, um sich dann , im Urlaub wohlgemerkt, ihren Kaffee selber zu holen. Ja geht's noch?! Und die Leute lassen sich das gefallen. „Do it your self „ist die Devise, wo es möglich ist. Wo es nicht geht, da stellt man notgerungen noch Personal ein. Allerdings nur auf 450€ Basis, sonst kosten die zu viel. Also diese Richtung kann doch nicht richtig sein, oder?

Auch wenn früher nicht alles perfekt lief so gab es noch mehr „miteinander" und nicht so viel „nebeneinander" und noch weniger „gegeneinander". Aber inzwischen war die Menschlichkeit dabei, verloren zu gehen. Und das war kein Fortschritt. Denn diese Menschlichkeit macht uns doch letztendlich aus. Wir sorgen uns darum dass Tiere „artgerecht" gehalten werden. Wir sorgen uns um die Würde der Tiere. Aber was ist mit uns selbst?

Leben wir noch „artgerecht"?

Was ist mit unserer Würde - der Menschenwürde?

Wir Menschen lassen uns von anderen Menschen leiten, lenken, bevormunden und manipulieren, als wären wir Schafe. So dachte jedenfalls Andra darüber. Sie hoffte sie war nicht die Einzige, die so dachte. Und sie hoffte noch mehr, dass sich bald daran etwas ändern würde, bevor es zu spät sein würde.
Vor lauter Klimarettung, Regenwaldrettung, Rettung bedrohter Tierarten und Bankenrettung vergaßen die Menschen sich selbst zu retten.
Neulich war Andrea in der Nähe der örtlichen Wärmestube gewesen. Dort konnten sich Obdachlose verköstigen. Durch Zufall bekam sie ein Gespräch zwischen einer der ehrenamtlichen Helferinnen und einer anderen Frau mit. Die Helferin erzählte, daß zu Beginn vor ca. drei Jahren täglich fünf Menschen gekommen wären und inzwischen versorgten sie an manchen Tagen bis zu fünfzig. Sie erzählte das ganz stolz, als wäre das was Tolles. Diese Menschen zu versorgen, war ja an sich auch was Gutes. Aber fragte sich denn niemand, woher diese fünfzig Menschen auf einmal kamen? Man versorgte sie mit Suppe anstatt dafür zu sorgen, dass sie wieder Arbeit und Wohnung bekamen. Da lief doch auch was völlig verkehrt? Das Problem war wohl, daß die Wärmestube Zuschüsse bekam, die an der Anzahl der Bedürftigen bemessen wurden. Es ging also wieder einmal nur ums Geld und nicht um die Menschen. Nur so konnte sich Andrea den Enthusiasmus dieser Helferin bezüglich der Steigerung der Bedürftigen erklären. Das Geld machte die Menschen blind für die wirklich wichtigen Dinge und Probleme.

Alles ganz normal

Der Wecker klingelt pünktlich wie jeden Morgen um sechs Uhr. Und wie jeden Morgen schaltet Andrea ihn missmutig aus, wälzt sich aus dem Bett und tapst mit noch halb geschlossenen Lidern ins Bad. Ihr Mann, Peter, ist schon fast auf dem Weg zur Arbeit. Er ruft noch schnell ein „tschüs, bis heute Abend, Schatz", nach oben, da fällt auch schon die Haustür ins Schloss. Noch zwanzig Minuten, dann würden auch die Kids aufstehen. Sie beeilt sich, um vorher noch ihren Kaffee in Ruhe trinken zu können. Sie liebte diese Stille am Morgen und stand dafür gerne etwas früher auf, als sie eigentlich gemusst hätte. Sie geht runter in die Küche, lässt sich einen Latte aus dem obligatorischen Automaten (alle Bekannten, Freunde und Nachbarn hatten so einen), und setzt sich noch im Bademantel auf die Terrasse. Keiner sieht sie da, wegen der Hecken, aber sie sieht den Sonnenaufgang. Die Vögel zwitschern um die Wette, ansonsten herrscht Stille – noch. Sie genießt es bis zur letzten Minute. Da hört sie auch schon die Wecker ihrer beiden Kinder. Lisa die gerade dreizehn geworden war und ihr zwei Jahre älterer Bruder Tom, sind fast immer am Streiten, kaum dass sie aufgestanden sind. Gott sei Dank hatte das Haus zwei Badezimmer. Wobei das zweite war eigentlich nur ein etwas größeres Gäste WC mit Dusche. Lisa erklärte sich dann bereit, dieses für sich zu nutzen, wenn das große Bad besetzt war, was fast täglich der Fall war. Andrea seufzte kurz und ging dann hinein um das Frühstück und die Pausenbrote für die beiden zu bereiten. Komischerweise liebten die beiden im Gegensatz zu den meisten

Jugendlichen, ihre Brote. Sie fanden die Schulbrote erstens zu teuer und zweitens hatten sie keine Lust, fast die ganze Pause dafür anstehen zu müssen. Und da kamen sie auch schon. Tom trank schon Kaffee (sie gab ihm koffeinfreien, aber das brauchte er ja nicht zu wissen), Lisa hatte am liebsten Kakao. Wie meistens waren beide knapp dran, hatten aber eh keinen Hunger, schnappten sich daher ihre Pausenbrote, tranken wenigstens ihren Kaffee bzw. Kaba, und waren auch schon weg. Andrea räumte noch schnell die Küche wieder auf und dann begab sie sich ins Bad für ihr allmorgendliches Schönheitsritual. Das war noch nicht lange so. Erst seit sie (und noch andere) von ihrem alten Arbeitgeber rausgemobbt worden war, hatte sie Zeit für solche Dinge. Und wenn sie im Bad fertig war, dann fuhr sie den Computer hoch und suchte nach geeigneten Jobs. Kurz nachdem sie ihren langjährigen Job bei ihrer alten Firma verloren hatte, war sie sehr depressiv geworden und nicht in der Lage gewesen, in dieser Hinsicht irgendwie tätig zu werden. Aber nach dem Bewerbungsseminar, zu welchem sie vom Arbeitsamt genötigt worden war, ging es ihr vorrübergehend etwas besser. Dann aber erhielt sie eine Absage nach der anderen und ihr Gemüt verdunkelte sich wieder. Trotzdem ging sie jeden Morgen im Internet auf Stellensuche. Ihr Mann meinte zwar, sie sollte Initiativbewerbungen schreiben oder besser noch direkt zu den Firmen hinfahren; eine Bekannte hätte damit Erfolg gehabt. Er wollte nicht begreifen, dass sie ganz ein anderer Typ war, als diese Bekannte und dass fünf Jahre Mobbing ihre Spuren auf ihrer Seele hinterlassen hatten. Wenn dir fünf Jahre lang jeden Tag gesagt wird, dass deine Arbeit scheisse ist,

dann glaubst du es irgendwann selber. Sie brachte dafür einfach nicht genug Selbstbewusstsein mit.
Aber sie hatte doch noch genug davon, dass sie nicht putzen gehen wollte oder irgendwo in der Abendschicht für 400 Euro an der Kasse zu sitzen und nachher eventuell sogar noch den Laden zu wischen (sie hatte das mal beobachtet). Aber tun musste sie etwas. Ihre Kinder hatten keinerlei Respekt mehr vor ihr, seit sie arbeitslos war. Wenn sie mal darum bat, sie mögen doch einmal die Spülmaschine ausräumen, den Tisch decken oder ihre Wäsche in den Waschkeller bringen, dann bekam sie nicht selten zu hören: „wieso, du hast doch den ganzen Tag Zeit" oder „ du arbeitest doch eh nicht". Als ob Hausarbeit keine Arbeit wäre! Wenn sie schon hörte: „ die ist ja Nur-Hausfrau" kam ihr jedes Mal die Galle hoch. Hausarbeit und nebenher noch Kinder erziehen, ist richtig anstrengend und gehört eigentlich genaugenommen bezahlt. Wenn Andrea so an früher denkt, dann weiß sie gar nicht mehr so recht, wie sie das alles überhaupt hatte schaffen können. Sie hatte zwar nur einen Halbtagsjob, aber das war anstrengend genug. Ohne die zwei Omas wäre das nicht gegangen. Jetzt waren sie wegen ihres Mannes weg gezogen. Keine Omas mehr, keine Freundinnen mehr, keine Arbeit mehr, nichts mehr. Aber ansonsten war alles ganz normal.
Ein paar Häuser weiter wohnte Sascha, ein arbeitsloser Koch. Er konnte nicht mehr arbeiten. Psychisch nicht und physisch auch nicht mehr. Seine Knie waren kaputt. Da macht sich ja kein Mensch Gedanken darüber, wie viele Kilometer in so einer Küche zu laufen sind. Er fragte sich oft, wer eigentlich so Küchen plant und baut. Jedenfalls war mit Sicherheit noch keiner dabei, der Ahnung von Kochen und Küchenabläufen

hat. Der Umgangston ist auch ziemlich rau. Zart besaitet darf man da nicht sein. Als er angefangen hatte, gab es ja wenigstens noch richtig Geld für den ganzen Stress und die Qualität passte auch noch. Aber mit den Jahren wurde die Arbeit immer mehr und der Verdienst immer weniger. Überstunden waren an der Tagesordnung und wurden nicht ausbezahlt. Anstatt Ausgleich wurden sie dann kurzerhand gestrichen. Die Arbeitswelt war hart geworden. Nicht nur bei ihm. Er wäre ja bereit gewesen, in einem Minijob zu arbeiten, aber dafür war er dann wieder zu überqualifiziert. Er hatte nämlich auch noch Ernährungswissenschaften und Erwachsenenpädagogik studiert, um an einer Berufsschule zu lehren. Am Ende kam er mit dem Bildungssystem nicht zurecht. Ja, doof war er nicht. Er konnte sehr gut hinter die Fassaden blicken und Zusammenhänge erkennen. Vieles, was inzwischen eingetroffen ist, sei es wirtschaftlich oder Politisch, hatte er schon vor Jahren genau so vorausgesagt. „Was du schon wieder denkst" meinten seine Freunde und belächelten ihn nur. Manche hielten ihn gar für einen totalen Spinner. Aber das war er keineswegs. Wieder andere hielten ihn für zu faul zum Arbeiten. Aber auch das stimmte nicht. Er hatte nur einfach keine Lust, sich für 8,50€ in der Stunde seine Knochen noch mehr kaputt zu machen. Abgesehen davon, war das Amt nicht in der Lage, ihm einen anderen Job, außer als Koch zu verschaffen. Obwohl sie es schriftlich von seinen Ärzten hatten, dass er in diesem Job nicht mehr arbeiten konnte. Nun denn, so saß er eben in seiner Vierzigquadratmeterbude und blickte mit seinem Hartz IV- Einkommen auf die Welt da draußen. Er konnte in aller Ruhe abwarten.

Und während Sascha so aus seinem Fenster blickte, war es bei Andrea langsam Zeit geworden, das Essen für die Brut zu bereiten. Sie hatte sich noch gar keine Gedanken darüber gemacht, was sie denn heute kochen wollte. Da fiel ihr ein, dass sie ja am Wochenende gemeinsam mit den beiden einen Speisenplan gemacht hatte. Aber wo war der bloß hingeraten? Sie fand ihn schließlich in einem der Kochbücher. Ach ja, heute waren scharfe Hackbällchen gewünscht – Beilage egal. Na mal sehen. Hoffentlich war noch Hack im Gefrierschrank, sonst musste sie noch los und dann würde es knapp werden. Gott sei Dank, da war noch welches da. Ab in die Mikrowelle zum Auftauen. Eine Stunde später kam die hungrige Meute auch schon durch die Tür gestürmt. Andrea hatte den Tisch noch nicht gedeckt. Sie wollte gerade ihre Tochter bitten, dies noch schnell zu tun, da war diese allerdings schon dabei. Freiwillig. Das kam ihr komisch vor. Ihre Kinder hatten beide die Eigenschaft nur dann etwas freiwillig zu tun, wenn sie etwas Bestimmtes von ihr wollten. Es dauerte auch nicht lange, da fing Lisa an: „du-u, Mamilein?" Andrea hasste es, so genannt zu werden. Immer diese Verkleinerungsformen. Sie hat auch nie zugelassen, dass ein Mann sie „Mausi" oder so gerufen hätte. So etwas verbat sie sich einfach. Sie hörte schlichtweg nicht darauf und irgendwann kapierte das auch der letzte Bursche aus ihrem Dorf und ließ es sein. Aber ihre Tochter war da von einem ganz anderen Kaliber. Sie hatte keine Ahnung, von wem sie das hatte. Sie meinte immer, ihren Kindern Respekt beigebracht zu haben. Es konnte nur daran liegen, wie ihr Mann sie behandelte. Nicht, dass er sie schlug. Nein, manchmal wünschte sie sich, er würde es tun. Das wäre wenigstens eine Form von Zuwendung.

Sie war für ihn Luft geworden. Für ihn zählte nur sein Job und seine Mutter. Das alles ging ihr so durch den Kopf, während sie darauf wartete, was ihre liebe Lisa gleich von ihr fordern würde. „Mein Wischi, wie sie ihr I-Phone zu nennen pflegte, ist mir heute runter gefallen".

„Aha" meinte Andrea, „und"? „Es ist kaputt". „So, so" Langsam wurde aus der schleimigen Lisa eine ungehaltene: „ich brauch s o f o r t ein neues." „ Gut", meinte Andrea, „dann geh und hol dir eins". Jetzt sprang Lisa auf und schrie: „du blöde Kuh, das kostet mindestens 300 Euro!" Und bevor Andrea irgendetwas darauf erwidern konnte, war sie auch schon in ihr Zimmer gestürmt und schlug laut die Tür hinter sich zu. Tom war während der ganzen Zeit schweigend dagesessen und schaufelte genüsslich ein Hackbällchen nach dem anderen in sich hinein. Man konnte ja gegen seine Mutter sagen, was man wollte. Kochen konnte sie. Er half beim Tisch abräumen, ausnahmsweise einmal völlig uneigennützig und verschwand dann ebenfalls in seinem Zimmer.

Oh, Gott, wie gerne hätte sie jetzt ein paar Schubladen und Schranktüren zugeknallt. Aber bei diesen modernen Küchen ging das ja nicht mehr. Die schlossen ja von selbst. Gaaaanz laaangsaam. Wirklich, wem war das nur eingefallen? Wie sollte sich „frau" nun abreagieren? Sie hatte es einmal mit Bügeln versucht, sich dabei aber immer wieder selber über ihre Finger gebügelt. Mit Wut im Bauch bügeln, war also definitiv nicht geeignet, das Gemüt abzukühlen. Nun gut. Die Kinder würden vor dem Abendbrot nicht aus ihren Höhlen auftauchen. Sie hatte also ein paar Stunden Zeit um sich beim Radfahren abzukühlen. Es ging hier Kilometer lang geradeaus, ohne jegliche Steigung.

Hier konnte sie ihren Gedanken freien Lauf lassen. Sie fuhr zu ihrem Lieblingsplatz. Ein etwas verborgener Anglersee. Eigentlich nur für Angler. Aber sie badete ja nicht. Sie saß einfach nur da, beobachtete die Wasservögel und manchmal warf sie ein paar Steine und sah, wie die Wellen sich ausbreiteten und schließlich im Nichts verliefen. Sie dachte nach über Gott und die Welt. Wie hatte alles so weit kommen können? Warum nur fand sie keine neue Anstellung? Manche Firmen schrieben nicht einmal mehr eine Absage. Sie meldeten sich einfach überhaupt nicht. Sie hielt das für sehr respektlos. Immerhin saß sie an jeder Bewerbung gut zwei Stunden dran. Sie dachte daran, wie es wohl wäre, nicht mehr zu einer Arbeitsstelle fahren zu müssen um Geld zu verdienen, dass sie dann für Dinge ausgab, die sie eigentlich nicht brauchten. Und sie regte sich auf, über die Ungerechtigkeiten bei der Entlohnung. Wieso verdiente ein Investmentbanker so viel mehr, als ein einfacher Maurer, obwohl der Maurer wirkliche Arbeit vollbrachte und wirklich etwas nützliches, nämlich eine Behausung, schaffte? Ein Investmentbanker lebte eigentlich nur von Betrug und davon, vielen Geld abzunehmen und es einigen wenigen, die eh schon zu viel hatten, zuzuführen. Und die, die Geld hatten, hinterzogen auch noch Steuern, obwohl sie kein Gramm weniger Brot zu beißen hätten, wenn sie diese regulär bezahlen würden. Aber der Mensch war schon immer neidisch und geizig. Sie dachte auch an die Flüchtlinge, die derzeit das Land überschwemmten und die unterschiedlichen Haltungen der Leute dazu. Einige meinten Angst haben zu müssen, dass die „Deutschen" aussterben würden. Die sollten sich einmal mit der Kolonialzeit befassen. Auch die Deutschen waren einmal Kolonialherren gewesen. Damals wurde die allgemeine Haltung vertreten, dass die Schwarzen ja „nur Neger" wären, Menschen niedrigster Klasse, nur kurz über dem Affen stehend. Diese „Affen" wurden- und werden es noch- von den europäischen Mächten ausgebeutet. Und jetzt kommen diese Menschen zu uns und wollen ein Stück abhaben, von dem Kuchen, den sie Jahrhunderte lang für uns gebacken haben. Es geht in Wirklichkeit gar nicht um die Angst, der „Deutsche" könne aussterben oder müsse nun hintanstehen, sondern darum in den Spiegel zu schauen und Schuld zuzugeben und Wiedergutmachung zu leisten. Und keiner kann sagen, er hätte keine Schuld, weil er ja damals noch gar nicht gelebt hätte. Jeder, der irgendwo ein Billigprodukt kauft, hat Mitschuld. Jeder, der nicht auf die Straße geht, wenn wieder einmal durchsickert, dass auch Deutschland Waffen in Drittländer geliefert hat, hat Mitschuld. Auch Andrea fühlte sich schuldig. Aber anstatt wirklich das Übel bei der Wurzel zu packen, bildeten sich nun zwei Lager: die Gutmenschen und die Nazis, und bekämpften sich gegenseitig. Und in den Medien wurde je nachdem, welche Partei gerade Stimmen brauchte, mal die eine und mal die andere Seite unterstützt. Und die Flüchtlinge wurden derweil in Lagern geparkt. Überhaupt lief alles schief. Überall gab es nur noch Krisen: Klimakrise, Eurokrise, Finanzkrise, Flüchtlingskrise. Sie konnte es schon nicht mehr hören. Dann wurde sich zu Gipfeln getroffen aber wirklich getan wurde nichts. Außer die, die eh schon wenig hatten, noch mehr zu schröpfen. Sparen sollte man, aber auch konsumieren. Wie sollte das denn gehen? Andrea hat das alles langsam echt satt. Dabei ging es ihnen noch vergleichsweise gut. Ja, wirklich. Peter arbeitete auch hart dafür.

Aber war es das auch wirklich wert? Er hatte schon mehrfach wegen Magengeschwüren behandelt werden müssen. In ihrer alten Firma gab es einige, die wegen Burnout, Gehörstürzen und sogar Krebs auf einmal weggefallen waren. Und keiner war ersetzt worden. Die Arbeit wurde einfach umverteilt. Einmal saß sie weinend im Büro, weil wegen Krankheit und Urlaub nur noch sie alleine für die Arbeit zuständig war, die zuvor sechs Menschen gemacht hatten. Zum Dank bekam sie dann noch Abmahnungen dafür, weil ihr während dieser Zeit Fehler unterlaufen waren. Aber daran mochte sie nun nicht mehr denken, sonst kam ihr bloß wieder die Galle hoch. Nur dumm, dass diese negativen Ereignisse unterschwellig in jede ihrer Bewerbungen mit einflossen. Wie schön war es damals in den Neunzigern noch gewesen, als sie bei dieser Bank angefangen hatte. Sie war Marktfolgesachbearbeiterin gewesen und wenn es brannte, dann machte sie auch mal Schalterdienst oder Kasse. Es war sehr abwechslungsreich gewesen. Und die Kolleginnen und Kollegen waren sehr nett gewesen. Sehr entspannt war das Ganze noch. Man traf sich auch privat, machte Wochenendausflüge, es durfte bei der Arbeit auch mal gelacht werden. Dann ging der alte Vorstand, der mit vierzehn bei dieser Bank angefangen und diese aufgebaut hatte, in Pension und ein neuer kam. Und der kehrte alles komplett um. Die Bank, die für die kleinen Sparer da war und sich wirklich noch an den Kundenbedürfnissen orientiert hatte, wurde zur Vertriebssparkasse. Es hatte ja vorher schon Vorgaben gegeben, aber nun wurden diese immer umfangreicher und strenger. Mit den Jahren wurde das Lachen bei der Arbeit immer weniger. Konkurrenzdenken hielt Einzug.

Die Menschlichkeit verschwand. Es zählte nicht mehr der Kunde, sondern nur noch die Provisionen und Kredite. In so einem Hamsterrad wollte sie nie wieder landen. Und überhaupt war sie an diesen See gefahren, um auf schönere Gedanken zu kommen. Sie widmete sich wieder der Beobachtung der Wasservögel, blickte zu den Wolken und versuchte" Fuchur" ausfindig zu machen. Aber heute flog der weiße Kuscheldrache wohl nicht. Auf einmal beschlich sie ein ungutes Gefühl. Sie wusste nicht, woher dieses Gefühl kam. Irgendwo tief aus ihrem Inneren, noch nicht an der Oberfläche, aber doch schon da. Sie hatte seit ihrer Pubertät solche „Vorahnungen". Es war Zeit, zurück zu radeln. Peter würde bald von seiner Arbeit kommen, theoretisch zumindest. Praktisch würde es wohl wieder nicht vor halb acht sein. Wenn er wenigstens Überstunden bezahlt bekäme. Aber er hatte ja einen „AT-Vertrag". Außer Tarif. Das waren die Überstunden schon drin. Einen Bonus gab es noch, wenn alles glatt lief. Dafür war er zuständig, dass alles glatt lief. Für jeden Zwischenfall, zum Beispiel wenn eine Maschine still stand, gab es Abzüge. Und immer hatte er irgendwie Bereitschaft. Er übernahm sogar oft Wochenendbereitschaften für Kollegen. Angeblich tauschte er nur seine Dienste. Aber das glaubte sie nicht. Er suchte nur Ausreden, um keine Zeit mit ihr verbringen zu müssen. Egal. Auch das war wohl mehr oder weniger normal, dachte sie zumindest. Es ist nun einmal das liebe Geld, was alles beherrscht. Sie sollte eigentlich glücklich sein. Sie hatten ein großes Haus, sogar mit Einliegerwohnung im Keller, die sie nicht zu vermieten brauchten. Sie hatten jeder ein Auto und sie musste beim Einkauf nicht jeden Cent zweimal umdrehen, bevor sie ihn ausgab. Selbst jetzt nicht,

obwohl sie keinen Job hatte. Sie musste auch nie um Geld fragen, denn sie hatte eine eigene Kontokarte für das Konto von Peter. Die Kinder entwickelten sich auch prächtig zu pubertären Monstern, aber ansonsten gesund und munter. Also was wollte sie noch? Sie wusste es nicht. Sie wusste nur, dass sie das was jetzt gerade war, so nicht mehr wollte. Und irgendwie hatte sie das dumpfe Gefühl, dass sich tatsächlich bald etwas ändern würde. Sie hatte nur noch nicht die blasseste Ahnung, wie radikal diese Veränderung sein würde und wie nah sie ihr schon waren. Auch Sascha der „Hartzer" machte sich so seine Gedanken. Im Moment wettete er gerade darauf, dass Hillary Clinton Amerikanische Präsidentin werden würde. Nach dem ersten schwarzen Präsidenten würde sie nun die erste Frau Präsidentin sein. Seine Freunde waren natürlich wieder nicht seiner Meinung. Aber er hatte auch mit den Spritpreisen recht gehabt. Schon ein halbes Jahr zuvor hat er den Ölpreisverfall vorausgesagt. Er wusste auch genau, wer den Russen wieder als den Bösen hinstellte und warum. Aber keiner wollte es hören. Es wusste auch schon, dass mit der Weltwirtschaft demnächst etwas ganz radikales passieren würde. Er wusste nur noch nicht genau wann und wie. Aber dass etwas geschehen würde, war für ihn so klar wie Kloßbrühe. Und auch, dass es für ihn ein Spaß werden würde. Er war einer von denen, die nichts zu verlieren hatten und nur noch gewinnen konnten. Natürlich konnte auch er nicht ahnen, wie sehr er gewinnen würde.
Inzwischen war Andrea zu Hause angekommen. Sie war schnell geradelt und entsprechend verschwitzt. Also erst einmal duschen. Sie freute sich darauf. Für sie war Duschen Wellness, so stand es ja auch auf

vielen Duschbädern drauf. Sie liebte es, sich Minutenlang unter dem extra großen Duschkopf berieseln zu lassen. Es fühlte sich wie warmer, weicher Regen an. Gerade wollte sie ins Bad, da stürmte Lisa aus ihrem Zimmer: „ da bist du ja endlich! Wo warst du so lange?" Mit vorwurfsvollem Blick, die Hände in die Hüften gestemmt steht sie da, wie damals ihre eigene Mutter dagestanden hatte, wenn sie zu spät nach Hause gekommen war. „Ich war Radfahren, wieso?" „Na du wolltest doch mit mir ein neues Wischi kaufen gehen", meinte Lisa. „Da hast du wohl etwas missverstanden, mein Fräulein, ich sagte Du sollst dir eins holen. Du bekommst schließlich Taschengeld", sagte Andrea und setzte ihren Weg ins Bad fort. Lisa folgte ihr nach. „Aber mein Taschengeld ist längst alle und überhaupt bekommen alle anderen viel mehr". „ Nun, dann trag Zeitungen aus oder mach Babysitter", antwortete Andrea „ und nun verlass bitte das Badezimmer, ich muss duschen". Lisa murmelte noch irgendetwas Unverständliches im Hinausgehen. Andrea vermutete, es war wohl nicht Liebenswürdiges und fragte daher nicht weiter nach. Trotz der Auseinandersetzung genoss sie ihr Duschbad und danach war sie bereit, nochmal vernünftig mit ihrer Tochter zu sprechen. Aber mit einem Pubertätsmonster vernünftig zu reden war praktisch unmöglich. Peter kam gerade rechtzeitig nach Hause, bevor die beiden handgreiflich werden konnten. Das ein oder andere Mal war Andrea schon die Hand ausgerutscht. Sie wollte das nicht und nachher tat es ihr auch immer leid. Aber Lisa schaffte es einfach immer wieder, sie so lange zu reizen, bis sie zuschlug. Bei Tom war ihr vor drei Monaten zum letzten Mal die Hand ausgerutscht. Er hatte zurückgeschlagen, hatte sie in den Bauch geboxt.

Seither hatte sie Angst vor ihm; vor ihrem eigenen Sohn. Sie hatte Peter nichts davon erzählt. Wozu auch. Er tat ja eh nichts. Er führte durchaus Gespräche mit seinen Kindern, aber er redete mit ihnen, als wären sie seine Angestellten. Auch mit Andrea sprach er so, wenn er denn mal sprach. Er merkte das gar nicht. Einmal hatte sie es ihm gesagt: „du redest mit mir, als wär ich eine Angestellte". Er hat nicht verstanden, was sie meinte. Er merkte nicht, dass er von jedem Führungskräfteseminar verändert zurückkam. Er wurde immer mehr zum Chef und immer weniger zum Ehemann und Vater. Klar, er ging zu Elternsprechtagen. Das machte ihm sogar Freude. Lehrkräfte in Grund und Boden zu reden. Das konnte er gut. Peter passte in diese Welt, weil er rational war. Sie hingegen war der totale Gefühlsmensch. Er konnte gut rechnen, kalkulierte jedes Wochenende, an dem er mal keinen Dienst hatte ihre Finanzen und wenn Geld übrig war, dann wurde das auch ausgegeben. Für so sinnlose Dinge wie neue Regale, so ganz besondere aus alten Booten gefertigt, mit noch alter, abgeblätterter Farbe daran. Oder ein Dolby Surround System fürs Heimkino, obwohl der Verkäufer meinte, dafür benötigten sie einen eigenen Fernsehraum, weil es sonst nicht wirkt. Das war alles egal. Es war Geld übrig, also musste konsumiert werden. Da war Peter großzügig. Nur sich selbst gönnte er selten etwas. Zum Beispiel im Urlaub. Niemals buchte er für sich einmal eine Massage. Andrea hingegen hätte sich jeden Tag massieren lassen dürfen. Er lag einfach nur am Strand und schlief. Keine Tretboot oder Bananenbootfahrt mit den Kindern. Die Kinder durften schon, aber er selbst? Niemals! Warum nur war er sich selbst gegenüber so geizig? War das auch normal? Hing das mit seiner Emotionalen Kompetenz oder besser gesagt Inkompetenz zusammen? Andrea hatte einmal eine Art Zeugnis von einem seiner Führungskräfte Seminare gefunden. Darin wurde ihm bestätigt, dass er quasi keine emotionale Kompetenz besaß. Hieß das, dass er unfähig zur Liebe war? Das würde zumindest einiges Erklären. Zum Beispiel die nie gemachte Hochzeitsreise. Die standesamtliche Hochzeit im kleinsten Kreis, nur mit Großeltern, Eltern, Paten und Trauzeugen. Oder hatte er nur eine harte Schale und einen weichen Kern? Andrea hatte lange schon aufgehört, sich das zu fragen. Es erschien ihr sinnlos. Sie lebten schon längst nicht mehr miteinander, sondern nur noch nebeneinander. Eigentlich war sie nur noch der Kinder wegen bei ihm und wegen des Geldes. Diese scheiß Geld! Es ging nicht mit aber noch weniger ohne. Oder doch? Sie würden es bald erfahren. Und erleben. Durchleben. Sie hatten es so schön gehabt in ihrem selbst gebauten Haus auf dem Land. Peter hatte einen sicheren Job gehabt, aber aus irgendwelchen unerfindlichen Gründen wollte er auf einmal weg von dort. Und nicht nur ein paar Kilometer, nein gleich sechshundertfünfzig mussten es sein. Ganz zu Anfang, als sie gerade hergezogen waren, hatte es ihrer Ehe einen Kick gegeben. Wie damals, nach dem Einzug in ihr erstes Haus hatten sie jeden Raum „eingeweiht", sogar den Gartenschuppen. Das war schön gewesen, obwohl die Initiative dazu jedes Mal von ihr gekommen war. Irgendwann waren dann auch alle Räume durch und sie hatte auch keine Lust mehr immer den Anfang zu machen. Aber das war eine ganz andere Geschichte und eigentlich eh schon egal. Sie hatte sich gefügt, wie schon so oft in ihrem Leben. Wie damals in der Schule, wenn die Lehrkräfte sie immer

von ganz hinten nach ganz vorne versetzen. Oder als sie als Einzige von einem Jahr zum nächsten in eine Parallelklasse gesteckt worden war. Immerzu hatte sie das getan, von dem sie dachte, dass es von ihr erwartet würde. Nur selten hat sie dabei auch mal an sich gedacht. Jetzt dachte sie schon an sich, weil sie dafür Zeit hatte. Und sie kam immer mehr zu dem Schluss, dass ihr ihr jetziges Leben ganz und gar nicht behagte. Sie fühlte sich gefangen im goldenen Käfig. Obwohl Peter ihr sämtliche Freiheiten ließ. Nur leider sah sie das nicht so. Sie meinte, er wäre ihr gegenüber gleichgültig. Sie fühlte sich ungeliebt und unverstanden. Sie hätten nicht wegziehen dürfen. Das würde kein schönes Ende nehmen. Egal. Alles nur Gedanken. Bis zur Volljährigkeit ihrer Kinder wollte sie noch durchhalten. Immerhin wurde sie nicht geschlagen. Wobei manchmal wünschte sie sich sogar genau das. Das wäre wenigstens eine Form der Aufmerksamkeit gewesen. Oder sie hätte einen triftigen Grund gehabt zu gehen. Aber eigentlich hatte sie es doch gut. Das musste sie sich nur immer wieder vorsagen.
22 Uhr.
Zeit für die Kinder ins Bett zu gehen. Andrea hatte damals, als sie in diesem Alter war, längst geschlafen. Sie meinte, mindestens zehn Stunden Schlaf zu brauchen. Vielleicht sah sie deswegen heute um zehn Jahre jünger aus, als sie in Wahrheit war. Oder es lag daran, dass sie nie geraucht hatte. Rauchen macht echt alt. Sie hatte einmal eine Arbeitskollegin, von der dachte sie immer, sie wäre genauso alt wie sie selbst. Dabei war sie elf Jahre jünger gewesen. Aber eben eine starke Raucherin. Da hilft auch keine noch so teure Creme dagegen. Wobei teure Cremes helfen nur dem der sie verkauft.

Auch das hatte Andrea schon vor langem festgestellt. Sie gab nie mehr als 5 Euro für eine Gesichtscreme aus. Sie hatte bemerkt, dass je glänzender und goldener die Verpackung, umso weniger taugte der Inhalt. Oder warum sonst versuchen die Hersteller die Augen der Käuferinnen so zu blenden? Und wie um ihre Gedanken zu bestätigen, kam grad eine Werbepause im Fernsehen. Ein Waschmittel, das noch weißer und reiner wäscht, als jemals zuvor. Na was hat sie denn dann zwanzig Jahre lang benutzt? Wie weiß kann denn Wäsche noch werden? Wellness Weichspüler. Weichspüler Aromatherapie. Oh, Gott, was sollte das denn? „Spar ich mir dann meinen Therapeuten"? dachte Andrea verwundert. Haarshampoo das tief ins Haar eindringt und es von innen heraus repariert. Was für eine Verarsche! Aber wenigstens sagen sie nicht mehr „für gesünderes Haar" sondern nur noch „für gesünder aussehendes Haar". Ob das außer ihr noch anderen aufgefallen ist? Vermutlich nicht. Oder wenn, dann nur ganz wenigen. Der Konsum läuft. Jeden Tag stehen tausende von Frauen ratlos vor dem drei Meter breiten und fünf Stufen hohem Shampoo Regal und kaufen am Ende das Produkt mit der einprägsamsten (und bescheuertsten) Werbung. Täglich machen Ehemänner Überstunden um Geld zu verdienen, für Dinge die eigentlich kein Mensch wirklich braucht. Und ihre Frauen müssen ebenfalls arbeiten gehen, um sich ein wenig Taschengeld zu verdienen (von der Gleichheit beim Verdienst sind wir immer noch weit entfernt)damit sie sich teure Kosmetik Produkte kaufen können, weil sie glauben, ihren Männern dann besser zu gefallen. Dabei beachten sie diese schon gar nicht mehr. Können das auch gar nicht mehr, weil sie an Burnout leiden oder der Manager-Krankheit oder weil

sie schlichtweg von Geld und Prestige besessen sind. Dieses Prestigedenken hatte überhaupt Überhand genommen. Peter war letzte Woche in fünf verschiedenen Autohäusern gewesen, weil der Leasing-Vertrag seines Luxusauto bald ablief. Andrea hat ihn dann gefragt, weshalb er alle zwei Jahre so ein Tamtam mache, wenn er am Ende doch wieder bei „seiner" Marke bleiben würde, treu nach dem Motto: solange ich mit einen XYZ leisten kann, kaufe ich mir auch einen und nicht so ein ausländisches Billigmodel. Und nicht nur das. Er ließ seinen geliebten Wagen jede Woche von einem Profi reinigen. Und da war er nicht der Einzige. Das Geschäft seines Autopflegers lief bestens. Ursprünglich hatte dieser das Ganze privat nur an den Samstagen betrieben. Inzwischen war er selbstständig und hatte sogar einen Angestellten. Und er konnte den Service bieten, das Auto zu holen und wieder zu bringen. Das war wahrer Luxus. Eine normale Waschanlage kam für Peter nicht infrage. Wo kämen wir denn da hin? Oh, Und natürlich hatten die Kinder jedes seinen eigenen Fernseher, auf dem sie auch ihre PC-Spiele spielen konnten. Die Werbepause ist zu Ende. Die letzte Minute des Filmes wird wiederholt, weil man nach zehnminütiger Werbeunterbrechung kann schon mal den Faden verlieren kann. Peter legt den Arm um seine Frau. Nanu? Heute scheint er wohl gewillt zu sein, mal wieder seinen ehelichen Pflichten nachzukommen. Eigentlich hatte sie keine Rechte Lust dazu. Aber was soll's? Es würde schnell gehen, wenn sie es darauf anlegte.
23:30h.
Der Film ist zu Ende. Der eigentliche Film hätte nur neunzig Minuten gedauert, aber durch die gefühlten einhundert Unterbrechungen, zog sich das ganze doch

sehr in die Länge und ihre Lust war dadurch nicht gerade gesteigert worden. Peter wollte noch Nachrichten gucken. Andrea ging daher schon vor. Meistens schaute er dann doch noch länger, oft bis zwei Uhr morgens. Sie schlief dann immer schon. Aber heute war es anders. Der Ganze Tag war anders gewesen. Oberflächlich ganz normal, aber unterschwellig war da was. Peter kam ins Bett, aber seine „Lust" war ihm wohl vergangen. Wie Meistens drehte er sich wortlos um und schien sofort einzuschlafen. Andrea löschte das Licht und drehte sich ihrerseits um, sorgsam darauf bedacht, ihm nicht zu nahe zu kommen. Irgendwie hätte sie doch schon gerne mal wieder mit ihrem Mann geschlafen. Das letzte Mal war schon wieder Wochen her, oder waren es gar schon Monate? Sie wusste es nicht mehr. Es dauerte lange, bis sie endlich einschlief und es war ein unruhiger und kurzer Schlaf. Lange bevor der Wecker klingeln sollte, lag sie schon wieder wach im Bett und grübelte. Sie dachte über ihr bisheriges Leben nach. Was sie erreicht hatte. Hatte sie überhaupt etwas erreicht? Wenn es nach ihrer Schwiegermutter ging, dann war aus ihr nichts geworden. Einmal hatte Peter eine Diskussion darüber mit seiner Mutter, was denn „der ist was geworden" genau bedeutet. Es kam dann heraus, dass quasi alle „Nicht-Akademiker" nichts geworden sind. Also ein Handwerker, ein Gemeindearbeiter, ein Müllmann etc., sie alle waren in ihren Augen nichts Besonderes. Dabei sind doch genau diese Menschen die eigentlichen Träger der Wirtschaft. Ohne sie läuft garnichts. Es gab einmal einen Bericht, als in New York die Müllabfuhr gestreikt hatte. Es dauerte nur einen einzigen Tag, um die Stadt im Chaos versinken zu lassen.

Aber so war diese Welt geworden. Kalt und lieblos, nur noch auf Profit bedacht. Es gab zwar viele, die darüber lamentierten und sich aufregten, aber letztendlich doch nichts dagegen unternahmen. Und dann viel ihr fb-Post wieder ein. Den sie vor ein paar Tagen gelesen hatte. Jemand hatte folgendes geschrieben:
Eine Welt ohne Geld ist:
Machbar, weil Technologie den Großteil der schweren Arbeit für uns übernehmen kann und das bereits tut.
Möglich, weil wir soziale Wesen sind, die von Natur aus Kooperation bevorzugen, wenn unsere Grundbedürfnisse erfüllt werden.
Besser, weil jeder auf Benötigtes zugreifen kann und wir nicht konkurrieren, den Planeten zerstören oder uns für Profit bekriegen müssen.
Unausweichlich, weil Technologie bezahlte Arbeit vernichtet und globale Schulden rein rechnerisch niemals beglichen werden können.
Die Kommentare zu diesem Post waren haarsträubend gewesen, weil der Erschaffer dieser These das Ganze nicht so ganz durchdacht hatte. Niemand würde freiwillig auch nur auf einen Cent verzichten und es hatten längst nicht alle Zugang zu allem, was lebensnotwenig war. Wasser war da ein gutes Beispiel. Und menschliche Faktoren waren auch völlig außer Acht gelassen. Es waren nun einmal nicht alle friedliebend, selbst dann nicht, wenn sie mehr als genug von allem hatten. Sie wollten trotzdem immer mehr. Nicht nur das Geld war ein Problem, sondern der Charakter der Menschen.
Sie waren schlecht geworden. Ich-bezogen. Und dann kamen noch die Machthungrigen, Streitsüchtigen, Neidischen und Gierigen dazu.

Das war wirklich ein heikles Thema mit dem Geld und irgendwie hatte Andrea das unbestimmte Gefühl, dass sich in dieser Richtung etwas tun würde.
Sie ahnte nicht, wie bald. Keiner ahnte das, nicht einmal der Schreiberling auf Facebook.
Armer Peter, wie wirst du leiden, wenn sich da dran einmal irgendwas ändert? Peter schnarchte. Sie überlegte, ob sie schon aufstehen sollte, entschied sich aber dann doch dafür, noch eine Weile im warmen Bett liegen zu bleiben. Sie schloss die Augen und fiel in einen unruhigen und verstörenden Traum:
Sie war wieder Kind, oder zumindest noch jung. Die Sonne schien und sie lief über eine blühende Wiese. Sie trug ein weißes Kleid. Unschuldig, fast durchsichtig, wenn man bei Gegenlicht hindurch sah. Dann, auf einmal zogen Gewitterwolken auf. Es begann ein Sturm. Der Wind zerrte an ihrem Haar. Trotzdem verspürte sie keine Angst. Der Sturm verebbte und aus der Wiese war eine Mondlandschaft geworden. Karg und trostlos. Nur ganz hinten, am Horizont, scheinbar in unerreichbarer Ferne, da war etwas.
Hoffnung?

Der Anfang vom Ende

Als der Wecker sie aus diesem Traum riss, vermochte sie sich allerdings nicht mehr daran zu erinnern. Nur ein vages, beunruhigendes Gefühl war geblieben. Und sie hatte geschwitzt. Ihr Nachthemd war klitschnass. Das war seltsam. Es musste ein heftiger Traum gewesen sein und trotzdem war die Erinnerung daran wie weggeblasen. Peter war schon im Bad oder besser gesagt noch. Normalerweise, war er um diese Uhrzeit schon fertig. Er hatte verschlafen, weil auch er lange Zeit nicht hatte einschlafen können. Das sagte er ihr beim Frühstück. Eigentlich frühstückten sie unter der Woche nie gemeinsam. Heute schon. Und noch etwas war anders. Er sprach mit ihr. Und zwar richtig. Er erzählte ihr von den Nachrichten gestern Abend. Und er war blass dabei geworden. Er erzählte etwas von Hackern, die wohl sämtliche Bankensurfer geknackt hätten und dass es keine Kontostände mehr gäbe. Sämtliche Konten, weltweit ständen auf Null. Es gab kein fiktives Guthaben mehr. Auch keine Schulden mehr. Nichts mehr. Die Börsen wären abgestürzt. Kein Internethandel sei mehr möglich, auch das hätten die Hacker unterbunden.
Wow.
Andrea saß, da, mit offenem Mund, ihren Latte in der Hand und wusste mit einmal, was für ein ungutes Gefühl sie da gestern gehabt hatte. Für sie war nun alles klar. Und sie fand es toll! Im Gegensatz zu Peter. Für ihn brach buchstäblich die Welt auseinander. Er, der sich nur über sein Geld identifizierte, wähnte sich

nun vor dem Nichts. Für ihn war alles sinnlos geworden. Nicht so für Andrea. Sie sah eine nie dagewesene Chance für einen absoluten Neuanfang. Nicht nur für sie beide, sondern für die ganze Welt. Dieses eine Ding- das Geld- was nur Ungerechtigkeit und Krieg gebracht hatte und Macht und Habgier, dieses Ding gab es nun mit einmal nicht mehr. Während Peter fieberhaft überlegte, wie er wohl all die Versicherungsbeiträge, die Hypothek fürs Haus, die Leasingraten fürs Auto et cetera, bezahlen sollte, dachte Andrea „frei". Und dann sagte sie es laut: „wir sind frei". Ungläubig starrte Peter sie an. „Wie meinst du das"? „Na überleg doch mal, du musst keine Raten mehr für irgendetwas bezahlen". Er verstand immer noch nicht. „Ja aber die Kosten?" sagte er. „Strom, Wasser, Gas, Treibstoff, Nahrungsmittel. All das eben. Wie soll das nun bezahlt werden?" „Gar nicht mehr. Oder besser gesagt: anders" meinte Andrea. „Wie, anders?" entgegnete Peter immer noch fassungslos. Andrea befiel eine merkwürdige Ruhe. So als wäre jetzt endlich alles gut und genau so, wie es sein soll. Im Radio spielten sie grade passend dazu den Song „So soll es sein, so kann es bleiben, so hab ich es mir gewünscht…". Peters Handy klingelte. Seine Arbeit rief. Er war spät dran. Wahrscheinlich wussten die noch gar nicht, was los war. Oder doch?

Wie dem auch sei, er musste los. Oben hörte Andrea ihre Kinder streiten. Lisa war es heute einmal gelungen, vor ihrem Bruder das Bad zu besetzen und Tom weigerte sich, das Gästeklobad zu benutzen. Er schrie, dass seine Blase gleich platzen würde und sie solle gefälligst die Tür öffnen. Andrea überlegte kurz,

ob sie einschreiten sollte, aber da trampelte Tom schon die Treppe herunter und entledigte sich seiner Last nun doch im Gästeklobad. Tja, die würden sich noch wundern, wie klein ihre geschwisterlichen Probleme zu den noch kommenden sein würden. Alles, aber auch wirklich alles würde von nun an völlig anders laufen. Das ganze Leben.
Babsi, geschieden, zwei Kinder und Andreas beste Freundin, hatte auch soeben ihre Kinder aus dem Haus geschafft. Dann musste sie sich erst einmal wieder hinsetzen und nachdenken. Sie stützte dabei ihren Kopf in die Hände. Er schien fast zu platzen. So viele Gedanken auf einmal. Sie hatte drei Jobs, um ihren Lebensunterhalt auch nur halbwegs bestreiten zu können. Von ihrem Ex war nichts zu erwarten. Im Gegenteil. Als er mitbekam, dass sie drei Jobs hatte, hatte er seinerseits versucht, Unterhalt von ihr zu bekommen. Gott sei Dank war die Familienrichterin auf ihrer Seite gewesen. Was hatte die ihrem Ex den Marsch geblasen. Richtig laut war sie geworden. So laut, dass die Leute in der Eingangshalle ein Stockwerk tiefer noch alles hören konnten. Der würde nie wieder versuchen, irgendetwas von ihr zu bekommen, schon gar kein Geld. Obwohl, das gab es ja jetzt nicht mehr. Das war so gesehen ein Segen. Andererseits aber hatte sie nun wohl keine Arbeit mehr. Und wenn doch noch, wie sollte dann in Zukunft ihre Bezahlung erfolgen? Wie sollte sie ihre Miete bezahlen? Wovon sollte sie ihre Kinder ernähren? Sie war kurz davor in völlige Verzweiflung zu verfallen.
Dann hob sie den Kopf und ihr Blick fiel auf die kleine

Marienstatue in ihrer Gebetsecke. Sie besann sich auf ihren Glauben und schöpfte Hoffnung daraus. Alles würde gut werden. Hinter so etwas konnte nur Gott stecken. Er hatte endlich eingegriffen, um die Menschheit wieder auf den richtigen Pfad zu lenken. Und dieses Mal ohne Sintflut, ohne Feuer oder sonstige Plagen. Im Gegenteil. Er hatte die Menschheit von einer Plage befreit: der Geldplage.

Wo war das eigentlich hergekommen, dieses „Geld"? Wer hatte es erfunden und warum? Sie wusste nicht genau weshalb, aber plötzlich wollte sie es genau wissen. Sie stand auf, schnappte sich ihre Schüssel und machte sich auf den Weg in die Bücherei. Sie fand ein Buch mit dem Titel:" Macht und Geld im alten Rom". Das klang vielversprechend.

Sie las, dass es bei den Römern schon einen „Fiskus" gab. Damit war damals aber die Privatkasse des Herrschers gemeint. Die Staatskasse hieß „ aerarium" was übersetzt „Kupferkammer" bedeutet. Und dann gab es noch die „arca publica", die Kommunalkasse.

Die Zusammenhänge zwischen Geld und Macht sind nicht unter einem einzigen Blickwinkel erkennbar und erklärbar. Es gibt Bedürfnisse und Austausch. Ausdrucksmittel des Bedürfnisses ist das Geld geworden und zwar nach Übereinkunft. Daher der Ausdruck „Geld", weil sein wert nicht auf der Natur desselben, sondern auf „Geltung" beruht. „Aha" dachte Babsi, „Geld kommt also von Geltung".

Geld war Tauschmittel, Zahlungsmittel, Wertmaßstab für Waren und Dienste, Wertübertragungsmittel und Wertbewahrungsmittel.

Aber wer bestimmte den Wert? Damals machten Händler und Käufer das noch unter sich aus.

Ach, und da stand noch was Interessantes:

Die Hauptmünzstätte war auf dem Capitol (kam daher das Wort Kapital?) gleich neben dem Tempel der „Iono Moneta", der „Mahnerin". Daher also der Ausdruck „Moneten".

Rom kannte nur die zweckgebundene Steuer, das „munus", eine unentgeltliche freiwillige oder pflichtgemäße Leistung an einen Privatmann, eine Stadt oder den Staat.

Ende des 5. Jahrhunderts. war noch das „tributum", die Vermögenssteuer erhoben worden.

Ja damals war wohl alles noch gerechter zugegangen. Die zu erbringenden Leistungen waren befristet auf ein Jahr oder auch im Bedarfsfall zu erbringen. Wobei Rom quasi immer Bedarf hatte, so kriegerisch, wie dieses Volk war. Kriege kosteten nun einmal Geld. Lange waren Grundbesitz und Landwirtschaft die einzige anständige Erwerbsquelle. Ja, damals waren Landwirte noch angesehen. Den Menschen war noch klar, dass ohne Anbau von Feldfrüchten Leben schlichtweg unmöglich war. Reichtum bestand aus Acker und Vieh, nicht in barem Geld.

Und dann, ca. 700 v.Chr. lernte Rom mit der griechischen Münze auch das griechische Bankwesen kennen. O.K. Die Griechen waren Schuld. Sie hatten das Bankwesen erfunden. Und trotzdem waren sie heute pleite. Das fand sie irgendwie lustig, obwohl es das beileibe nicht war.

Sie las weiter.

Die Krise begann schon im 2. Jahrhundert. Rom wurde sin sehr kurzer Zeit ein Weltreich; für seine Bevölkerung vollzog sich dieser Wandel viel zu schnell.
Und wie würde das jetzt sein? Es war ja wohl offensichtlich wieder ein Wandel im Gange. Babsi hoffte sehr, dass sich die verantwortlichen gut darauf vorbereitet hatten. So vieles musste bedacht und berücksichtigt werden. Sie nahm das Buch mit nach Hause.
Während Babsi in der Bücherei saß, schaute Andrea gerade wieder Nachrichten. Anscheinend war außer der Finanzwelt noch viel mehr zusammen gebrochen. Es gab kein www. mehr.
Weg.
Geld weg.
Internet weg.
Alles weg.
Wie würde die Jugend nun kommunizieren? Sie mussten wieder miteinander reden. Armbanduhren würden wieder hervorgekramt werden. Ob sie die guten alten Telefonzellen wieder aufbauen würden? Andrea fand das alles sehr spannend. Die meisten da draußen waren aber noch völlig erstarrt. Alle hofften noch, das Ganze wäre bloß vorrübergehend. Ein technischer Defekt. Morgen, ja morgen wäre wieder alles beim Alten. Das würden zumindest die ehemals Reichen hoffen. Die Schuldner wären wohl eher froh, auch morgen noch keine Verbindlichkeiten mehr zu haben. „hey, wo ist mein Kaffee?" „Ja genau, und Kaba ist auch keiner da". Andrea wurde buchstäblich aus ihren Gedanken gerissen. „Entschuldigt bitte, hab ich total vergessen", sagte sie, immer noch irgendwie abwesend. Ihre Kinder blickten erst sich und dann sie

verwirrt an. Andrea wollte gerade sagen, sie sollte sich heute ausnahmsweise in der Schule was kaufen, als ihr einfiel, dass das ja nicht mehr ging.
Oder vielleicht ja doch, weil ein wenig Bargeld war ja noch im Umlauf. Sie wollte es darauf ankommen lassen, sagte nichts dazu, sondern schickte die beiden einfach los. Kaum waren die beiden weg, da beging sie wie immer erst einmal ihr morgendliches Schönheitsritual. Sie ließ sich sogar noch mehr Zeit als sonst., legte eine Gesichtsmaske auf, rasierte sich die Beine, machte sich schön. Sie musste heute nicht im Internet nach Jobs suchen, das Internet war tot. Zumindest für heute. Womöglich war es ja wirklich nur von kurzer Dauer und morgen hatte sie der Alltag wieder. Morgen ginge die Jagd nach dem Geld weiter. Vielleicht. Vielleicht auch nicht. Wer konnte das schon wissen? Niemand konnte das. Aber sie, sie konnte fühlen, dass es anders war. Es war radikal. Es würde nicht viel Zeit bleiben, sich daran zu gewöhnen. Irgendwie schon blöd, dass man sich nun nicht mehr so einfach über Facebook & Co. Austauschen konnte. Nur Informationen, die gab es. Allerdings nur vage. Ein Bekenntnis der Hacker erschien, aber sie äußerten sich noch nicht genau darüber, ob und wie es nun weitergehen sollte. Nur, dass es nach und nach weiter Informationen geben würde. Man konnte auch keine Kommentare oder Fragen über das Internet stellen. Was Andrea jetzt erst einmal nicht so schlimm fand weil die meisten Kommentare die sie bisher gelesen hatte zum Großteil eher hirnlos gewesen waren. Und dazu noch voller Rechtschreibfehler. Da las man dann manchmal „Berichtigungen" wie:

" ey, Vater schreibt man mit V nicht mit F du Blöhtman". Wirklich witzig einen Schreibfehler mit einem noch viel gröberen Fehler zu korrigieren.
Andrea dachte grade an ihren ehemaligen Deutschlehrer (ihn hat zwischenzeitlich der Krebs dahingerafft). Der würde sich im Grab umdrehen um nicht zu sagen regelrecht rotieren. Klar, die neuen Regelungen waren sogar für Andrea nicht immer nachvollziehbar und verständlich, aber so das Grundlegende sollte ihrer Meinung nach schon vorhanden sein. Eine Deutschlehrerin ihrer Tochter hatte einmal in einer Sprechstunde folgendes zu ihr gesagt:
„Rechtschreibübungen sind nicht mehr so wichtig, weil der PC korrigiert ja automatisch die Fehler". Daher führe sie auch keine Diktate mehr durch, weil das Ergebnis immer so deprimierend wäre. Sie könne dann nur noch fünfen und sechsen austeilen. Das wolle sie den Kindern und sich nicht mehr antun. Ja meine liebe Frau Hirnlos-Superschlau, was nun? Auch das würde sich ändern müssen. Wieder Nachrichten. Die Hacker konnten nicht gefunden werden. Das war ohne Internet einfach nicht möglich. Wie sollte man da Daten zurückverfolgen? Es war ihnen nämlich auch gelungen, sämtliche Regierungsbüros, Geheimdienste, Firmen, Fabriken und was sonst irgendwie einen PC hatte zu hacken. Des Weiteren sickerte nun langsam durch, dass wohl auch einer Unterwanderung von Regierungen stattgefunden hatte. Sie hatten sich ein Netzwerk an Helfern aufgebaut, die nun mit ihnen gemeinsame Sache in Sachen Weltveränderung und vor allem Weltverbesserung machten. Der Sprecher meinte mit der Vorratsdatenspeicherung

wäre es einfacher gewesen diese „Terroristen" zu fassen. „Wäre es nicht, du Blödmann" sagte Andrea ins Radio. „Da hättet ihr ja auch keinen Zugriff mehr drauf." Und überhaupt waren das keine Terroristen sondern Retter in ihren Augen. Niemand konnten sich auch nur annähernd einen Begriff davon machen, welche Auswirkungen das alles auf die Welt, auf jeden einzelnen Menschen, haben würde. Trotzdem wurde alles in den düstersten Farben ausgemalt. Selbst Andrea konnte noch nicht alles vollständig erfassen. Sie wusste nur, dass es massiv war. Ein massiver Eingriff in die Natur des Geldes. Dennoch sah sie alles sehr positiv. Sie dachte an ihre Sparkassenzeit, als sie eine Zeitlang in der Kasse tätig gewesen war. Wie dreckig das Geld gewesen war. Manchmal richtig ekelig. Als zum ersten Mal die alten DM-Scheine in die neuen getauscht wurden. Da kamen alte Leute mit ganzen Geldbündeln, die sie buchstäblich unter ihrer Matratze gehabt hatten. Dementsprechend hatten die Scheine auch gerochen. So viel zum Thema „Geld stinkt nicht". Es stank sehr wohl und es war immer dreckig. Einmal krochen sogar Milben aus so einem Matratzenbündel. Allein bei der Erinnerung daran, bekam Andrea selbst heute noch eine Gänsehaut. Und egal, wie viele Tausender auch im Tresor lagen, sie hatte von Anfang an niemals das Bedürfnis gehabt, da mal was heimlich abzuzweigen. Es war einfach nur Papier. Klar träumte sie auch davon, einmal im Lotto zu gewinnen. Aber sie spielte eher selten. Nicht so ihre Mutter. Als Kind musste sie jeden Freitag mit dem Fahrrad zum Marktort fahren um den voll ausgefüllten Lottoschein aufzugeben.

Mit dem Bus fahren ging nicht, weil der eine ging um 15 Uhr, das war zu früh und der um 17 Uhr war zu spät. Und zurück hätte sie dann erst wieder jeweils zwei Stunden später fahren können. Da war sie mit dem Fahrrad hin und zurück noch schneller. Und sie fuhr eigentlich gerne Rad. Das war damals mit seinen drei Gängen schon modern gewesen. Sie hatte dieses Rad viele Jahre gehabt. Jetzt, mit 44 hatte sie erst ihr fünftes. Da hatten ihre Kinder schon jetzt mehr. Jedes Jahr musste da ein neues her. Allerdings durften sie ihre neuen Räder nicht für den Schulweg benutzen. Das wäre auf Dauer zu kostspielig geworden, weil wenn sie nicht gestohlen wurden, dann wurden sie zumindest immer irgendwie beschädigt. Andrea hatte inzwischen abnehmbare Leuchten dafür gekauft, weil irgendjemand in der Schule immer die Fahrradlichter kaputt machte. Einmal hatte Lisa vergessen, es in ihre Schultasche zu stecken. Als die Schule zu Ende war, war zwar das Licht noch dran, aber die Batterien waren geklaut worden. Klar, das waren aufladbare gewesen und dementsprechend teuer. Lisa musste die Batterien dann von ihrem Taschengeld bezahlen, damit sie in Zukunft daran dachte. Das waren die neuen Erziehungsmethoden: man durfte nicht mehr schlagen, aber es musste dennoch weh tun. Und nichts tat mehr weh, wie wenn es ans Geld ging. Das war in der Erwachsenenwelt nicht anders. Die Gerichte verhängten gerne Geldstrafen. Jede Stadt hatte inzwischen ihre eigenen Strafzettelverteiler. Für alles Mögliche gab es die: für zu nah am Bordstein geparkt, für zu weit weg vom Bordstein, für Verschwendung von Parkfläche, wenn einer zwei Parkplätze

gleichzeitig belegte, für Parken auf nicht gekennzeichneter Fläche und für Überschreitung der Parkzeit sowieso. Was waren das noch für Zeiten gewesen, wo man
10 Pfennige für 2 Stunden in die Parkuhr zu stecken brauchte, und wenn's länger dauerte, dann konnte man nachwerfen. Hätte man genau genommen zwar nicht gedurft, aber damals waren die Strafzettelverteiler auch noch nicht so scharf hinter den „Parksündern" her. Was für ein Wort. Parksünder. Da kam man sich schon beinahe wie ein Schwerverbrecher vor. Überhaupt wurden Finanzvergehen viel höher geahndet und auch prompter als beispielsweise Vergewaltigungen. Das war schon zu Zeiten der Römer so gewesen. Schien aber auch keinen so wirklich zu stören. Nur die, die es halt traf. Und wehe man zahlte seine Steuer, egal welche, nicht pünktlich. Andrea bekam einmal durch Zufall mit, wie eine schon etwas ältere Frau gepfändet wurde, weil sie ihre KFZ-Steuer von 34 Euro nicht pünktlich überwiesen hatte. Wirklich da schrieb die Angestellte vom Finanzamt erst einen Brief an diese Frau, dass sie gepfändet wird, dann müsste die Bank das Konto sperren, obwohl genug Geld darauf war und auch nochmal einen Infobrief an die Kundin schreiben. Da waren mindestens drei Leute mit Arbeitszeit und Material involviert, was am Ende wesentlich mehr als diese 34 Euro gekostet hatte. Ein Anruf bei dieser Frau hätte es auch getan, weil sie hatte das mit Sicherheit nur vergessen. Aber das liebe Finanzamt ist ja nochmal ein ganz eigenes Thema. Was das wohl jetzt macht, wenn es kein Geld mehr zum Eintreiben gibt?

Die Haustür ging auf.
Peter kam schon nach Hause. Auf seiner Arbeit herrschte das totale Chaos. Er war in der Energiebranche tätig. Stromerzeuger sozusagen. Aber nun war da ein Problem. Nein, nicht nur eines. Das wäre ja noch gegangen. Es jagte ein Problem das andere. Ein Teufelskreis war in Gang gekommen. Klar. Für alle, die bisher nur in Geld denken konnten, die nie begriffen haben, dass man Geld nicht essen kann, für all jene, war diese Situation ausweglos. Im Fall von Peter sah das so aus: erstens, das Kraftwerk produzierte eigentlich Strom. Aber dafür brauchte es Kohle, im doppelten Sinne. Wer bezahlte nun den Strom, wer bezahlte die Angestellten? Womit sollten sie bezahlt werden, wenn es kein Geld mehr gab? Und wenn dann mangels Bezahlung kein Strom mehr hergestellt werden kann, wie soll dann alles weiter laufen? Was passiert mit der Industrie? Und das war erst der Anfang. Der Anfang von Ende? Vom Ende der Welt? Andrea wusste darauf nichts zu sagen. Nichts desto Trotz sah sie es immer noch mehr als Chance, denn als Niedergang. Alle starteten wieder bei „Los" und mit alle dem gleichen Startkapital.
Hubert Knauser, von allen liebevoll „Berti" genannt, seines Zeichens Buchhalter, stand immer noch unter Schock. Die Börsen waren nicht nur eigebrochen, sie waren tot. Für ihn, der seit nunmehr fast vierzig Jahren nur mit Geld und Zahlen zu tun gehabt hatte, war eine Welt ohne Geld unvorstellbar. Was sollte er nun tun? Vielleicht war es ja nur vorrübergehend. Aber irgendetwas in ihm sagte ihm, dass es wohl nicht so sein würde. Und was würde aus seiner Mutter im

Pflegeheim werden, wenn die Pflegekräfte nicht mehr bezahlt würden? Obwohl, andererseits gab es ja Menschen, die sich ehrenamtlich um andere kümmerten. Möglicherweise ließen sich ja tatsächlich noch mehr solch hilfsbereiter Menschen finden. Wenn sie dennoch ihr Auskommen haben würden, wenn die Grundbedürfnisse befriedigt werden würden, dann, ja dann wäre das doch möglich, oder? Trotzdem. Das alles war einfach nur schrecklich. Womöglich kam es nun zu Ausschreitungen und Plünderungen. Obwohl bisher war nichts dergleichen berichtet worden. Aber das hieß noch lange nichts. Die Medien hielten oft mit Nachrichten hinter dem Berg, oder sie berichteten nur halb oder logen schlichtweg. Niemand konnte mehr sicher sein, wem noch zu vertrauen war. Verschwörungstheorien waren an der Tagesordnung. Korruption, Terror, Mafiamethoden. Schön war das alles nicht mehr gewesen.

Aber würde es jetzt besser werden? Berti fragte sich, wie es weiter gehen sollte. Was sollte aus ihm und seinesgleichen werden? Was würde aus den Banken werden? Er stellte sich bildlich vor, wie ein Sarg mit der Aufschrift „Börse" zu Grabe getragen wurde und musste glatt schmunzeln. Er stand ja kurz vor seiner Pensionierung. Die paar Monate bis dahin würde er auch ohne Arbeit überstehen. Es gab ja Arbeitslosengeld. Ach nein, das gab es ja wohl jetzt auch nicht mehr. Egal. Wie wohl die meisten auf dieser Welt hatte auch er keine Ahnung, was genau da gerade ablief. Wer das geplant hatte. War es überhaupt geplant worden? Er hoffte es. Sein Bankerhirn machte

sich hauptsächlich Gedanken über die wirtschaftlichen Folgen.
Im Moment war der Handel wohl vollkommen zum Erliegen gekommen. Die Welt stand still. Niemand hätte so etwas je für möglich gehalten. Bankraub, ja. Illegale Umbuchungen, ja. Aber das Geld, das Allerheiligste, gleich ganz und gar verschwinden zu lassen?! Berti war ja Atheist. Er glaubte nicht an Gott. Auch nicht an den Teufel. Aber hier musste einer von beiden seine Hand im Spiel haben. So etwas konnte sich kein Mensch ausdenken und auch noch ausführen. Sollte er heute überhaupt zur Arbeit gehen? Würde wohl keinen rechten Sinn machen. Buchführung ohne Bücher. Das ging wohl eher schlecht. Aber es würde ihn ablenken. Er könnte mit seinen Kollegen darüber sprechen. Schauen was man tun kann. Konnte man überhaupt etwas tun? Oder konnte man nur den Dingen seinen Lauf lassen? Hier herumsitzen und grübeln würde auch nichts bringen. Uns so machte er sich auf den Weg in seine Bank.
Bei Andrea kamen inzwischen die Kinder kamen aus der Schule nach Hause. Sie öffnete ausnahmsweise zwei Dosen Ravioli. Sie war nicht zum Kochen gekommen. Es kam wider Erwarten kein Gemecker von Seiten ihrer Sprösslinge. Überhaupt verhielten die beiden sich heute ungewohnt still. Sie wirkten nachdenklich. Andrea fragte nach „und, was war heute los in der Schule?" Beide legten gleichzeitig ihre Löffel beiseite, blickten sich kurz an und einigten sich dabei wortlos, dass Tom beginnen sollte. „Ist es wahr?" fragt er. „ geht das vorbei?" fragt Lisa. „Wie lange wird es dauern?" „Werden wir verhungern?"

Tausend Fragen stürmen auf Andrea ein, Fragen auf die sie vorerst keine Antwort weiß.

Und das sagt sie ihren Kindern auch. Sie nimmt die beiden in die Arme, drückt sie tröstend und fängt an zu beten. Und ihre beiden Kinder beten mit ihr- zum aller ersten Mal. Früher hatten sie täglich gebetet, immer vor dem schlafen gehen. Aber dann fühlten sie sich dem auf einmal entwachsen. Wobei Lisa, sie würde das allerdings niemals vor ihrem Bruder zugeben, betete schon noch allabendlich. Und jetzt beten sie alle drei - nein vier. Peter saß ja auch noch da. Irgendwie hatte keiner mehr auf ihn geachtet. Er war ja sonst nie da um diese Uhrzeit. Sie beteten still, jeder für sich und jeder hatte seine ganz individuelle Bitte. Peter betete, er möge sogleich aufwachen und alles möge nur ein böser Traum gewesen sein.

Lisa betete, dass das Internet wenigstens wieder ginge und sie ihren neuen Wischi bekäme. Tom fühlte eher, wie seine Mutter. Er betet darum, das alles besser verstehen zu können. Und Andrea betete um Kraft und Ausdauer und dass der Herr endlich mal Hirn regnen lassen möge, damit all die verbohrten geldgeilen Säcke da draußen endlich mal begriffenen, worum es im Leben tatsächlich geht.

Sie saßen eine ganze Weile schweigend, jeder seinen eigenen Gedanken nachhängend, am Küchentisch, als das Telefon klingelte. Das Festnetztelefon! Erst war ihnen allen gar nicht klar, was da klingelte, weil eigentlich jeder immer nur auf seinem Handy angerufen wurde. Verdutzt schauten sie sich an, aber keine machte Anstalten aufzustehen und den Hörer abzuheben. Wer mochte das sein? Wer hatte überhaupt diese Nummer? Sie war nicht im Telefonbuch eingetragen. Endlich, nach einer gefühlten Ewigkeit erhob sich Andrea und nahm den Hörer auf. „Hallo?" Es war ihre Schwiegermutter. Sie besaß immer noch ihren alten, analogen Telefonapparat. Deshalb wurde ihre Nummer auch nie auf dem Display angezeigt. Unbekannter Anrufer, hieß es da. „Ich wollte nur wissen, wie es Euch geht. Habe eben erst gehört was passiert ist. Mir selbst macht das ja nicht viel. Ich weiß ja, wie es ist, nichts zu haben, oder fast nichts". Andrea antwortete „ wir sind noch zu geschockt, wie alle vermutlich". Ihre Schwiegermutter erzählte von der Nachkriegszeit – sie konnte es schon nicht mehr hören – und dass sie es ja schon immer gesagt habe, dass sich alle nochmal umschauen würden, blablabla. Andrea schaltete auf Durchzug, sagte hin und wieder „ja", „genau", du hast ja recht" und dann endlich: ich muss jetzt aufhören", und legte auch schon auf. Ja , die Schwiegermama. Sie war auf einem Bauernhof aufgewachsen, musste sonntags immer noch erst in die Kirche und dann zum Katechismus bzw. in die Sonntagsschule. Als sie Peter gebar, war sie schon fast vierzig gewesen. Peter war ein Nachzügler gewesen und wurde für damalige Zeiten recht verwöhnt. Niemals musste er im Haushalt helfen, weshalb er auch heute noch seine Socken im ganzen Haus verteilte. Einmal hatte Andrea versucht, die Socken einfach zu ignorieren. Wenn er keine mehr im Schrank hätte, würde er sie schon zusammensuchen. Es klappte nicht. Er kaufte sich einfach neue, als keine mehr da waren. Ob sich das nun ändern würde? Darüber brauchte sie sich jetzt keine Gedanken zu machen, es gab wichtigeres. Zum Beispiel war sie nun mit einem mal furchtbar neugierig darauf, wie wohl morgen das Einkaufen ablaufen würde. Mit EC-Karte bezahlen viel schon mal aus. Sie hatte noch ein wenig Bargeld, aber bei weitem nicht genug. Würden die Supermärkte überhaupt geöffnet sein? Peter hatte nun den Fernseher eingeschaltet. Es lief ein Dauerbrennpunkt. Selbst der Moderator wirkte erstarrt. Keiner konnte noch fassen, was geschehen war und keiner wagte abzuschätzen, was dies alles für Auswirkungen haben würde. Man sprach von Wirtschaftlichen Schäden in unaussprechlicher Höhe. Eigentlich war der Schaden schon jetzt gar nicht mehr zu bemessen. Aber es war noch Hoffnung da. Hoffnung, dass sich diese Hacker am Ende doch nur einen- zwar üblen- aber dennoch nur einen Scherz, erlaubt hatten. Nur um zu zeigen, dass sie könnten, wenn sie nur wollten- was auch immer. Hoffnung darüber, dass morgen alles wieder so sein würde wie vorher. Aber selbst wenn es sich als Scherz herausstellen sollte, es würde nie wieder so sein, wie vorher. Es würden einige Menschen anfangen zu denken. Sie würden endgültig merken, dass dieser Höhenflug irgendwann sein Ende haben musste. Wachstum bis in alle Ewigkeit und bis in die Unendlichkeit war nun einmal nicht möglich. Das musste irgendwann einmal auch dem letzten Deppen einleuchten. Eigentlich ist das allen auch schon lange klar, aber keiner will der Erste sein, der „Stopp" sagt. Keiner sagt „jetzt hab ich genug, mehr brauche ich nicht". Nicht freiwillig. Andrea war gespannt, wie viele Tage oder Wochen es dauern würde, bis die Welt anfing zu begreifen und danach

zu handeln. Sie war gespannt, wann sie begreifen würden, dass Gold im Grunde auch nur Blech war, das zufällig glänzte, und dass Diamant auch nur eine Form von Stein war. Der vermeintliche Wert dieser Dinge ist nur in unserem Kopf. Jedes hat nur den Wert, den ich ihm beimesse. Wenn sich dieser Gedanke erst einmal durchsetzt, dann vermisst auch keiner mehr das Geld. Die Kinder gingen heute schon früh zu Bett oder zumindest auf ihre Zimmer. Es war alles etwas zu viel für sie. Sie waren ja im Wohlstand aufgewachsen. Hatten sich bisher immer alles kaufen können. Lisa schrieb noch ein paar SMS mit ihrer Freundin. Irgendwie war ihr Display wieder zum Leben erwacht. Es hatte zwar einen Sprung, aber es funktionierte wieder. Dann war ihr Guthaben zu Ende. Erst dachte sie: " das kann ich ja morgen wieder aufladen". Doch dann traf es sie wie ein Blitz:" das geht ja auch nicht mehr. Scheisse". Sie warf das Ding in die Ecke und weinte. Mehr konnte sie nicht tun. Tom saß vor seinem PC und versuchte irgendetwas aus dem Internet zu erfahren. Da war aber nicht viel zu finden. Nur eins: die Kriegshandlungen auf der Welt waren zum Erliegen gekommen. Wofür noch kämpfen? Der Geldgott war ja tot. So sah es zumindest aus. Und überhaupt konnte ja keiner mehr für die ganzen Waffen und Panzer bezahlen. Wie sollte es weiter gehen, wenn die Munition alle war und es keinen Nachschub mehr gab? Diese Konsequenz fand er gar nicht mal so schlecht. Kein Geld - kein Krieg.
Er hörte seine Schwester schluchzen. Obwohl sie ihn sonst immer nervte, ging er zu ihr, um ihr die Sache mit den Kriegen, bzw. dass es wohl keine mehr gab,

zu erzählen. Vielleicht würde sie das etwas aufheitern. Und tatsächlich, sie hörte auf zu weinen.
Sie hob ihren Kopf und sah ihn an. In ihrem Blick lag Hoffnung. Sie wusste noch nicht genau, worauf sie eigentlich hoffte, aber sie hoffte. Mit ganzem Herzen. Und dann dankte sie Gott für das Ende der Kriege. Was war schon ein Handy. Es gab Wichtigeres. Es galt die Welt vor dem Untergang zu retten. Vielleicht geschah das ja gerade?
Vielleicht war dies doch nicht der Anfang vom Ende.
Es war ein Neuanfang. Ja, genau.
Mit diesem tröstlichen Gedanken schlief sie schließlich ein. Nach und nach verfielen alle in Schlaf.
Morgen würde ein neuer Tag beginnen. Und egal ob er mit oder ohne Geld sein würde, er würde beginnen.
Sascha hingegen lag noch lange wach. Eigentlich schlief er gar nicht. Er blickte zum Himmel. Es war Vollmond. Da konnte er sowieso nie schlafen. Und heute erst recht nicht. Am liebsten hätte er zum Fenster hinaus gerufen „ich hab es euch gesagt"!
Er hatte gewusst, was passieren würde. Anzeichen dafür hatte es schon lange gegeben. Aber sie waren schlichtweg ignoriert worden. Von den meisten zumindest. Er machte sich keine Sorgen darum, dass er nun kein Hartz -IV mehr bekommt. Die Tafel gab es ja immer noch. Aus seiner Wohnung würde er nicht geworfen werden. Dann müssten ja alle Mieter auf einmal raus. Und was würde das bringen? Die Vermieter bekämen dennoch kein Geld. Tja, das würde wohl in Zukunft, nein, nicht erst in Zukunft, sondern ab sofort, anders geregelt werden. Aber „Die"

würden das schon regeln. Wahrscheinlich hatten sie es sogar schon geregelt.

„Die" hatten Vorbereitungen getroffen, da war er sich ziemlich sicher. Nein, nicht nur ziemlich. Er war sich vollkommen sicher. Das war keine Zufallshandlung aus einer Laune heraus gewesen. Dieses Zauberkunststück mit dem verschwundenen Geld hatte einer genauesten Planung bedurft. Jetzt musste er lachen. Er musste so sehr lachen, dass ihm die Tränen kamen. Es war ein befreiendes und gleichzeitig befreites Lachen. Was waren die Menschen doch für Schafe gewesen. Und auf der anderen Seite waren die Wölfe, die Löwen, Füchse und Haie. Er hoffte sehr, dass nun die Füchse an der Macht waren. Die schlauen Füchse. Nicht die Haie, die sich sogar gegenseitig fraßen, wenn gerade nichts anderes zur Stelle war. Und er wünschte sich inständig, die Schafe mögen sich nun endlich zu…., ja zu was denn eigentlich, wandeln. Auf alle Fälle zu etwas klügerem. Zu etwas, was selber dachte und nicht mehr alles mit sich machen ließ. Zu Raben. Ja, Raben waren sehr kluge Tiere. Und sie galten in manchen alten Kulturen sogar als weise. Er hatte einmal von einem Indianerstamm gelesen, der dachte, der Mensch sei einst aus einem Raben entstanden. Der Rabe galt als gutes Totem-Tier. Die Indianer. Das durfte man ja nicht mehr sagen. Das galt als politisch inkorrekt. Er hat nie verstanden warum. Wenn man die Abstammung dieser Bezeichnung berücksichtigte nämlich dass die deutsche Bezeichnung auf das spanische Wort „Indio" zurück geht, weil Columbus damals glaubte er wäre in Indien gelandet., dann war das durchaus kein

Schimpfwort. Auch Neger, zurückgehend, auf das Wort „niger" was nichts anderes als „schwarz" bedeutet. Und schwarz sind sie doch auch. Und überhaupt konnte man aus jeder Bezeichnung ein Schimpfwort machen. Das kam ganz auf die Betonung an. Man konnte auch „dunkelhäutiger mit Migrationshintergrund" abfällig aussprechen. Nun, vielleicht würde sich auch daran wieder etwas ändern. Das ganze Zusammenleben musste sich ja wandeln, sollte die Geld-Freie Welt funktionieren. Gehirne mussten gewaschen werden, und zwar gründlich! Was freute er sich darauf! Endlich würde er dazu gehören. Er würde nicht länger am Rande der Gesellschaft stehen. Er konnte mithelfen, beim Aufbau einer neuen Gesellschaft. Wozu hatte er denn Erwachsenenpädagogik studiert? Jetzt würde sich dieses Studium auszahlen. „Sie" würden ihn brauchen. Er würde wieder eine Beschäftigung haben. Eine sinnvolle Beschäftigung. Und egal, wie seine Entlohnung aussehen würde, er wollte es. Das war es, was er konnte. Mit Gehirnen kannte er sich aus. Er wusste, wie Menschen tickten und warum sie so tickten. Er war nicht erstarrt und voller Angst. Sein Kopf war ganz klar. Am liebsten hätte er sofort angefangen. Aber es war ja noch Nacht. Bis zum Morgen musste er sich schon noch gedulden. Und als ganz weit hinten der erste Schimmer der Dämmerung anbrach, da schlief er ein. Und seit langem schlief er endlich einmal friedlich und traumlos. Denn sein Traum war schon in Erfüllung gegangen: ein neues und besseres Zeitalter war angebrochen. Es wusste nur noch keiner.

Einbahnstraße

Drei Monate waren inzwischen vergangen.
Und nun schien es sicher, dass es kein Traum und auch kein Scherz gewesen war. Irgendwie hatten diese Hacker sämtliche Zentralrechner und Rechenzentren im Griff. Das Internet lief zwar wieder, aber sehr eingeschränkt. E-Mails und manche der sozialen Plattformen funktionierten. Aber es gab keinen Onlinehandel mehr. Auch die Werbung war verschwunden. Die Regierungen waren entmachtet, oder zumindest eingeschränkt in ihrer bisherigen Macht. Einige schienen wohl mit den Hackern gemeinsame Sache zu machen. Es herrschte immer noch Ausnahmezustand. Dennoch erwachten langsam alle aus ihrer anfänglichen Starre und begannen die Trümmer wegzuräumen. Schulbrote waren nun kostenlos und wurden gleich morgens an die Schüler ausgegeben, damit sie in den Pausen nicht anzustehen brauchten. Brot gab es immer noch an jeder Ecke in den Backshops zu haben. Die Preise dafür waren von den Hackern festgelegt worden und waren überall gleich. Auch sonst lief das mit der Nahrungsmittelverteilung bestens. Natürlich war jetzt noch nicht der Optimalzustand erreicht. Es sollte schon wieder richtiges Brot von richtigen Bäckern geben und nicht dieses nach Pappe schmeckende Zeug das nur aus Luft und Backtriebmitteln bestand. Alles sollte wieder mehr zum Kleinen, individuellen hingehen. Da würde dann auch der Tauschhandel besser funktionieren. Andrea hatte ja gleich in den ersten Tagen schon damit angefangen, nachdem ihr das Bargeld ausgegangen war.

Nur ca. 50km weiter war ja ein Ort, der lebte schon seit Jahrzehnten autark. Die hatten sich ihre eigene Dorfwährung geschaffen und die Bauern dort hatten nur für den Dorfbedarf angebaut. Überschüsse waren eingemacht oder konserviert worden, damit auch für schlechtere Zeiten etwas da war. Die Menschen haben Dienstleistungen und Waren untereinander getauscht und es war alles wunderbar gelaufen. Sogar Strom und Biogas hatte dieses Dorf selber produziert. Andrea hatte sich damals als sie davon erfahren hatte schon gefragt, warum dieses Konzept nicht auf der ganzen Welt funktionierte. Wahrscheinlich, weil es noch zu viel Rahm abzuschöpfen gab und noch dazu zu viele Menschen, die diesen Rahm auch noch für sich alleine haben wollten. Nun damit war jetzt endgültig Schluss. Kein ausnehmen, betrügen und raffen mehr. Wirklich, auf dem Land lief alles wunderbar. Aber dort war es ja zuvor schon besser gelaufen, als in der Stadt. Außer mit den Arbeitsplätzen. Aber auch das würde sich bessern. Nicht gleich, aber bald. Da war sich Andrea ganz sicher. Die Hacker und deren Helfer würden das schon machen. Vielleicht hatten sie ja schon einiges gemacht. Wenn sie so darüber nachdachte, konnte es eigentlich auch gar nicht anders sein. Es musste Vorbereitungen gegeben haben. Andernfalls hätte es Mord und Totschlag gegeben. Und der war bisher ausgeblieben. Zumindest gab es keinerlei Berichte darüber. Obwohl. Vielleicht hielten „Die" es ja geheim? Hier auf dem Land ging es jedenfalls friedlich zu, das konnte sie ja selbst jeden Tag erleben. Alle machten einen recht entspannten Eindruck. Wie mochte es wohl in den Städten sein. Irgendwie mussten diese Stadtmenschen ja auch versorgt werden.

Babsi, eine gute Freundin von Andrea, war ja so ein Stadtmensch. Gleich am ersten Tag war sie, wie so viele andere Stadtbewohner zum nächsten Supermarkt gestürmt. Sie wollte mit ihrem letzten Bargeld so viele Lebensmittel wie möglich kaufen. Notfalls auch stehlen. Sie fand sich dann in einer langen Schlange wieder. „Organisatoren" regelten nun die Ausgabe der Lebensmittel. Alles, was noch da war, wurde rationiert und gerecht verteilt. Es war wohl Vorsorge getroffen worden, damit kein Chaos entstand. Polizisten standen auch da. Aber sie schienen friedlich zu sein. Sie nahmen die Ängste der Bürger ernst. Sie beruhigten sie. Jeder, der mit seinem „Fresspaket" nach Hause gehen konnte, war dann auch erst einmal beruhigt. Hauptsache der Magen war voll. Alles andere würde sich schon finden. Und tatsächlich, es lief. Keinem war so recht klar wie das ohne Geld überhaupt möglich war, aber es lief. Über öffentliche Bildschirme, über Radio, Fernsehen und Internet wurden die Menschen ständig informiert, was gerade passierte. Das Verhalten der Menschen wurde auf diese Weise koordiniert. Genau wie vorher. Aber nun geschah dies zum Wohle aller, nicht mehr zur Bereicherung einiger weniger. „Die" hatten die Welt im Griff. Noch war geheim, wer genau dahinter steckte. Zu viele hätten deren Tod gewollt. In den Köpfen war das Geld noch da. Noch waren sie Schafe, die dorthin liefen, wohin der Hund sie verbellte und die fraßen, was ihnen vorgesetzt wurde.
Einige der Stadtmenschen begannen aufs Land zu ziehen. Andere fingen an, Gemüse auf ihren Dächern und Balkonen zu ziehen. Auch Grünflächen und Parks wurden nach und nach beackert.

Es mussten schließlich Menschen ernährt werden. Und außerdem hatten viele ja sonst nichts mehr zu tun. Babsi lebte nun mit einem mal viel besser als zuvor mit ihren drei Jobs. Sie machte jetzt nur noch einen, und den auch nur für vier Stunden am Tag. Das ging. Fast jeder hatte Arbeit oder zumindest eine Aufgabe. Die „Organisatoren" hatten die Verteilung in die Hand genommen und regelten nun alles. Sie nutzten dazu den Zentralrechner, der zuvor für den Börsenhandel genutzt worden war. Sie hatten jahrelang Daten gesammelt und Statistiken erstellt und wussten genau Bescheid über Berufe, Lebenswandel, Gesundheitszustand und was sonst noch an Wissen nötig war, damit ihr Vorhaben gelingen konnte. Babsi hatte nun ein „Arbeitszeitkonto". So konnte sie selbst entscheiden, wann und wie viel sie arbeitete. Am Ende würde dann die Zeit in Punkte umgerechnet und für diese Punkte sollte es dann anstelle von Geld eine Art Wertchip geben. Aber noch nutzte man das Bargeld welches sich im Umlauf befand. Nach und nach sollte es dann eingezogen und in Chips getauscht werden. Irgendwie so hatte Babsi das verstanden. Sie fand dieses neue System ganz toll auch wenn sie es noch nicht so ganz begriff. Es konnten noch nicht alle davon profitieren, weil die Konten nicht alle auf einmal angelegt werden konnten. Ehemalige Banker, Büroleute, IT-Spezialisten und was sonst noch aufgrund der Umstrukturierung gerade keine Arbeit mehr hatte, musste erst entsprechend umgeschult werden. Erst wenn dann jeder so ein Punktekonto und ein Arbeitszeitkonto haben würde, könne man das neue System einführen und dann würde man auch mit seinen Punkten bezahlen können. Mit einer Karte, die wie die Girokarte funktionieren würde. Einen Punktehandel,

vergleichbar mit dem Finanzhandel, würde es allerdings nicht geben. Niemand sollte mehr auch nur die geringste Möglichkeit haben, sich irgendwie zu bereichern.
Bei Andrea auf dem Land gab es noch die Grundbesitzer. Die waren jetzt, wie zu Zeiten der Römerherrschaft, reich. So gesehen war noch nicht alle Ungerechtigkeit aus der Welt geschafft. Obwohl einige mögen sich ihren Wohlstand ja tatsächlich redlich erarbeitet haben. Sie selbst hatten sich ihr Haus ja auch erarbeitet und nicht gewonnen oder ergaunert. Peter hatte noch seine Arbeit im Kraftwerk. Die Energiekonzerne hatten sich darauf geeinigt, dass Strom einfach notwendig war, wollten sie nicht alle komplett wieder in der Steinzeit landen. Mittelalter war schlimm genug. Aber war das Mittelalter wirklich so schlimm und finster gewesen? Die Kids erzählten nach der Schule, dass sie sich im Unterricht nun sehr intensiv mit längst vergangen Zeiten beschäftigen würden. Altes Wissen war wieder gefragt und zwar aus Büchern. Und es stellte sich heraus, dass der Wegfall des Geldes so schlecht gar nicht war. Sie hatten immerhin noch den medizinischen Fortschritt. Wenn auch in reduzierter Form. Denn nicht alles, was einst als Fortschritt gepriesen worden war, war auch wirklich ein solcher. Zum Beispiel waren viele Arzneimittel unnötig und dienten nur dazu, die Pharmakonzerne zu bereichern. Die Frage bei der Entwicklung eines Medikamentes war immer erst, „was bringt das ein"? Und die Krankenkassen fragten dann „was kostet uns das"? Und der Apotheker schaute dann, welches am wenigsten Nebenwirkungen hatte und ob es Wechselwirkungen mit anderen Medikamenten gab. Der Patient selbst sollte eigentlich nur bezahlen und am Leben

gehalten werden, damit er auch weiterhin bezahlen konnte. In wirklich gesund zu machen war lag weder im Interesse des Arztes und noch weniger im Interesse, der Arzneimittelhersteller. Das zeigte ja schon die Tatsache, dass, obwohl längst ein Heilmittel gegen Krebs gefunden worden war, dieses nicht angewendet wurde, weil dann hätte man ja an den ganzen Chemotherapien nichts mehr verdient. Auch waren viele sogenannte „Vorsorgeuntersuchungen" völlig unnötig, zum Teil gar nutzlos, manche sogar gefährlich. Andrea hatte einmal ein Buch darüber gelesen. Es hieß „was Ärzte ihnen nicht sagen". Allein was sie da über Impfungen gelesen hatte. Grauenvoll. Wirklich. Es ging immer nur ums Geld, nie um den Patienten. Ihr Vater musste zu seinen Lebzeiten täglich an die zwanzig Pillen schlucken. Die Hälfte davon um Nebenwirkungen der anderen Pillen abzuschwächen. Am Ende hatten diese Medikamente seine Leber und seine Nieren zerstört. Aber ihm zu sagen, er solle sie besser weg lassen, kam nicht infrage. Schließlich hatte sie ja der" Halbgott in Weiß" verschrieben. Der musste ja wissen, was er tat. Der hatte ja studiert. Studierte wurden nach Andreas Meinung völlig überbewertet. Peter hatte mal einen gekannt, der hatte seine Doktorarbeit über die Bissfestigkeit von Brühwürsten geschrieben. Interessierte keine Sau. Aber in seinem Ausweis durfte er nun „Dr." vorne dran schreiben. Und er einstige Dorfarzt aus der Kinderzeit war nur Arzt gewesen, kein Doktor. Trotzdem hatten ihn alle mit „Herr Doktor" angesprochen. Und nach seinem Tod wurde eine Straße nach ihm benannt: „Dr. Meier-Weg". So war die Menschheit. Sie legte viel zu viel Wert auf im Grunde Wertloses. Das sollte aber nicht heißen, dass sie studieren für etwas schlechtes hielt. Im Gegenteil.

Bildung war wichtiger denn je. Die Jugend sollte nicht weiterhin dumm gehalten werden. Keine Baller- PC-Spiele mehr, keine Daily Soaps oder sonstigen verblödenden Fernsehsendungen mehr. Lisa hatte einmal erzählt, dass ein Klassenkamerad davon überzeugt war, es gäbe tatsächlich noch Dinosaurier, nachdem er sich „Jurassic World" im Kino angesehen hatte. Es sollte keine Kinder mehr geben, die glaubten dass Kühe lila wären und Pommes auf dem Feld wuchsen. Und Wissen sollte für alle gleich zugänglich und nutzbar gemacht werden. Die Welt hatte nun die einmalige Chance, es diesmal besser zu machen. Und schon am nächsten Tag wurde bekannt gegeben, dass es ab sofort kein „Geistiges Eigentum" mehr gab; und es wurden alle ehemals geschützte Patente freigegeben. Dagegen gab es zwar auch erst einmal Proteste, aber dann begriffen die Menschen, dass damit ja eh kein Geld mehr zu verdienen war, worin der ursprüngliche Zweck der Übung bestanden hatte. Jetzt diente jegliches Wissen dem Wohle der Menschheit und der Erhaltung unseres Planeten.

Na ja, die paar reichen Familien, die zuvor die Welt regiert hatten, standen nun ein wenig dumm da. Von so einem hohen Ross zu stürzen, noch dazu in vollem Galopp, ist besonders hart. Und noch etwas hatte sich verändert. Es schienen auf einmal alle ihren Glauben wiedergefunden zu haben. Die Kirchen waren voll, nicht mit Touristen, sondern mit Betenden. Und nicht nur sonntags, sondern jeden Tag. Die Glaubenskriege auf der Welt waren zum Stillstand gekommen. Jetzt beteten mit einmal alle zu ihrem Gott oder Allah oder Jahwe um die Wette um zu zeigen, dass ihr Gott der bessere sei. Aber sie taten dies friedlich, als hätten sie Angst, Gott könne noch mehr nehmen, als das Geld.

Andere Werte traten langsam wieder in den Vordergrund. Und andere Bedürfnisse. Und was ganz wichtig war, diese ganzen Veränderungen liefen weitestgehend friedlich ab. Die Hacker hatten dies geschafft, indem sie zuerst die Grundbedürfnisse gesichert und durch die Sperrung sämtlicher Konten den Geldfluss gestoppt hatten. Dadurch kam auch der Waffenhandel zum Erliegen. Und sie hatten alles, was irgendwie sonst noch mit Grundbedürfnissen zu tun hatte, wie beispielsweise Strom, Wasser, Bahn, kurzerhand verstaatlicht. Das ging allerdings nur in gemeinschaftlicher Arbeit mit Verbündeten und auch nicht ohne Proteste. Aber das einfache und ehemals arme Volk war in der Überzahl und die betroffenen Firmen und Industriezweige mussten sich geschlagen geben. Nicht mehr sie oder die Aktionäre standen an erster Stelle, sondern das Allgemeinwohl. Aber nicht so wie im Kommunismus oder Sozialismus, sondern es entwickelte sich eher ein Liberalismus. Immerhin konnten sie so weiterhin existieren. Es war eben ein Lernprozess. Auch Lisa hatte sehr schnell begriffen, dass ein Wischi gar nicht so wichtig ist. Freundschaft und Vertrauen, Respekt und Liebe wurden nun als die neuen Tugenden gepriesen. Also für die Jugend war das neu. Die Älteren kannten das ja noch. Die kannten sich auch mit Neuanfängen aus. So mancher neunzig jährige, dessen Gehirn noch nicht verweichlicht war, sah sich das was nun geschah, ganz vergnügt und entspannt an. Andrea war auch ganz entspannt. Sie vertraute auf Gott und dass er sich wohl schon was dabei gedacht hatte, als er diesen Hackern einflüsterte, was sie zu tun hatten, damit endlich wieder Ordnung und Ruhe auf dieser Welt einkehrte.

Peter war auch gelassener geworden, zumindest wirkte er nach außen hin so. Naja, als er sein geliebtes Auto an die Leasingfirma zurückgeben musste, da herrschte noch ein paar Tage Weltuntergansstimmung. Aber ihr kleines Auto konnten sie behalten, weil das damals bar bezahlt worden war. Erst meinte er ja immer abfällig, das wäre kein Auto, sondern nur ein Haufen Blech. „ Gut" meinte daraufhin seine Frau " dann fährst du eben mit dem Fahrrad zur Arbeit". Da hat er aber ganz schnell eingelenkt und inzwischen den „Blechhaufen" sogar schätzen gelernt. Er überholt täglich hunderte von Radfahrern auf dem Weg zur Arbeit. Bei schönem Wetter nimmt er neuerdings auch sein Fahrrad. Benzin war kostbar geworden, weil nicht mehr für jedermann erschwinglich bzw. es gab Gutscheine für notwendige Fahrten. Dies hatte zur Folge, dass fast nur noch Busse unterwegs waren. Der Reiseverkehr hatte sich somit auch verändert. Aber auch das würde sich früher oder später, wenn auch in reduzierter Form wieder einspielen. Das Tauschen funktionierte da noch nicht so richtig. Daher war nun alles etwas langsamer geworden. Die Welt wurde „entschleunigt". Wer hätte das je gedacht? Auf einmal gibt es wirklich nur noch regionale und saisonale Produkte. Zugegeben, Andrea fehlte erst schon das ein oder andere gewohnte Produkt. Aber was nützte es schon wenn Keiner mehr die langen Transporte bezahlen konnte. Bäckereien und Schlachter öffnen wieder und die kleinen Tante Emma Läden tauchten wieder auf. In so einem kleinen Laden lässt es sich doch besser tauschen, als im Supermarkt. Was soll man mit jemanden, der alles hat, auch schon tauschen? Und Andrea hat auch wieder Arbeit. Sie tauscht ihre Nähkünste. Auf einmal sind ihre Quiltdecken sehr gefragt.

Manchmal schneidet sie auch Haare. Allerdings nur mit einer Haarschneidemaschine bei Männern, bei Frauen und Kindern das Pony und die Spitzen. Dienstleistungstausch funktioniert auch ganz gut, sogar in den Städten. Wer keine dieser Möglichkeiten hat, tauscht indem er seine Hilfe bei der Ernte, bei der Pflege oder sonst eine Arbeit anbietet, oder er verwendet seine Chips als Zahlungsmittel, sofern er schon welche hat. Die Verteilung dauerte immer noch an. Das war aber kein Problem. Jeder wusste, er würde seinen Anteil früher oder später erhalten. Was das Zusammenleben auch noch erleichterte, war die Einführung der Wertgleichheit. Leistung wird nicht mehr in Stunden und Mark gewertet sondern in Punkten. Auf der anderen Seite kann nun jeder selbst verhandeln. Andrea geht zum Bäcker und fragt nach, was er denn heute für ein Brot haben will. Mal will er ein Päckchen Salz ein anderes Mal Zucker und wieder ein anderes Mal nimmt er ein paar Münzen oder Chips Irgendwie werden sie sich immer einig. Es ist wie bei dem Spiel „Siedler von Catan". Zwei Menschen verhandeln unter sich, ohne Einmischung einer Regierung. Diese Regelung hatte schon mal in früheren Zeiten funktioniert und sie tat es wieder. Wie und warum dann auf einmal alles aus dem Ruder gelaufen war. Sie hatte keine Ahnung. Vielleicht würde sie es doch einmal nachlesen. Sie wusste, es gab Bücher darüber. Immer wieder hielten auch kluge Köpfe Vorträge über das Wesen des Geldes, die Wertschöpfung aus dem Nichts, den Kapitalismus und wie schlecht das im Grunde alles war. Aber sie hatten zu wenige damit erreicht. Die meisten waren auch einfach zu bequem geworden. Die Menschheit war dabei gewesen, offenen Auges, wie die Lemminge, auf den

Abgrund zuzurennen und hinabzustürzen. Sie hatten sich in ihr Schicksal gefügt und nun fügten sie sich langsam in ihr neues Schicksal. Es musste ja schließlich irgendwie weitergehen. Obwohl, das mit der freien Verhandlungsbasis musste doch zumindest zum Teil geregelt werden. Wenn endgültig alle ihre Punktekonten und Chips haben würden. Dann musste es „Festpreise" geben. Ansonsten würde es wieder zu Wettbewerben und Ungerechtigkeiten kommen. Und gerade das sollte ja in Zukunft vermieden werden.
Die Börsen und die Banken, insbesondere die Investmentbanken hoffen ja immer noch, das Geld würde wiederkehren. Aber das würde es nicht. Zu vieles lief nun besser ohne dieses Teufelszeug. Und genau betrachtet, was war Geld schon? Es war im Grunde das Papier nicht wert, auf das es gedruckt gewesen war. Und es war definitiv zu ungerecht verteilt gewesen. Jetzt waren alle gleich. Kein Diktator konnte mehr regieren, weil ihm das entscheidende Mittel dazu fehlte. Es waren sogar schon erste Überlegungen im Gange, die Staaten ganz aufzulösen. Es würden wieder Menschen untereinander Handel treiben, keine Regierungen mehr. Und sie würden es zu ihren eigenen Bedingungen tun. Kein Staat würde mehr Zölle oder Steuern erheben, zumindest nicht mehr in der bisher gehabten Form. Falls doch, dann würden die eingenommen Steuern allen zu Gute kommen. Aber soweit war das neue System noch nicht gediehen. Andrea teilte ihre Überlegungen am Abend ihrem Mann mit. Er war natürlich wieder vollkommen anderer Meinung. Wie sie sich das vorstelle, womit das finanziert werden sollte? Er hatte immer noch nicht begriffen, dass es nichts mehr zu finanzieren gab. Die Menschen brauchten keine Krankenkassen mehr, weil sie nur

noch zum Arzt gingen, wenn sie wirklich krank waren. Und Ärzte verschrieben nur noch Medikamente die auch wirklich halfen und wenn nicht, dann bekämen sie kein Geld, beziehungsweise keine Punkte und Chips. Überhaupt, er bekäme doch auch kein Gehalt mehr, sondern nur noch den Strom als Gegenleistung für sein Tun. Vorerst zumindest, bis auch er sein Punkte und Zeitkonto haben würde. Vielleicht findet das Volk aber auch ganz von selbst eine Lösung. Vielleicht wollte es schon gar nicht mehr zurück zum Kapitalismus. Peter verzweifelte schier an seiner Frau. Wie konnte sie das alles nur so gelassen hinnehmen? Er verstand sie einfach nicht. Dachte sie denn gar nicht an die Millionen Arbeitslosen? Klar, viele hatten vor kurzem ihre Chips erhalten. Eine Art Neustartkapital und Bezugsscheine für das Lebensnotwendige. „Aber was sollen sie damit anfangen? Wenn das, was sie jetzt haben, ausgegeben ist, woher soll dann neues kommen"? Fragte Peter.
„ Nun" meinte Andrea "das wird sich schon finden. So wie ich das verstanden habe, geht das über die neuen Punkte- und Zeitkonten. Und wenn sie auch noch geschickt tauschen und auch noch etwas anderes können, außer Menschen um ihr Geld zu betrügen, wie die Investmentbanker, dann läuft das schon."
„Das ist doch alles Scheiße", sagte Peter, schnappte sich Jacke und Schüssel und stürmte hinaus. Er brauchte dringend frische Luft, musste das erst mal verarbeiten. Sein Kopf dröhnte ihm und er hatte das Gefühl gleich zu ersticken. Er konnte und wollte den gegebenen Tatsachen einfach nicht ins Auge sehen. Es gab einfach kein Zurück zum Geld mehr. Jedenfalls nicht so, wie es einmal gewesen war. War das wirklich erst drei Monate her?

Eigentlich hatte die Regierung diesmal schnell gehandelt. Hatten sie schon vorher Bescheid gewusst? Wäre ja nicht das erste Mal gewesen. Und die Landwirtschaft. Wie schnell war die Umstellung da gegangen? Als wäre es nie anders gewesen. Irgendwie stellte sich die „Überalterung" nun als Vorteil heraus. Die Erfahrung der älteren Generation wird nun endlich genutzt. Omas und Opas werden wieder gefragt, wie das denn früher so war. Wie sie nach dem Krieg zurechtkamen, wie sie alles wieder aufgebaut hatten. „Bauer" ist kein Schimpfwort mehr, weil nun jedem langsam aber sicher klar wird, dass ohne Bauer kein Essen auf dem Tisch steht. Handwerkliches Geschick ist wieder mehr gefragt als intellektuelle Arbeit, die ja eigentlich gar keine Arbeit ist. Von Wissenschaftlicher Arbeit einmal abgesehen. Die Post erfährt einen Aufschwung, weil wieder Briefe geschrieben werden und auch die Bahn profitiert erst einmal. Obwohl sie profitiert nur dahin gehend, dass sie mehr genutzt wird. Die Regierung hat sie kurzerhand enteignet und dem Volk zur uneingeschränkten Nutzung überlassen. Über die „Entlohnung" der Mitarbeiter wurde noch verhandelt. Mit Streiks würde diesmal jedenfalls kein Ziel erreicht werden. Er musste Andrea so gesehen schon Recht geben. Manches hatte sich durchaus zum Besseren gewendet. Aber noch längst nicht alles. Andrea meinte ja, das würde schon noch kommen, sobald sich in allen Köpfen festgesetzt hatte, dass es kein Zurück mehr geben würde. Sie hatte vor kurzem folgendes Zitat gelesen „irgendwann, wenn zukünftige Generationen das Land nicht mehr beackern, die Luft nicht mehr atmen und das Wasser nicht mehr trinken können, könnt ihr allen erklären : Aber es war gut für die Wirtschaft!" Ja, die Wirtschaft und vor allem das

Wachstum derselben lag allen (wirklich allen?) sehr am Herzen. Aber genau betrachtet wuchs die Wirtschaft schon länger nicht mehr. Also nicht die reale Wirtschaft. Wie auch? Was gewachsen war, war das fiktive, aus dem Nichts geschaffene Kapital - und die Schulden. Die waren zu wahren Schuldenbergen angewachsen. Alles war künstlich aufgebläht worden. Nun war die Blase geplatzt. Mit einem ganz lauten Knall. Manche hielten sich immer noch die Ohren zu, waren wie erstarrt. Aber viele waren auch erstaunlich rege geworden. Sie sahen, wie Andrea eine Chance für einen Neuanfang und wollten diese auch aktiv nutzen. Allen voran so einige Wissenschaftler, die sich mit den Anfängen der Menschheit befasst hatten. Eigentlich hat da schon das ganze Übel begonnen. Erdgeschichtlich gesehen, war die Menschheit das schlechteste, was dem Planeten Erde hatte passieren können. Es war höchste Zeit etwas dagegen zu unternehmen. Vernichtung durch Sintflut und Pest hatten ja nicht geklappt. Ebola, Aids und diverse Grippeepidemien auch nicht. Vielleicht funktionierte es ja nun, da dem Menschen das liebste und wichtigste genommen worden war. Wer auch immer dahinter steckte, würde alles dafür tun, dass dies eine Einbahnstraße werden würde. Hoffentlich keine Sackgasse. Das würde sich noch zeigen. Es gab noch viel zu tun und noch mehr zu lernen. Einen Menschen, der einmal eine feste Meinung über etwas gefasst hatte, zum Umdenken oder überhaupt erst einmal zum Denken zu bewegen war eine äußerst kniffelige Angelegenheit. Wen es ganz schlimm getroffen hatte, das waren die ganzen Drogenkartelle, die Dealer und Mafiabosse. *Die* hatten nämlich nicht nur das Geld entfernt, sondern auch noch über Nacht sämtliche Drogen legalisiert. Das war gleich doppelt schlecht. Nicht nur, dass kein Geld mehr damit zu verdienen war, auch sonst konnte mit dem Handel kein Vorteil mehr errungen werden. Süchtige gab es noch, die waren jetzt nicht über Nacht verschwunden. Die wurden auch nach wie vor bedient. Das Zeug war ja immer noch da. Auch wenn kein Reibach damit mehr zu machen war, wollte es doch keiner so einfach wegwerfen oder vernichten. Die Hacker hatten nämlich viel früher begriffen, dass nur durch das Verbot erst solche Macht und Geldstrukturen hatten wachsen können. Jetzt standen alle, die irgendwie in Drogengeschäfte verwickelt gewesen waren dumm da. Noch dümmer als die Investmentbanker. Die konnte man wenigstens für die neue Sache wieder einspannen und nutzen. Aber was sollte nun ein Dealer machen? Die Hacker waren ja gerade dabei diese neue Währung, solche Wertchips an alle zu verteilen. Aber dafür musste jeder erst Angaben darüber machen, was er zuvor für die Gesellschaft geleistet hatte. Diese Angaben waren notwendig um falls nötig eine neue Aufgabe für den jeweiligen Empfänger zu finden. Viele waren zwar schon zuvor in Statistiken erfasst worden, aber nicht alle. Als großes Problem hatten sich die geschönten und zum Teil sogar gefälschten Arbeitslosenstatistiken erwiesen. Und dann gab es noch die, die gar nicht gemeldet waren. Und die Asylbewerber waren ja auch immer noch da. Das war ganz schön brenzlig geworden, als herauskam, dass auch diese Menschen dieselbe Menge an Chips erhalten sollten und auch die selben Chancen auf Arbeit. Erst, als die ersten anfingen, in ihre Heimat zurückzukehren, weil nun dort auch alles besser sein würde, beruhigte sich die Lage wieder. Da hatten diese Hacker und ihre mutmaßlichen

Helfer wirklich ganze Arbeit geleistet. Wie sie das genau gemacht hatten, war immer noch geheim. Aber sie hatten schon angekündigt, dass wenn wirklich alles nach Plan lief und absehbar war, dass kein Weg mehr zum Geld zurückführen würde, wenn der Weltfrieden überall und dauerhaft gesichert wäre, dann würde alles offengelegt werden. Aber noch war es dafür zu früh. Die Menschen mussten erst einmal lernen und begreifen. Noch gab es zu viele Gegner, die unter Kontrolle gehalten werden mussten. Was langsam allen klar war, war, dass sie es überall gleichzeitig geschehen lassen hatten. Das Internet hatte das möglich gemacht. Genau wie damals die letzten Kreuzritter alle gleichzeitig in einer einzigen Nacht ausgelöscht worden waren, war auch das Geld weltweit und überall gleichzeitig ausgelöscht worden. Eigentlich eine Wahnsinnsleistung. Und nicht ohne Hilfe und Vorbereitung möglich. Die hatten wirklich jede Kleinigkeit durchdacht. Sogar, dass sie den Menschen erst einmal ein Stückchen Freiheit nehmen mussten, damit sie später einmal wahre Freiheit erlangen konnten. Jetzt musste erst einmal jeder kontrolliert und überwacht werden. Noch waren ja Waffen und Munition im Umlauf. Andrea fragte sich, ob wohl das Militär mit involviert war. Es musste wohl so sein. Wie sonst war es möglich, dass auf einmal Frieden herrschte? Nicht überall, aber fast. Für Geld brauchte ja keiner mehr zu kämpfen. Blieb noch die Religion. Aber Andrea dachte, dass „Die" sicher auch daran gedacht hatten und das, in den Griff bekommen würden. Da war sie sich ganz sicher. Peter war da weit weniger optimistisch. Wohl, weil er insgeheim immer noch hoffte, er wäre in einem Alptraum gefangen und würde gleich aufwachen. Oft bat er Andrea, sie möge ihn doch mal zwicken, nur um zu fühlen, dass es wohl doch Wirklichkeit war. Er hatte Aktien gehabt und Sparverträge und Rentenverträge und gefühlte hundert Versicherungen für oder gegen alles Mögliche. Alles weg oder wertlos. Es war noch nicht bei ihm angelangt, dass er sich um eine spätere Rente nicht mehr zu sorgen brauchte. Er würde, so lange er lebte, jeden Monat seine Wertchips erhalten. Und sollte ihr Haus abbrennen, so würden die Nachbarn schon helfen. Die Menschen waren im Grunde ja alle hilfsbereit. Das hatte man ja schon daran gesehen, wie viel Geld jedes Jahr gespendet worden war. Wie sollte das denn jetzt von statten gehen? Andrea meinte, dass die Menschen sich mehr mit Taten und Sachspenden helfen würden. Und die Spenden würden nun auch endlich dort ankommen, wo sie gebraucht wurden, weil kein Diktator mehr dazwischen stand, der sich etwas abzwacken konnte. Abgesehen davon, dass Decken weit weniger interessant waren, als Geld. Es lohnte sich also gar nicht mehr, etwas abzuzweigen. Peter hatte auch ganz vergessen, dass alle Herrscher entmachtet worden waren. „Und überhaupt, weißt du nicht mehr als damals die Müllers abgebrannt sind? Die wurden erst im Gemeindehaus einquartiert, und dann haben alle mitgeholfen, das Haus wieder aufzubauen. Von allen möglichen Stellen kamen Möbelspenden und Sachspenden, sogar aus der Stadt, von Leuten, die die Meiers gar nicht kannten. Um wirklich zu helfen, braucht es kein Geld, weil meistens tatkräftige Hilfe viel nötiger und auch nützlicher ist. Und die Feuerversicherung hatte am Ende kaum was gezahlt gehabt, weil die Meiers nicht beweisen konnten, was ihre Sachen Wert gewesen waren. Die bekamen dann nur den geschätzten Zeitwert und nicht den Neubeschaffungswert.

Das Haus war auch schon alt gewesen und hat quasi nichts mehr eingebracht. Wirklich, Versicherungen nützen nur den Versicherungen."
Da musste Peter seiner Frau Recht geben. Dennoch litt er. Und er tat ihr sein Leid auch weiterhin kund: "aber was ist denn nun eigentlich, wenn ich krank werde? Oder einen Unfall habe? Es gibt ja auch keine Krankenkassen mehr." „Doch, die gibt es noch. Nur werden die komplett umstrukturiert", antwortete Andrea. „Die machen Kontrolle und Verwaltung. Wie bei uns wird da, mit Arbeitszeit und Punkten gerechnet. Der Arzt bekommt erst einmal Arbeitszeit gutgeschrieben. Die kann er sich dann in Punkte umtauschen und die Punkte dann in Chips". „Und was bezahlt der Patient?" „Nichts, er ist ja nicht mit Absicht krank oder verletzt." Der Arzt arbeitet für das Allgemeinwohl und bezieht sein „Guthaben" vom Allgemeinkonto". „Und wer zahlt auf diese Allgemeinkonto ein?" „Niemand. Erst haben die Hacker einen Anfangspunktestand festgelegt. Dazu erwirtschaften die Ärzte weitere Punkte durch ihre Arbeitszeit. Das ist wie bei einem Computerspiel. Da kannst du auch einfach so Punkte erspielen und die dann gegen Spielgeld eintauschen". Peter war das zu hoch. Wie sollte eine Gesellschaft, die kein Geld erwirtschaftete auf Dauer überleben? Er begriff immer noch nicht, dass Geld zum Überleben der Menschheit nicht notwendig war. Im Gegenteil. Sein Vater hatte schon immer gesagt: „Geld verdirbt den Charakter".
Obwohl jetzt wo er so über diesen Satz nachdachte, fragte er sich, was wohl zuerst dagewesen war:
das Geld oder der schlechte Charakter?
Waren die Mächtigen erst mächtig und konnten dadurch ihren Reichtum erlangen oder brachte ihr

Reichtum sie erst an die Macht? Diese Fragen schienen jetzt, wo es beides nicht mehr gab, müßig zu sein. Jedoch nicht ganz. Denn Macht gab es noch. Sie war jetzt nur in anderen Händen. In den Händen der Hacker und ihrer Helfer. Und hatte nicht das Geld, wenn nicht direkt, so jedoch indirekt, diese Macht verschafft? Nein, wohl eher nicht. Denn sie profitierten ja nicht von ihrer Macht. Sie mussten sie ja gezwungenermaßen ausüben, um die Menschheit wieder auf Spur zu bringen. Und sie brachten keinen um, hatten auch keinen umgebracht, um sie zu erlangen. Und genau genommen betrieben sie nur eine Umerziehung. Peter sah ein, dass auch er dringend umgezogen werden musste. Er war zwar noch nicht ganz fähig dazu, aber doch zumindest schon mal willens. Als erstes wollte er mehr darüber nachlesen, was das Geld alles Schlechtes über die Welt gebracht hatte. Und es würde letztendlich egal sein, was zuerst dagewesen war. Fakt war, dass das Geld sich verselbstständigt hatte und die daran hängende Wirtschaft längst zusammengebrochen war. Eigentlich war alles lange Jahre hindurch nur noch schöngerechnet und, wo nicht einmal mehr das ging, schöngeredet worden. Ganze Staaten waren für pleite und nicht mehr kreditwürdig erklärt worden. Sie mussten gerettet werden. Aber gerettet waren am Ende nur die Banken worden, und die ohnehin schon reichen Geldsäcke. Supermarktketten versuchten sich mit immer härteren Preiskämpfen untereinander über Wasser zu halten. Es folgten Fusionen, Aufkäufe und immer größer werdende Konzerne, von denen man dachte sie wären „to big to fail". Aber das waren sie nicht. Auch ihre Schulden waren durch Zins und Zinseszins ins utopische gewachsen und nicht mehr tilgbar.

Genaugenommen, war es eigentlich ein Wunder, dass er seine Familie überhaupt noch hatte ernähren können. Wohl, weil das Haus ihr Eigentum und schuldenfrei gewesen war. Und weil er zwar nicht zu den Topverdienern, aber doch zu den unteren dieser Klasse gehört hatte. Und seine Frau hatte ja auch lange Jahre mitgearbeitet. Sie war erst die letzten drei Jahre arbeitslos gewesen. Und jetzt hatte sie auf einmal wieder Arbeit. Und sie konnte dabei ihr Talent nutzen. Und es machte ihr auch noch Spaß. Sie tat es für sich selbst und musste nicht für einen Fremden den Rücken für auch noch schlechte Bezahlung krumm machen. Und er? Er hatte eigentlich auch Freude an seiner Arbeit. Vor allem, weil er jetzt nicht mehr unter Druck stand. Er bekam seine Arbeitszeitpunkte und seine Chips, egal wann er morgens anfing. Komischerweise war er noch gar nicht auf die Idee gekommen, nichts mehr zu tun. Obwohl es auch dafür Chips gab. Nur keine Arbeitszeitpunkte. Die gab es nur für Hausfrauen und Mütter, weil Hausarbeit und Kindererziehung schließlich auch Arbeit war. Und sie diente auch noch dem Allgemeinwohl. Frauen die Kinder gebärten, trugen zur Erhaltung der Spezies Mensch bei. Nur durften diese Geburten nicht unkontrolliert geschehen. Noch nicht. Nicht bevor sich alles eingespielt hatte. Die Ernährung musste sichergestellt sein. Aber auch das würden „Die" schon regeln. Komisch, noch vor einer Woche hätte Peter nicht so gedacht. Aber er informierte sich täglich über den Stand der Dinge und Andrea begann ihn mit ihrer Zuversicht immer mehr anzustecken. Die Menschen steckten sich gegenseitig an.

Das Glücksvirus begann sich unaufhaltsam auch unter den erbittertsten und letzten
Gegnern, aber dennoch der richtige Weg. Hoffentlich würde es keine Sackgasse werden.
Obwohl, wenn alle weiterhin mitmachten, dann sollte eigentlich alles gutgehen.
In diesem Sinne: Wird schon schief gehen!

Die Erde dreht sich noch

Zwei Jahre waren vergangen seit dem Hackervorfall.
Es war noch immer niemandem gelungen, die Konten wieder herzustellen oder eine neue Kontoform zu entwickeln. Man hatte damit begonnen das gesamte Bargeld endgültig einzuziehen, weil einige Menschen wieder angefangen hatten, es an sich zu raffen und zu Hause zu horten, anstatt es wieder dem Kreislauf zuzuführen. Außerdem gab es nun endlich für alle die Wertchips, sie mussten nur noch verteilt werden. Kurzzeitig war es zu Ausschreitungen und Plünderungen gekommen, aber das legte sich nach wenigen Wochen, als die Menschen gewahr wurden, dass sie dennoch nicht zu Hungern brauchten. Denn noch etwas änderte sich: die Staaten und ihre Grenzen lösten sich langsam aber sicher auf. Regierungen wurden endgültig abgesetzt. Es entwickelte sich eine ganz neue Form des Zusammenlebens, der der Ameisen und Bienen nicht unähnlich. In den kleinen Dorfgemeinschaften fing es an. Der Bürgermeister hatte das Sagen, aber nicht die alleinige Macht. Das hieß bei Abstimmungen wurden alle gefragt und es mussten auch alle mitmachen. Einzige Entschuldigung für Abwesenheit bei so einer Wahl oder Abstimmung war der eigene Tod.
Diebstahl oder Mord wurden hart bestraft, sodass sich einer zweimal überlegte, ob er dem Gesetz zuwider handeln sollte oder doch lieber auf dem Pfad der Tugend blieb. Eine schwere Kindheit gehabt zu haben, galt nicht mehr als mildernder Umstand, denn es gab keine schweren Kindheiten mehr. In so einem Dorf

kannte jeder jeden und wenn da ein Vater im Suff seine Kinder schlug, dann wurde diesem Treiben sofort Einhalt geboten. Jetzt schaute keiner mehr weg, wenn er ein Unrecht mitbekam, sondern schritt entweder gleich selbst ein oder holte Hilfe. Auf der anderen Seite hatte man viele Gefängnisse aufgelöst. Politische Gefangene und sogenannte Wirtschaftsverbrecher hatte man schon innerhalb des ersten Jahres nach dem Hackervorfall frei gelassen und wieder eingegliedert. Die Sexualstraftäter wurden nun psychologisch betreut und bestens überwacht. Die Mörder mussten erst einmal noch eingesperrt bleiben. Aber auch um sie wurde sich besser gekümmert. Es hatte gedauert, den Neid und die Missgunst, den Hass und den Egoismus aus den Herzen der Menschen zu verbannen und stattdessen Liebe, Barmherzigkeit, Hilfsbereitschaft und Solidarität einzupflanzen. Überall war das auch noch nicht gelungen. Davon konnte Andrea ein Lied singen. Peter war nach zwei Jahren, trotz aller Bemühungen seitens seiner Frau und auch seiner eigenen, immer noch total verbohrt, fühlte sich ungerecht behandelt und überhaupt ginge es ihm total schlecht. Jammern auf hohem Niveau hatte er schon immer perfekt beherrscht. Obwohl es ihnen wirklich an nichts fehlte. Sie hatten immer noch ihr Haus, ihr Auto, ihre Arbeit, genug zu essen, Wasser, Strom und Kleidung. Selbst die Kinder, die ja im Überfluss aufgewachsen waren und denen selten ein Wunsch abgeschlagen worden war, hatten sich mit der Situation abgefunden. Und nicht nur das. Sie fanden es inzwischen sogar toll. Keiner wurde in der Schule mehr gemobbt, weil er keine Markenjeans trug oder nicht das neueste I-Phone hatte. Freundschaften wurden enger, weil wieder wirklich miteinander geredet

wurde, mit richtigen Worten und in ganzen Sätzen. Die Jugend traf sich wieder, nicht nur zum Koma saufen. Auch der Unterricht hatte sich entwickelt. Geschichte war nun ein Hauptfach, Religion wurde aus den Schulen verbannt und war nun Privatsache. Außer es tat jemand einem anderen wegen seiner Religion was Böses. Jedem war nun freigestellt was er wie wann anbeten wollte.
Und wenn es ein Gänseblümchen im Garten war. Solange keinem anderen dadurch ein Schaden entstand, war alles erlaubt. Natürlich war diese Form des Zusammenlebens noch nicht bis in jeden Winkel der Erde vorgedrungen. Aber auch das würde noch kommen, zumal die Waffenindustrie stillgelegt worden war und es keinen Nachschub mehr gab. Und neue Waffen herzustellen, dazu zählte alles, was geeignet war, einem anderen das Leben zu nehmen, war bei Todesstrafe verboten. Auch gab es nur noch Gesamtschulen und die Kinder wurden Ganztags von morgens um 10h bis abends 16h darin betreut. Dabei mussten sie keineswegs den ganzen Tag im Klassenzimmer sitzen, sondern hatten auch die Möglichkeit an Sport und Spielen teilzunehmen. Es gab keine Noten mehr, aber Leistungsnachweise mussten erbracht werden. Für diese wurde aber ein flexibler Rahmen festgelegt. So konnte jedes Kind selbst entscheiden ob es sich nächste Woche in Mathe oder Englisch testen lassen wollte. Die Klassen waren kleiner und Lehrkräfte gab es nun auch genug, weil ja alle den selben „Lohn" erhielten. Am tollsten an dem neuen Schulsystem fanden die Kinder aber, dass sie selbst ihre Lehrer wählen durften. Das lief so ab, dass neue angehende Lehrkräfte Probeunterricht abhalten mussten und die Schüler darüber befanden, ob einer dafür geeignet ist,

Wissen spannend rüberzubringen oder nicht. Es reichte also nicht, einen tollen Abschluss zu machen, man musste schon auch einen Draht zu den Kids haben. PMS geplagte Doppelnamen-Tussis die ihren Frust durch Vergabe schlechter Zensuren an ihren Schülern ausließen, gab es fortan nicht mehr. Und auch keine überheblichen Rektoren mehr. Diese Änderungen waren anfangs auch nicht leicht gewesen.

Aber da allen klar war, dass Bildung nach wie vor wichtig war, vielleicht sogar wichtiger denn je, wurde diese Lösung am Ende als die praktikabelste erachtet. Dennoch gab es noch viel zu tun. Die alte Generation war ja noch am Leben und nicht wenige wollten immer noch wieder zurück in die „Gute alte Zeit". Der Kapitalismus war zwar praktisch gestorben, aber in den Köpfen vieler immer noch lebendig. Dabei lief doch wirklich alles viel besser. Das fand sogar Lisa. Sie erzählte, dass sie im Geschichtsunterricht gelernt hätten, dass der ganze Schlammassel schon in der Steinzeit mit der Entdeckung des Feuersteins gefolgt vom Bernstein angefangen hätte. Diese gab es nämlich nicht überall zu finden. Also waren zu dieser Zeit die Lagerstätten schon umkämpft. Und dann in der Bronzezeit ging es erst richtig los. Dieses golden glänzende Metall weckte erste Begehrlichkeiten. Jeder wollte es haben. Erzlagerstätten gab es nur wenige. Für die Verhüttung brauchte es Holz. Erste Umweltschäden entstanden, weil ganze Wälder abgeholzt wurden. Ja, in der Steinzeit wurde der Grundstein für den Kapitalismus und den Egoismus gelegt. Eine Weile war der Fortschritt ja auch ganz schön. Aber am Ende war da nur noch Stress. „Wie lege ich das gewinnbringend an?" Und „wer betrügt wen?". Dabei ging es genau wie zur Steinzeit nur um Bodenschätze.

Wer darüber verfügte war der King. Wer nicht darüber verfügte, holte sie sich mit Gewalt. All das war nun weg. Es war den Menschen eine enorme Last genommen worden. Leider begriffen das immer noch nicht alle. Dazu würde es wohl noch ein paar Generationen brauchen. Immerhin waren die Büros in den Bankentürmen inzwischen zu Wohnungen umgebaut worden und zwar von den Menschen, die nun darin lebten, selbst.
Keine Firma musste dafür bezahlt werden. Es gibt keine Obdachlosen mehr. Auch sie konnten neu starten. Peter vermisst schon ein paar Dinge, die nicht mehr produziert werden, weil sie einfach nicht lebensnotwendig sind: SUVs zum Beispiel. Keiner braucht mehr diese Spritschluckenden Monster. Überhaupt gibt es weniger Autos. Sämtliche Automobilhersteller haben sich zusammengetan um ein Energiesparmodell zu entwickeln. Es werden nicht mehr viele verschiedene Marken gebaut. Damit aber die Firmen nicht schließen mussten, wurde vereinbart, dass jede seinen Teil zum Auto beiträgt. Die einen bauen und liefern Reifen, die anderen Lenkräder, wieder andere Sitze und einer baut dann alles zusammen. Und man setzt wieder auf menschliche Arbeitskräfte. Es wird wieder dort gearbeitet, wo gelebt wird. Pendelverkehr ist ein altes, bei der Jugend unbekanntes Wort geworden. Natürlich gibt es immer noch viele Menschen ohne sinnvolle Arbeit, wobei irgendetwas gibt es immer zu tun, und wenn es nur Straßen fegen ist. Viele Berufe sind verschwunden, neue sind entstanden und sogar alte Berufe wieder auferstanden. Andrea fand diese Entwicklung sehr spannend. Die Menschen gingen entspannter miteinander um, weil alle gleich viel hatten und wer mehr zum Leben hatte, als er brauchte,

der gab davon etwas ab, musste das sogar. Dafür wurden sogenannte Tauschzentralen geschaffen. Man konnte dort überschüssiges oder nicht benötigtes hinbringen und dafür etwas anderes mitnehmen oder, falls man gerade nichts brauchte, dann gab es Gutscheine. Und es wurde daran gearbeitet, die alten Familienstrukturen wieder einzuführen.

Das bedeutete, dass Oma und Opa nicht mehr in ein Heim kamen, sondern zu Hause gepflegt wurden. Das mussten nicht zwangsläufig die eigenen Familienmitglieder tun. Es gab ja genug untätige Menschen, die so eine Aufgabe übernehmen konnten. Aber das war vorerst nur eine Überlegung. Die Umsetzung würde wohl noch Jahre in Anspruch nehmen. Andrea und Peter gingen aber schon mal mit gutem Beispiel voran und quartierten beide Omas in der Einliegerwohnung ein. Die Opas waren beide schon vor längerem gestorben. Die beiden Omas waren noch recht rüstig und ihre gelegentlichen Kabbeleien hielten sie wohl jung. Sie waren ja beide in völlig verschiedenen Welten aufgewachsen. Hier traf erzkatholische Landmaus auf zwar auch katholische, aber anders denkende Stadtmaus. Die Kinder profitierten auf alle Fälle auch von diesem Arrangement. Die Omas konnten viele Geschichten erzählen und ihre Lebenserfahrung und die damit einhergehende Weisheit waren nicht zu unterschätzen. Und sie konnten ganz gut vermitteln, wenn es zwischen den Pubertätsmonstern und ihren Eltern mal wieder zu Reibereien kam. Dann musste die Oma die Mama daran erinnern, dass sie selber auch einmal jung gewesen war. Und wenn dann noch alte Jugendsünden zur Sprache kamen, herrschte oft ganz schnell wieder Friede im Hause Schmittmeier. Ja, meistens vertrugen sich die drei Generationen ganz gut. Nur einmal, da war Oma Schmittmeier, nahe am Rauswurf und das kam so: Andrea hatte sich in einer Ecke des Gartens einen Kräutergarten angelegt. Darunter auch exotische Arten wie Salbei und Thymian. Für Andrea waren sie nicht exotisch, aber für Schwiegermama durchaus. Eines schönen Tages, es war ihr wohl langweilig gewesen, ging diese in den Garten um Unkraut zu jäten. Bei dieser Gelegenheit traf sie auf das Kräuterbeet und entfernte schlichtweg alles daraus, was sie nicht kannte und übrig blieb einzig und allein der Schnittlauch. Andrea traf fast der Schlag, als sie am nächsten Tag ihre Kräuter ernten wollte. Es war wirklich nichts mehr da und weil Schwiegermama, wenn sie was tut, das auch gründlich tut, hatte sie die Kräuter auch gleich noch gehäckselt auf den Kompost geworfen. Ein wieder einpflanzen kam also nicht mehr infrage. Und wie früher in den Gartenmarkt fahren und neue Setzlinge holen ging auch nicht. Andrea hatte die Setzlinge und Ableger mühsam zusammengetauscht. Schlimmer noch, einige hatte sie mit der Auflage erhalten, nach der Ernte einen Anteil davon abzugeben beziehungsweise sie wollte es gegen Gemüse eintauschen, das sie selbst nicht angepflanzt hatte. Es war quasi wertvolles Tauschmaterial vernichtet worden. Da war es wahrlich nicht verwunderlich dass Andrea derart in Rage geriet und ihre Schwiegermutter am liebsten an die Luft gesetzt hätte. Peter hat sie dann erst einmal von ihrer Palme heruntergeholt, obwohl er ihre Aufregung nicht wirklich verstand. Wie zu Zeiten, des Geldes machte er sich um Dinge, die den Haushalt betrafen, nur wenig Gedanken. Da gehörte auch der Garten dazu. Er mochte wohl die schönen Blumen, und auch gerne Gemüse, aber wo das herkam und wieviel Arbeit darin steckte,

war ihm letztendlich egal. Aber das würde sich auch noch ändern. Wenn nicht bei ihm, so doch in künftigen Generationen. Wie auch immer, die Erde drehte sich weiter. Andrea pflanzte ersatzweise schnellwachsende andere Kräuter an und Oma bekam ein Gartenarbeitsverbot auferlegt.
Es wurde Herbst. Tom würde bald volljährig sein und seine Schwester hatte den Höhepunkt ihrer „Zickenzeit" erreicht. Die beiden waren wie Hund und Katz. Aber Tom beschützte seine Schwester auch, wenn es vonnöten war. Blut war halt doch dicker als Wasser. So ging das Leben im Hause Schmittmeier wie auch in allen anderen Familien seinen Gang und lief langsam wieder in geregelten Bahnen. Nur die Welt da draußen war immer noch mehr oder weniger in Aufruhr. Es gab zwar keine weltweit ausufernden Kriege mehr, aber vom „Wahren Frieden" war die Menschheit noch weit entfernt. Denn der musste erst einmal in die Köpfe und Herzen der Menschen gelangen. Auch das würde noch ein paar Generationen dauern. Die Köpfe der großen Weltreligionen arbeiteten schon daran. Sie suchten gerade nach Gemeinsamkeiten in ihren jeweiligen heiligen Schriften und sind dabei durchaus schon fündig geworden. Vielleicht würden am Ende wieder alle, wie schon zu Urzeiten, einen Sonnengott anbeten, wer konnte das schon sagen? Zumindest waren sich alle wenigstens dahingehend einig, dass es nicht förderlich war, sich wegen unterschiedlicher Glaubensauffassungen gegenseitig die Köpfe einzuschlagen. Daher wurden Hassprediger nicht mehr toleriert und notfalls schon mal hingerichtet. Half ja nichts. Der Friede musste gewahrt werden, auch schon mal mit unfriedlichen Mitteln, wenn sich einer als allzu unbelehrbar erwies. Aber auch diese

Mittel musste immer weniger eingesetzt werden, je aufgeklärter die Menschen wurden. Denn so viel war klar. Keiner wollte mehr zurück in diese Spirale, aus der es kein Entkommen gegeben hätte, wären die Hacker nicht gewesen.
Es war Abend geworden.
Zeit für den täglichen Weltstatusbericht. Alle saßen vor dem Fernseher und erwarteten mit Spannung, was sich wieder auf der Welt getan hatte. Als erstes kam ein Bericht über Afrika. *
Erneut war eine Diamantenmine geschlossen worden. *Die* rechtfertigten die Schließung mit der Geschichte des Diamantenabbaus.
In Angola beispielsweise begann diese am 4. November 1912 als belgische Geologen „die sieben berühmten Rohdiamanten von Musalala" entdeckt hatten. Schon früher hatte man Kenntnisse von Diamanten, seit der ersten Hälfte des sechzehnten Jahrhunderts, genau 1590 durch Portugiesen, die das Land seit 1494 einfach für sich beansprucht hatten. Seither wird das wertvolle Mineral in der Region erfolgreich gefördert. Allerdings nicht von Einheimischen, sondern von Europäern. Bis zur Unabhängigkeit Angolas 1975 war das südwestafrikanische Land systematisch von den Portugiesen ausgebeutet worden. Dann wurde der Diamantenabbau nach dem Ölsektor zum zweitwichtigsten Wirtschaftszweig Angolas. Etliche ausländische Firmen sahen hier große Investitionsmöglichkeiten. Im Gegensatz zum Öl- ist der Diamantensektor arbeitskraftintensiv, allerdings waren hier viele private Diamantschürfer tätig. Die Regierung sah das als illegale Erwerbstätigkeit an und zerschlug diesen informellen Sektor. Man hatte mit gewaltsamen Umsiedlungen ohne Entschädigung riesige Landflächen in

Besitz genommen. Die Diamantenförderung hat als profitabelster Bestandteil der angolanischen Ökonomie zur Finanzierung und Verlängerung des Angolanischen Bürgerkrieges beigetragen, der von 1975 bis 2002 das Land verwüstete. Die Diamanten Angolas waren damit ein Auslöser für die Diskussion um sogenannte Blutdiamanten und die Etablierung des Kimberley-Prozesses, der das Ziel verfolgt, die Finanzierung von Bürgerkriegen durch Diamantenhandel zu unterbinden. Die Diamantengewinnung erwies sich von daher als profitbringender Wirtschaftssektor, den die Regierung, aber auch oder vor allem, ihr Gegner im Bürgerkrieg, auszunutzen wusste. Die andere Seite stellte ihr Staatsterritorium der Rebellenbewegung für Diamantentransfers und als Zwischenstation für heimliche Waffenlieferungen aus Osteuropa zur Verfügung. 2007 geriet die Diamantenproduktion in Angola wiederum in negativer Form in die Schlagzeilen, als es zu ersten Massenabschiebungen „illegaler" Schürfer unter erheblichen Menschenrechtsverletzungen kam. Nach UNO-Angaben sind in den darauffolgenden zwei Jahren 2008 und 2009 knapp 115.000 Menschen unter sehr zweifelhaften Umständen aus Angola in die benachbarte Demokratische Republik Kongo abgeschoben worden. Der Kongo reagierte daraufhin mit Massenabschiebungen Tausender Angolaner, die seit Jahren als Bürgerkriegsflüchtlinge in Kongo lebten. Gegenseitige Abschiebungen Hunderttausender ihrer Staatsangehörigen charakterisieren seit Monaten die Spannungen der beiden großen Nachbarn Angola und Kongo. Dahinter verbergen sich Meinungsverschiedenheiten über Öl, Diamanten und die erhoffte Elektrizität aus den Inga-Staudämmen am Inga-Fluss in Kongo. Zwischen 100.000 und 200.000 Menschen

wurden bis Ende 2009 in beide Richtungen deportiert. Um diese Kriegshandlungen und Schiebereien endgültig zu unterbinden, wurden nun alle Diamanten und auch sonstige Edelsteinminen erst einmal geschlossen. Vielleicht würde man ja in ein paar Jahren, wenn der Umdenkprozess beendet war, die Minen wieder öffnen. Die Steine sollten dann allerdings nur noch als Schmuck dienen und nicht mehr als Zahlungsmittel für Waffen.
Auch in Asien machte sich der Umbruch bemerkbar. Die Millionenmetropolen begannen sich tatsächlich aufzulösen. Es war dort nicht so einfach, wie in Europa gewesen, weil diese Städte wesentlich grösser waren und das Land, obwohl riesig, doch zum Großteil unbewohnbar und nicht sehr fruchtbar war. Aber die Gentechnik hatte es möglich gemacht, auch in den unwirtlichsten Gegenden Getreide, Reis und Gemüse anzubauen. Und weil diese Länder ihre Nahrungsmittel jetzt nicht mehr zu Schleuderpreisen an die EU oder in die USA liefern mussten, konnten sie ihre eigene Bevölkerung locker ernähren. Und nicht nur in Asien trat die Gentechnik ihren Siegeszug an, sondern weltweit. Nun konnten auch in Europa Früchte und Gemüse angepflanzt werden, die sonst nur in Tropischen und warmen Gegenden gewachsen waren. Dadurch brauchte es auch keine langen Transportwege mehr. Die Schiffe auf den Meeren wurden weniger, was den Walen wiederum zu Gute kam. Auch mussten keine Unkrautvernichtungs-und Insektenmittel mehr gespritzt werden. Es stellte sich heraus, dass die Gentechnik weit weniger schädlich war, als diese ganzen Mittel es gewesen waren. Es gab zwar immer noch Gegner, aber deren Stimmen wurden nach und nach auch immer leiser. Sie konnten einfach keine

Nachweise über Schädigungen durch Gentechnik erbringen. Im Gegenteil. Es erwies sich für die ganze Welt als äußerst nützlich. Natürlich durfte diese nur bei Pflanzen angewendet werden, nicht bei Tieren und schon gar nicht bei Menschen. Die Mediziner hätten sie zwar schon gerne auch genutzt, aber man einigte sich dann doch dahingehend, dass eine natürliche Auslese doch die bessere Wahl wäre. Auch wenn das für manchen ein trauriges Ende nehmen mochte.
Es hatte sich zudem herausgestellt, dass man Erkrankungen und den Tod nicht verhindern konnte. Beides gehörte einfach zum Leben dazu. Im Übrigen waren bestimmte Erkrankungen seit der Umstellung der Ernährung und der Abschaffung Stressbedingter Faktoren, erheblich zurückgegangen.
Nach diesen ganzen positiven Nachrichten ging die gesamte Familie froh gestimmt zu Bett, und alle konnten sich ihrem sorglosen Schlaf hingeben. Obwohl. Der Schlaf war nicht bei allen so sorglos. Peter hatte wilde Träume. Er wollte immer noch nicht so recht daran glauben, dass alles wirklich überall so friedlich und glatt ablief, wie berichtet wurde. Es war ja auch schon früher in den Medien gelogen und die Wahrheit verbogen worden. Warum sollte sich jetzt etwas daran geändert haben? Was, wenn sich alles als Illusion herausstellte? Es waren ja erst zwei Jahre seit dem Hackertag vergangen. Noch so viel war zu tun. Wer machte das eigentlich alles? Und wie machten sie es? Was, wenn doch noch irgendwo irgendeine Gruppe über Waffen verfügte und dem ganzen Spuk ein Ende setzte? Er träumte, dass er sein Haus gegen Zombies verteidigen musste, obwohl es seit damals keine Zombie-Filme mehr gab. Sie waren, wie alle blutrünstigen Filme verboten worden. Das war auch erst gar

nicht gut aufgenommen worden, weil der Mensch scheinbar irgendwie unterbewusst zur Blutrünstigkeit neigt. Das musste ihm unbedingt abgewöhnt werden. Und das ging nur, indem er keinen Zugang mehr zu solcherlei bekam. Auch Horror- Romane und Krimis wurden erst einmal verboten. Und wer weiß, vielleicht mochten die Menschen derlei Unterhaltung irgendwann gar nicht mehr. Seine Frau las ja auch gerne Thriller. Brot und Spiele eben. Sowas liebte das Volk. Nun, Brot gab es genug und für Spiele musste noch gesorgt werden. Sonst würde sich Langeweile breit machen. Und wer sich langweilte, dem fiel oft nichts Gutes dabei ein. Da waren jetzt die Filmemacher gefragt.
Oder besser gesagt die „Unterhaltungsbranche". Jetzt trennte sich die Spreu vom Weizen. Ein paar wenige hatten es echt drauf, die Massen zu begeistern.
Actionfilme durften ja noch gezeigt werden, solange sie „Blutfrei" waren. Die ersten 4-D-Kinos wurden gebaut. Da bewegten sich die Sitze mit.
Peter war neulich mit Andrea in so einem Kino gewesen. Es war ein alter Film gezeigt worden. Dort gab es eine wilde Schlittenfahrt. Das war schon ein mulmiges Gefühl gewesen, als der Schlitten auf der Leinwand steil nach unten kippte und die Sitze sich mit kippten. Das war, als säße man selbst in diesem Schlitten. Und dann rollte da so eine Schneekugel nebenher und plötzlich über einen hinweg, dann war sie direkt vor ihnen. Andrea hatte versucht, die Kugel mit ihren Händen wegzuschieben. Und dann hatte sie jedes Mal laut geschrien, wenn sie um eine Kurve fuhren oder kurz vor einem Baum doch abbogen. Das war wirklich wahres Erlebniskino gewesen. Er hatte davon gehört, dass es inzwischen auch ein Duftkino geben

sollte. Wobei er sich nicht sicher war, ob er wirklich alles live riechen wollte. Obwohl „das Parfüm" wäre sicherlich interessant zu riechen. Allein schon die Geburtsszene, wo Säugling zwischen den Fischabfällen liegt und dann die Gerüche des Marktes aufnimmt. Das könnte durchaus spannend werden.

Er beschloss kurzerhand, das nächste Duftkino ausfindig zu machen und dann würde er mit Andrea hingehen.

Aber jetzt war erst einmal wieder Alltag angesagt.

Gott sei Dank verlief der längst nicht mehr so stressig, wie noch vor ein paar Jahren. Peter arbeitete jetzt von 10h-15h. Länger war nicht nötig. Es hatten sich genug Freiwillige gefunden, die die anderen Zeiten abdeckten. So hatte es in allen noch verbliebenen Branchen eingebürgert. Außerdem hatte sich die Energiebranche erheblich gewandelt.

Große Kraftwerke waren nicht mehr notwendig. Immer mehr gingen dazu über, ihren Strom selber zu produzieren. Und was selbst nicht benötigt wurde, wurde an die abgegeben, die nicht selber produzieren konnten. Somit hatten es die Hacker auch geschafft, die Energieversorgung auf Dauer zu sichern. Er wunderste sich manchmal immer noch, wie das ohne Geld möglich gewesen war. Die Leute hatten einfach die Ärmel hochgekrempelt und getan was nötig war. Egal was, ob Straßen- oder Häuserbau, es wurde gemacht. Einfach so. Die Menschen waren mit dem Punkte und Arbeitszeitsystem zufrieden. Jetzt noch nicht alle. Er kannte schon den ein oder anderen, der die Hacker immer noch verfluchte. Er tat es selbst an manchen Tagen, wenn er grade mal wieder etwas vermisste. Doch wenn er dann in sich ging und sich ehrlich fragte, ob er das Vermisste denn wirklich so

dringend brauchte, dann musste er jedes Mal zugeben, dass dem nicht so war. Eigentlich musste er nichts vermissen. Sie hatten alles, was zum Leben nötig war und langsam stellte sich sogar wieder so etwas wie Wohlstand ein. Das bedeutete, man konnte mit seinen inzwischen erarbeiteten Punkten auch mal was anderes, außer Lebensmittel erwerben.
Im Großen und Ganzen hatte er sich mit der neuen Situation abgefunden. Seine Frau allerdings, die war richtiggehend glücklich geworden. Sie nähte für ihr Leben gerne. Und jetzt endlich konnte sie damit im wahrsten Sinne des Wortes punkten. Ihre Decken und Taschen und seit neuestem auch Kuscheltiere, waren gefragt wie nie. Ihre Sachen, waren auch zuvor schon toll gewesen, nur war keiner bereit gewesen, den geforderten Preis dafür zu bezahlen. Und das wenige, was sie dann eingenommen hatte, hatte sie auch noch versteuern müssen. Im Voraus. Was ja an sich schon hirnrissig war. Wie hätte sie vorhersehen sollen, wie viel sie verkaufen würde. Das Finanzamt hatte sie kurzerhand geschätzt und hatte sich jedes Mal verschätzt. Sie bekam ihr Geld zwar ein Jahr später zurück, aber erst war es mal weg gewesen. Jetzt gab es kein Steuersystem mehr. Eigentlich unfassbar. Jeder bekam gleich viel und keiner musste etwas abgeben. Trotzdem war für alle genug da. Das funktionierte, weil sich alles im Kreislauf befand. Die Computertechnik machte es möglich, diesen Kreislauf zu kontrollieren. „Die" wussten einfach wer wie viele Punkte und Wertchips hatte. Alle „Preise" waren festgelegt und änderten sich nicht mehr. Es gab einfach kein Horten und Vermehren mehr. Das Wort „Zins" gab es nicht mehr. Man wusste freilich noch, was Zinsen waren, aber es gab sie schlichtweg nicht mehr.

Und dennoch lief die Wirtschaft. Anders, kleiner, langsamer, gemächlich geradezu. Fusionen, Konzerne, Kapitalgesellschaften gehörten der Vergangenheit an. Wer hätte gedacht, dass so etwas je passieren könnte? Niemand. Na ja, ein paar mussten es wohl gewusst, ja sogar geplant haben. Während Peter so über früher nachgrübelte, ging Hubert Knauser, der einstige Buchhalter völlig in seiner neuen Aufgabe auf. Endlich hatte er es geschafft, auch dem letzten sein Punkte- und Arbeitszeitkonto anzulegen. Nun konnten endgültig alle über ihre Wertchips verfügen und es konnte nun endlich auch das letzte Bargeld eingezogen werden. Das würde zwar noch ein paar Jahre in Anspruch nehmen, weil sich bestimmt nicht jeder gleich von seinen letzten Münzen trennen würde. Aber das war letztendlich auch egal, weil demnächst zusätzlich die offizielle und somit endgültige Entwertung des Geldes stattfinden würde. Man würde die eingesammelten Geldscheine auf einen großen Scheiterhaufen werfen und öffentlich verbrennen. Somit musste auch der letzte Zweifler seinen noch vorhandenen Glauben an das Geld verlieren. Das würden wahre Freudenfeuer werden. Hubert selbst hatte auch noch altes und ganz altes Geld bei sich zu Hause. Und obwohl er für die Abschaffung des Geldes war, wollte er es aus nostalgischen Gründen doch behalten. Da war er sicher nicht der Einzige. Manche würden wohl auch immer noch auf eine Rückkehr zum Geld hoffen und es deshalb aufbewahren. Denen würde man es wohl doch zwangsweise wegnehmen müssen. Noch setzten die Hacker aber mehr auf Aufklärung denn auf Gewalt. Diese sollte ja auch abgeschafft werden. Was immer noch schwierig war. Dazu lebten noch zu viele der alten Generation, die nicht gewaltfrei

aufgewachsen waren. Manche hatten es einfach nicht anders gelernt. Und sie würden sich wohl auch nicht so schnell ändern können und der ein oder andere auch gar nicht wollen. Die Hacker nutzten dafür gespeicherte Daten und Überwachungstechnik.
Das ging jetzt einfach noch nicht anders. Sonst verloren sie die Kontrolle. Und Kontrolle war wichtig. Noch. Das verdankten sie Amerika. Die waren ja schon immer Meister in diesen Dingen gewesen. Und beinahe hätten sie es geschafft gehabt, sich ganz Europa einzuheimsen um es anschließend genauso an die Wand zu fahren, wie ihr eigenes Land. Die Wirtschaft Amerikas, war total am Ende. Nur die Kriege, die sie geführt haben, hielten sie noch über Wasser. Beziehungsweise die Rüstungsindustrie und der Waffenhandel. Sie hatten verzweifelt versucht, in China Fuß zu fassen, aber da lag Russland im Weg. Also hetzten sie Russland gegen Deutschland auf, spielten sie geschickt gegeneinander aus. Weil, hätte sich der Rest von Europa mit Russland verbündet, wäre Amerika außen vor geblieben. Kein Mensch hätte die noch gebraucht. Amerika hatte nie etwas zu bieten, was die Europäer nicht selbst gehabt hätten. Aber die haben immer so getan, als wären wir von ihnen abhängig. Die Amis als Retter der Welt. Dafür haben sie sogar selbst ihr World Trade Center in die Luft gejagt und es dann Terroristen in die Schuhe geschoben.
Hubert schauderte heute noch, wenn er daran zurück dachte. Unzählige Dokumentationen und Berichte hatte er sich damals angesehen. Erst dachte er ja auch, es handelte sich nur um Verschwörungstheorien. Aber dann waren die Beweise immer erdrückender geworden. Nun, das war lange her. Auch in Amerika hatte sich so einiges getan. Das Geld war da ja schon lange

nichts mehr wert gewesen. Von einer Privatbank gedruckt und ausgegeben. Das musste man sich mal vorstellen. Und trotzdem hatten die Menschen es als Zahlungsmittel akzeptiert. So blöd waren die gewesen. Jetzt hatten auch sie Wertchips, Punkte- und Arbeitszeitkonten. Und siehe da. Auch dort lief es. In einigen Staaten, wo privater Waffenbesitz erlaubt gewesen war, war es allerdings schon zu blutigen Ausschreitungen gekommen. Aber da auch dort das Militär mit den Hackern zusammen arbeitete, waren die Leute schnell entwaffnet worden. Inzwischen gibt es auch dort drüben keine Munition mehr für die noch übrigen Waffen zu kaufen. Präsidenten gibt es auch keinen mehr. Die Wahlen dazu, waren sowieso ein einziger Witz gewesen. Der, der das meiste Geld gehabt hatte und somit am besten betrügen konnte, war es am Ende geworden. Damit war jetzt Schluss. Aber die Gouverneure hatte man beibehalten. Sie hatten jetzt nur nicht mehr die Macht über alles. Sie hatten mehr eine Kontrollfunktion. Und sie sorgten für die Umsetzung der neuen Strukturen. Auch hier ging nun alles mehr zum Kleinen hin. Große Staaten waren einfach zu unübersichtlich und praktisch nicht kontrollierbar. In manchen ehemaligen Staatsgebieten lief es jetzt sogar besser als noch zur Geldzeit, weil die Menschen dort sehr arm gewesen waren. Jetzt hatten alle gleich viel. So mancher Hollywoodstar und Superreiche, hatte kräftig Federn lassen müssen. Ein Haus für jeden wurde für genug befunden, und so fiel so manche Villa der neuen Weltordnung zum Opfer. Ehemalige Obdachlose konnten sich einquartieren, manche der Luxusvillen wurden als Feierstätten genutzt, obwohl es noch nicht viel zu feiern gab.

Noch war die Welt im Umbruch. Erst wenn alles wieder zur Ruhe gekommen war, wenn sich alles eingespielt haben würde, dann würde auch wieder öfter gefeiert werden.
Sascha, der Ex-Hartzer war nun eine Art Fernsehstar. Er hatte im Internet sein eigenes Programm. Jetzt konnte er nach Herzenslust über all diejenigen herziehen, die ihn zuvor immer nur milde belächelt hatten, wenn er mal wieder eine seiner Voraussagen getroffen hatte. Er hatte es vorhergesehen. Jetzt nicht genau so, wie es gekommen war. Aber er hatte gewusst, dass etwas Gravierendes passieren würde. Er zog aber nicht nur über seine einstigen Widersacher her, er machte auch eine Art „Emotion Broadcast". Da konnten dann Leute bei ihm anrufen und sich ausheulen. Und er tröstete sie dann. Vor Jahren hatte er schon einmal versucht, etwas Ähnliches aufzuziehen, aber er musste wohl einmal etwas Falsches gesagt haben, weil von einen Tag auf den anderen war sein Kanal gesperrt worden. Jetzt konnte er sagen, was er wollte, so lange es nicht um Geld ging. Obwohl, eigentlich ging es oft um Geld. Die Menschen weinten diesen Papierfetzen immer noch nach. Zumindest die, die bei ihm anriefen. Seine Aufgabe war es nun, sie davon zu überzeugen, dass nun alles viel besser war. Es musste nur noch aus ihren Köpfen raus. Geld ist nur Papier. Es hat nur den Wert, den wir ihm beimessen. Wenn wir es für wertlos befinden, dann ist es das auch. Er erklärt dann immer und immer wieder, den Kapitalismus und wie fatal das in Amerika geendet hat und auch in Europa geendet hätte, hätten die Hacker nicht eingegriffen. Und wenn nötig erzählt er dann auch noch vom Zins und Zinseszins Wahnsinn. Und tatsächlich ließen die Jammereien nach. Er half also den

Hackern und somit würden sie ihn wohl noch eine Weile machen lassen. Ansonsten ging er wie zuvor, keiner geregelten Arbeit nach. Außer dass er sich sein eigenes Gemüse im Garten anbaute. Beziehungsweise er half beim Anbau mit, weil der Garten gehörte allen, die mit im selben Haus wohnten. Somit trug er seinen Teil zum Allgemeinwohl mit bei. Seine Arbeitszeitpunkte für die Rente hatte er in den Jahren zuvor schon erwirtschaftet. Sie hatten ihm die einstmals gestrichenen Überstunden mit angerechnet. Da er mit dem zufrieden war, was er hatte, brauchte er nicht mehr zu arbeiten. Dass die Hacker ihm Punkte für seine Internethilfe gutschrieben, wusste er noch nicht. Diese Information würde er in den nächsten Tagen erhalten, zusammen mit seinen Kontounterlagen. Was er zu gerne herausfinden würde, war, wer dahinter steckte. Nicht einmal er, der immer alles herausgefunden hatte, weil er wusste wo er suchen musste, konnte bisher dieses Geheimnis lüften. Andererseits war ihm schon klar, dass es für eine Aufdeckung noch zu früh war. Neugierig war er trotzdem. Er schaute mal wieder nach Saudi Arabien. Schon früher hatte er mal mit einem von dort gechattet. Vielleicht war er auch deswegen gesperrt worden. Wer wusste das schon. Er hatte schon den BND in Verdacht gehabt. Glaubte sogar von denen bespitzelt zu werden. Aber warum hätten sie das tun sollen? Ausgerechnet ihn, den kleinen Hartzer. Mit Sicherheit wurde er aber jetzt überwacht. Das war so klar wie nur irgendwas. Konnte auch gar nicht anders sein. „Die" verlören sonst die Kontrolle. Ihm sollte es recht sein. Er hatte nichts zu verbergen. Hatte er nie gehabt. Solange sie das nicht ewig so machen würden. Früher oder später würde es nicht mehr nötig sein. Wahrscheinlich eher später.

Generationen später. Bis dahin würde sich die Erde weiter drehen. Unaufhaltsam und stet. Er kannte ja auch einige von den „Geldmenschen". Sein Nachbar beispielsweise war so einer. Der hatte sich schon öfter unvorsichtig dahingehend geäußert, dass er schon gerne sein Geld wieder zurück hätte. Und seine Mietshäuser. Sicher, ein wenig ungerecht konnte man die vergangenen Enteignungen schon sehen. Aber es war ja zum Wohle aller. Es war ja nur umverteilt worden. Und es hatte Entschädigungen gegeben. Sein Nachbar brauchte nie wieder zu arbeiten. Auch seine Familienmitglieder nicht. Die Mietshäuser waren ihm als Beitrag zum Allgemeinwohl angerechnet worden. Wie hätten die Hacker das auch sonst regeln sollen? Nur, weil die, die zu viel hatten, nicht teilen wollten, war diese ganze Aktion doch überhaupt erst notwendig geworden. Die Welt musste gerettet werden. Und nicht nur durch das Verschwinden vom Geld wurde die Erde gerettet, sie hatten auch noch etwas wiederentdeckt. Eine der ältesten Kulturpflanzen der Welt. Sie hilft Menschen mit ausreichend Kleidung, Papier, Öl, Brennstoff, Nahrung, Baumaterial und Medizin zu versorgen. Sie hat geholfen, den Treibhauseffekt umzukehren und ersetzt alle fossilen Brennstoffe. Es muß kein einziger Baum mehr wegen Papier oder Brennholz gefällt werden. Und sie gedeiht überall, auf jedem Boden ohne Düngung und Pestizide. Sie erstickt das Unkraut unter sich und verbessert auch noch den Boden. Innerhalb von einhundert Tagen kann sie bis zu sieben Meter hoch werden. Der ideale nachwachsende Rohstoff. Hanf. Die Hanfpflanze war schon Jahrhunderte vor Christus von den Chinesen zur Papierherstellung genutzt worden. Dieses Papier ist wesentlich haltbarer, als das aus Holz. Es muss nicht geleimt und gebleicht werden. Ist also wesentlich umweltfreundlicher. In Kriegszeiten war der Hanfanbau sogar Pflicht gewesen, weil aus den Fasern Kleidung für die Soldaten hergestellt wurde. Die Stoffe sind viel robuster, als Baumwolle, gesünder und umweltschonender als künstliche Fasern. Natur pur. Die alten kannten diesen Stoff noch. Es war Leinen. Die Verwendungsmöglichkeiten der aus dieser Pflanze zu gewinnenden Rohstoffe sind fast unbegrenzt. Kein Mensch benötigt mehr Erdöl oder Erdgas. Man hatte die alten Pläne von Henry Ford gefunden. Der hatte damals schon ein Auto aus Hanf gebaut und es mit Hanföl betrieben. Hanf war von alters her das universale Überlebensmittel. Dann kam die industrielle Revolution und aus einer der wertvollsten und wichtigsten Pflanzen wurde eine der am meisten geächteten. Und der Grund war wieder einmal das Geld. Mit Menschen die alles hatten was sie brauchten und sich das fehlende auch noch kostengünstig und einfach selber herstellen konnten, waren keine Geschäfte zu machen. Da war es doch wesentlich profitabler eine Nutzpflanze zur bösen Droge zu machen. Auf diese Weise konnte nochmal Geld gemacht werden. Weil, das, was verboten ist, im Untergrund gehandelt wird und dort noch mehr einbringt. Hinzu kamen mehr Schmiergelder für „Drogenjäger", Strafgelder, die Dealer zu zahlen hatten und so weiter. Diese Geschichte ist bekannt. Nur die wahre Geschichte und der Nutzen dieser Pflanze war dem Großteil der Menschen bis heute unterschlagen worden. Aber die Alten erinnerten sich noch beziehungsweise wieder. Und in den Achtzigern hatte es Leute gegeben, die all das alte Wissen aufgeschrieben haben. Zum Nutzen der neuen Welt.

Mittendrin

Zwanzig Jahre später.
Tochter Lisa hatte inzwischen geheiratet und mit ihrem Mann Konrad zwei Kinder gezeugt. Freya und Severin. Ihre Tochter war schon zehn und Severin acht Jahre alt. Beide waren wohlgeraten und wie alle Kinder in der neuen Zeit sehr klug. Die alte Lehrerschaft war nun komplett ausgetauscht. Das weltweit einheitliche Bildungssystem funktionierte bestens. Frontalunterricht war zu einem unbekannten Wort geworden. Überhaupt gab es keine Schulen mehr im alten Sinne. Die meiste Zeit über wurden die Kinder zu Hause über den PC unterrichtet. Und sie konnten selber entscheiden, wann sie davor saßen und wie lange. Einmal im Monat musste dann jedes Kind zur „Schule" um dort eine Wissensstandabfrage zu absolvieren. Diese wurden nicht benotet, sondern die Eltern erhielten einen Brief, in welchem Empfehlungen ausgesprochen wurden, worin noch Wissenslücken bestanden und was gefördert werden konnte und sollte. Und in den Schulen wurden auch immer wieder Talente getestet. Kinder mit gleichen Interessen konnten sich dort in Gruppen treffen und austauschen. Sie lehrten sich somit gegenseitig. Das war viel besser, als so ein langweiliger Lehrer, der vorne stand und irgendetwas Unverständliches laberte, was kein Kind interessierte, nur weil ein Kultusminister, der eigentlich keine Ahnung von Bildung hatte, gesagt hatte, das müsse im Lehrplan stehen. Das war wirklich eine traurige Zeit für Kinder gewesen, damals. Erst hatte man sie zur Dummheit erzogen und dann dafür schlecht gemacht.

„Unsere Jugend wird immer dümmer" hatten die Medien geschrieben. Dabei hatten die Kinder doch gar nichts dafür gekonnt. Nur gut, dass diese Zeiten der Vergangenheit angehörten und nie wiederkehren würden. Andrea und Peter hatten inzwischen ihr Rentenalter erreicht. Sie war 60 Jahre alt geworden, Peter 62.
Er hatte seine Ruhestandspunkte schon seit zwei Jahren. Die Gleichberechtigung hatte endlich Einzug gehalten. Ab 60 gab es die Möglichkeit in den Ruhestand zu gehen. Für alle. Egal ob Mann oder Frau und egal , welchem Berufstand man angehörte. Und alle bekamen gleich viel. Wer dann nach beispielsweise fünf Jahren sagte:" das ist mir zu langweilig, " der konnte wieder arbeiten. Es war jedem freigestellt, wann und wie lange er arbeitete. Ob er zwischendurch ein paar Ruhejahre einlegte oder wie lange er Urlaub machte. Die Arbeitgeber brauchten dafür ja nicht mehr aufzukommen. Auch keine Steuerzahler. Hätte man den Menschen damals vorhergesagt, dass man das Geld abschaffen und stattdessen ein Punktesystem einführen würde, sie hätten nie geglaubt, dass dies funktionieren könnte. Dabei war das Virtuelle Geld auf ihren Konten im Grunde nichts anderes gewesen. Nur das nicht „Punkte" dahinter stand, sondern Euro oder Dollar oder ein anderes Währungskennzeichen. Hätte auch klappen können, wäre das Zinssystem nicht gewesen, und nebenher das echte Geld. Peter trauerte ihm dennoch immer noch nach. Er hatte den Kapitalismus toll gefunden. Obwohl er studiert hatte, begriff er die damit verbundenen Ungerechtigkeiten nicht. Für ihn waren Hartz-IV-Geld-Empfänger faule asoziale Schmarotzer gewesen, die auf seine Kosten lebten. Das hatten die Medien auch so propagiert. Teilen und Herrschen nannte man das.

Das hatten die auch von den guten alten Römern gelernt und bis zur Perfektion ausgebaut. Hatte viele hundert Jahre auch wunderbar geklappt. Eigentlich war die Sklaverei nie wirklich abgeschafft gewesen. „Die da oben" hatten das Ganze nur ganz geschickt getarnt. Manche hatten diese Tarnung durchschaut, konnten aber nichts dagegen tun. Das hatten erst die Hacker geschafft. Bis zu dem berühmten Vorfall, waren Hacker ja Kriminelle gewesen. Sie waren in Bankensurfer eingedrungen und hatten oft unbemerkt Geld verschoben. Oder sie drangen in Kraftwerksurfer und sogar Regierungssurfer ein. Erst nur zu ihrem eigenen Nutzen, aber dann, als sie erkannt hatten, dass der Kapitalismus dem Untergang geweiht war und sie ihre Melkkuh verlieren würden, haben sie ihr Wissen zum Nutzen aller eingesetzt. Peter wunderte sich jetzt jedoch, warum die Menschen immer noch arbeiteten, obwohl es dafür kein Geld mehr gab. Und obwohl sie auch so eine gewisse Anzahl an Punkten gutgeschrieben bekamen. Früher hatte man das „bedingungsloses Grundeinkommen" genannt. Dazu war es allerdings nie gekommen. Man hatte nur darüber diskutiert. Die Reichen waren einfach nicht bereit gewesen, auch nur einen Cent dafür beizusteuern. Obwohl sie es nicht einmal bemerkt hätten. Es hätte nur einer kleinen Umverteilung bedurft und alles wäre gut gewesen. Aber nein. Sie wollten es auf die harte Tour. Für sie war es auch wirklich hart gekommen. Mit einem goldenen Löffel im Mund geboren und auf einmal „bettelarm". Das waren sie natürlich nicht wirklich. Sie waren nur mit einmal allen anderen gleich gestellt. Sie hatten nichts mehr zu sagen. Die Hacker hatten auch die Medienkontrolle komplett übernommen.

Wer das Internet beherrschte, beherrschte die Welt. Nur gut, dass die Hacker nichts Böses damit bezweckten.
Sie hätten ja wirklich eine Weltdiktatur erschaffen können. In gewisser Weise war es das auch noch. Nur ohne Gewalt und ohne Eigennutz, eine sanfte Diktatur sozusagen. Und deshalb kamen sie auch damit durch, weil der Mensch im Grunde ein Spieler ist. Und weil er immer etwas haben will. Und wenn es nur Punkte sind. Und jetzt konnte jeder mitspielen. Jeder hatte die gleichen Chancen und Startbedingungen. Egal, wo auf der Welt er geboren war, egal, wohin er ging. Und warum war die Qualität der Produkte wieder besser geworden, obwohl die Punkte für jedes Produkt immer gleich blieben? Obwohl es kein Wachstum mehr gab? Weil der Mensch gerne immer irgendwie im Wettstreit war, wenn auch manchmal nur mit sich selbst. Er strebte immer danach, besser zu werden. Allein dieses Streben spornte ihn schon an. Dass er für sein Tun auch noch Punkte bekam, umso besser. Natürlich gab es immer noch Menschen, die nach Ruhm und Macht strebten. Die sich für etwas Besseres hielten. Aber denen wurde dieser Zahn mit Hilfe der Geschichte immer relativ schnell gezogen. Alle Versuche zur Gründung eines Weltreiches waren immer früher oder später gescheitert. Schon alleine wegen des damit verbundenen Blutvergießens. Und noch ein Umstand diente der Qualitätsverbesserung der Produkte und der Dienstleistungen. Nämlich die Tatsache, dass nun jeder das machen durfte, was er wollte und konnte. Keiner wurde mehr in einen Beruf gezwängt, für den er nicht geeignet war, nur weil da gerade gute Verdienstmöglichkeiten waren. Eine Person, die Alte und Kranke pflegt, weil sie sich dazu berufen fühlt, ist

tausendmal freundlicher und auch effektiver als eine, die diesen Beruf nur ausübt, weil nichts anderes zu finden ist. Es war nun gar nicht mehr vorstellbar, etwas gegen seinen eigenen Willen zu tun. Das Einzige, was man manchmal tun musste, war umzuziehen, wenn eine Gegend mit dem Beruf den man ausüben wollte, gesättigt war. Aber weil es überall dieselben Verdienstmöglichkeiten gab, war das nicht wirklich ein Problem. Eine Klofrau war nicht mehr weniger wert als ein Chirurg. Sie bewahrte die Menschen schließlich vor Infektionen, indem sie die Toiletten sauber hielt. Genau genommen hätte sie damals sogar mehr verdienen müssen, als dieser. Aber das hatte sie nicht. Und nicht genug damit, dass sie nicht angemessen entlohnt worden war, so stand sie zudem in der Gesellschaft auch noch ganz unten; war somit auch nicht Kreditwürdig. Das war auch so eine Erfindung des Kapitalismus gewesen: die Kreditwürdigkeit. Sogenannte Rankingfirmen haben darüber bestimmt, wer Kredite erhalten durfte und in welcher Höhe, und wer dessen nicht würdig war. Sie setzten einfach voraus, dass ein Architekt eher zurückzahlen würde, als ein Maurer. Dabei hätte ein Maurer einen Kredit viel nötiger gehabt. Ein völlig krankes System war das damals gewesen. Wer Geld brauchte, bekam keines und wer welches hatte, bekam noch mehr. Und die Menschen hatten dieses Spiel mitgespielt. Fast bis zu ihrem Ruin. Wie wir als Kinder beim Monopoly selber Geldscheine gemalt und ausgeschnitten hatten, um weiterspielen zu können. Anstatt die Mitspieler, die das ganze Geld gehortet hatten, dazu zu zwingen, wieder etwas davon in Umlauf zu bringen. Die Chips, die es nun gab, waren auch alle immer im Umlauf.

Man durfte nur zu Hause für größere Anschaffungen sparen. Und diese musste am Ende des Jahres auch nachgewiesen werden. Dieser Nachweis war der früheren Einkommensteuererklärung nicht unähnlich. Nur dass man keine Steuern mehr abgeben musste. Man musste nur seine erwirtschafteten Punkte angeben und wofür man sie verwendet hatte oder noch zu verwenden gedachte. Das lief. Und überschüssige Punkte verfielen irgendwann. Damit sollten die Menschen dazu angeregt werden, alles im Umlauf zu halten. Es wurde wieder konsumiert. Nur lief der Konsum nicht mehr gewinnorientiert sondern bedarfsorientiert. Millionär konnte damit keiner mehr werden. Aber das musste auch nicht mehr sein. Nachdem Großgrundbesitzer teilenteignet worden waren und alles endlich gerecht umverteilt war, hatte jeder genau so viel, wie er zum Leben brauchte. Was nicht bedeutet, dass es nun überhaupt keinen Luxus und nichts Schönes mehr gab. Wer fleißig war, konnte sich durchaus goldene Wasserhähne einbauen lassen. Aber irgendwie war dafür im Moment noch kein Bedarf da. Solche Streber waren nicht gerne gesehen. So wie einst die Ärmeren Außenseiter gewesen waren, waren es nun die, die nach Reichtum und Luxus strebten. Sie wurden geradezu geächtet. Und wer wollte das schon? Der Mensch war ein Herdentier. Er wollte immer irgendwo dazu gehören. Nur wenige wollten wirklich alleine sein und wie schon immer, gab es auch einige, denen egal war, was die Gesellschaft über sie dachte. Waren früher in den Medien die Reichen und Mächtigen über den grünen Klee gelobt worden, so war es nun umgekehrt. Prominent zu sein war nicht mehr gefragt.

Wenn man bedachte, dass der Hackervorfall, der all diese Veränderungen bewirkt hatte, erst zwanzig Jahre zurück lag, so war das alles doch ziemlich schnell gelaufen. Oberflächlich gesehen. Im Untergrund brodelte es immer noch. Das Militär, welches die Hacker in den Vorbereitungsjahren auf ihre Seite gezogen hatten, hatte noch alle Hände voll zu tun, um den Frieden zu wahren. Lisas Mann Konrad war beim Militär und konnte ein Lied davon singen. Es gab ja keine Munition mehr. Schließlich sollte ja keiner getötet werden. Sie benutzten nicht tödliche aber schmerzhafte Gummigeschosse und Wasserwerfer. Es war schon komisch, dass die Menschen damals nicht auf die Straße gegangen waren um gegen Kriege und den Kapitalismus zu demonstrieren, es jetzt aber taten, weil sie diese Geld, was das Grundübel überhaupt gewesen war, wieder zurück haben wollten. Konrad hatte sogar Peter, seinen Schwiegervater einmal bei so einer Demonstration erwischt gehabt. Er hatte ihm dann auch tatsächlich ein Gummigeschoß verpasst. Er wusste, Peter würde zu Hause nichts davon sagen, weil sich Andrea ansonsten mit Sicherheit sofort hätte scheiden lassen. Es hatte damals sowieso gerade arg zwischen den beiden gekriselt. Lisa hatte ihm erzählt, ihre Mutter hätte wohl ein Verhältnis gehabt. Peter hatte davon keine Ahnung. Er war immer zu sehr mit sich selbst beschäftigt gewesen. Überhaupt war er in Gefühlsdingen eher zurückhaltend, ja geradezu kalt gewesen. Er war halt ein Kopfmensch. Für seinen Job damals genau richtig, nur auf der anderen Seite leider eheuntauglich. Warum die beiden überhaupt einmal geheiratet hatten? Es musste wohl doch Liebe gewesen sein. Vielleicht war Peter ja nur nach außen so hart und innen drin ganz weich?

Wie auch immer. So oder so spielte das heute keine Rolle mehr. Die beiden hatten sich arrangiert.
Donnerstag.
Noch zwei Tage, dann würde Tom, der weltenbummelnde Sohn, endlich mal wieder auf einen Besuch vorbeikommen.
Er war nun fast schon wieder ein Jahr lang weg gewesen und würde bestimmt viel zu erzählen haben. Obwohl die Informationen über das Weltgeschehen nun immer sehr ausführlich und auch wahrheitsgemäß waren, erwarteten sie seine Berichte doch immer mit großer Spannung. Tom drang bis in die entlegensten Winkel der Erde vor. Sein Forscherdrang führte ihn in Gegenden, die immer noch kein Mensch betreten hatte. Naturschutzgebiete wurden nun noch viel besser und effektiver geschützt. Kostete ja auch kein Geld mehr und es gab mancherorts nichts anderes zu tun als das. Die einen wurden Landwirt und versorgten die Menschen mit Nahrung, die anderen schützten die Natur und die Nutztiere vor Löwen und Co. Aber auch hier wurden Gummigeschosse benutzt. Und man hatte entdeckt, dass Löwen Angst vor Kühen haben, denen man auf das Hinterteil Augen malte. Sie fühlten sich dann beobachtet und griffen nicht an. Wenn ein Löwe verletzt war, und deshalb keine Wildtiere mehr jagen konnte, fing man ihn ein und fütterte ihn durch. Nur ganz selten wurden Menschen angegriffen. Es kam vor. Aber das war auch in früheren Zeiten so gewesen. Die Menschen lernten damit zu leben. So wie man in Europa gelernt hatte, wieder mit Wölfen zu leben. Andrea war, obwohl sie oft in den Wald ging, noch nie einem begegnet. Es waren aber welche da. Wildhüter hatten ein Rudel gesichtet. Aber Wölfe waren klug und scheu. Sie mieden die Menschen.

Seit man nicht mehr so viele Rehe abschoss und Hasen schon gar nicht, hatten sie auch genug zu fressen und mussten keine Schafe oder sonstiges Nutzvieh reißen. Taten sie es dennoch, so suchte man nach der Ursache und schuf Abhilfe. Ganz selten musste ein Wolf oder überhaupt ein Raubtier getötet werden. Die Menschen lernten wieder, mit der Natur zu leben. Sie passten nicht mehr die Umwelt an ihre Bedürfnisse an, zumindest nicht mehr in dem schädlichen Maße, wie die Jahrhunderte zuvor, sondern lebten mit den jeweilig vorhandenen Begebenheiten.
Endlich. Tom war da. Und nicht nur er. Zur Feier des Tages hatte sich die gesamte Familie eingefunden. Sogar einige der Freunde und Nachbarn waren hinzugekommen, um zu hören, was es neues aus der Welt zu berichten gab und um zu erzählen, was sich hier so alles während Toms Abwesenheit zugetragen hatte.
Als erstes erzählte Andrea von ihren Fortschritten beim Anbau des wieder entdeckten Wunderkrauts.
Andrea baute es für Medizinische Zwecke an. Es wirkte bei Menstruationsbeschwerden, auch bei Wechseljahresbeschwerden, bei Schlafstörungen, war Appetitanregend, ja sogar gegen manche Krebsarten.
So nach und nach konnten Forscher nach die Geheimnisse über die Wirksamkeit entschlüsseln. Und manchmal buk Andrea auch mal einen speziellen Kuchen. Der wirkte wie Alkohol entspannend und hob die Laune, aber ohne dessen Nebenwirkungen. „Ganz am Anfang hatte es Gerüchte gegeben, dass dieses Kraut einmal eine Droge gewesen ist und deshalb verboten worden war. In Wahrheit war es eine alte Kulturpflanze, die die Chinesen schon lange vor den Europäern entdeckt und genutzt hatten. Durch die Wiedereinführung haben viele Menschen eine neue

Beschäftigung gefunden. Die einen mit dem Anbau, die anderen mit der Weiterverarbeitung. Weil die Fasern bestens zur Herstellung von Stoffen geeignet sind, konnten einst geschlossene Textilfabriken wieder geöffnet werden. Nach und nach wurde die ganze Kunststoffkleidung wieder in natürliche umgetauscht. Sogar Teppiche werden aus den Fasern gefertigt. Die sind auch noch feuerfest". Andrea überschlug sich fast vor Begeisterung über diese Universalpflanze. „Vor allem, weil sie so schnell wächst und so anspruchslos ist, können manche drei bis vier Mal im Jahr ernten. Manche Bauern nutzen das Kraut als Fruchtnachfolge. Sie bauen es nach der Getreideernte an und vernichten dadurch das Unkraut auf ganz natürliche Weise. Gleichzeitig wird der Boden gelockert. Diese Zwischensorte wird meist zur Seilherstellung benutzt, genau wie früher. Stellt Euch vor, auf einem Schiff im 16. Jahrhundert war fast alles irgendwie aus diesem Kraut. Die Segel, die Taue, die Netze, die Flagge, das Lampenöl und sogar in der Küche . Dort wurden die Samen zur Herstellung eines Nahrhaften Breis verwendet". Jetzt wurde Andrea richtig nostalgisch und lobte dieses Kraut, dass inzwischen in jedem Garten zu finden war über den grünen Klee.

Langsam fanden alle ihre Geschichte ziemlich langweilig und so war nun Tom an der Reihe, von seinen Reisen zu berichten. Er wusste erst gar nicht, wo er anfangen sollte. Als erstes war er nach Brasilien geschickt worden. Das Land war ja zur Geldzeit auch ziemlich am Ende gewesen. Zu viel Armut, zu wenig Arbeit, Drogen, Mord und Todschlag waren an der Tagesordnung gewesen.

Inzwischen herrschten dort wahrlich paradiesische Zustände. Über Nacht waren die ganzen korrupten

Regierungsbeamten abgesetzt worden. Es war etwas schwieriger als in Europa gewesen, den Menschen klar zu machen, was passiert war, weil dort viel mehr als hier weder lesen noch schreiben konnten. Inzwischen konnte es jeder. Die Veränderungen dort hatten noch viel radikalere Folgen gehabt, als hierzulande. Die meisten dort kannten ja nicht einmal das Wort „Wohlstand". Viele waren buchstäblich im Überlebenskampf gewesen. Täglich. Dann kamen die Hacker und alles war plötzlich anders. Keiner musste mehr um sein Essen betteln oder es gar stehlen. Keiner musste mehr Drogen nehmen, weil die Welt anders nicht zu ertragen war. Man hatte die Drogen legalisiert und damit den Dealern noch zusätzlich mit dem Geld die Existenzgrundlage entzogen. Mit den Jahren hatte sich dann auch herumgesprochen, dass Drogen nicht mehr nötig waren. Man konnte nun von anderen Dingen leben. Die Landwirtschaft boomte. Und langsam griff auch die neue Bildung. Die Kinder waren die reinsten Schwämme, sogen jegliches Wissen förmlich in sich auf. In den Erwachsenen wuchs nun aber auch oft Wut darüber, wie dumm sie gehalten worden waren. Niemals im Leben hätten sie auch nur den Hauch einer Chance gehabt, da irgendwann einmal herauszukommen. Nicht ohne Gewalt. So war damals jedenfalls die allgemeine Meinung gewesen. Man hatte geglaubt, Probleme nur mit Gewalt lösen zu können. Keiner hätte je gedacht, dass es so einfach sein würde. Geld weg-Macht weg. Und dann allen das Gleiche geben. Gleiche Chancen, gleich viel Chips, gleich viele Punkte. Aber auch hier waren Kontrollen und Überwachung noch notwendig.
Oder gerade hier. Zu viel Wut war noch in den Menschen. Zu viel Rachedurst. Es brauchte noch ganz

viele Aufklärungsarbeit. Tom sammelte dafür die nötigen Informationen. Und er erforschte die Auswirkungen, die der Wandel überall auf der Welt mit sich brachte. Bisher konnte er nur Positives berichten. Es würde halt noch seine Zeit dauern, bis der Wandel vollständig vollzogen sein würde. Aber sie waren auf einem guten Weg.
Die Kinder kamen hereingestürmt und unterbrachen den Geschichtenaustausch mit den Rufen „wir haben Hunger". Tatsächlich hatten die Erwachsenen vor lauter Erzähleifer die Kinder ganz vergessen gehabt. Flugs wurde der Grill angefeuert und die Meute gefüttert. Daran hatte sich nichts geändert. Oder doch etwas. Kein Nachbar beschwerte sich mehr über den Rauch oder über Kinderlärm. Im Gegenteil. Die, die nicht sowieso schon da waren, gesellten sich hinzu. Jeder hatte irgendwas Essbares mitgebracht, sodass ein ganz ansehnliches Buffet entstanden war. Und es war mitten unter der Woche. Undenkbar in der Geldzeit. Dort hatten Andrea und Peter um diese Zeit gearbeitet und wenn überhaupt, dann nur nebenher etwas gegessen. Und nicht nur sie. So gut wie alle, die Arbeit hatten, hatten das so gemacht. Pausen und Nahrungsaufnahme, brachten Kein Geld ein und waren somit weitestgehend zu vermeiden. Ganz ging das natürlich nicht. Zumindest offiziell. Auf dem Papier stand ja jedem eine Mittagspause zu. Aber wenn die mal ausfiel, sagte auch keiner wirklich was. Die Arbeiter und Angestellten aus Angst, ihren Job zu verlieren und die Arbeitgeber sowieso nicht. Und die Gewerkschaften, die eigentlich mal dafür zuständig gewesen waren, solche Missstände zu vermeiden und abzuschaffen, waren längt auch dem Geld verfallen und korrupt geworden. Die bellten nur noch, wie

Hunde, bissen aber nicht. Es gab höchstens mal ein paar Streiks, aber die hatten auch keinen mehr wirklich gejuckt. Nun, da das Essen erst einmal beendet war, brachte sich auch Babsi in das Gespräch mit ein. Bei ihr in der Stadt lief alles nochmal ganz anders ab, als hier auf dem Land, beziehungsweise am Rande einer Kleinstadt.

Babsi erzählte von der Lähmung und dem vollkommenen Stillstand, die die Stadt erst einmal erfasst hatte. Nur Gut, dass die Polizei und auch die Mehrheit der Beamten schon im Vorfeld auf Seiten der Hacker gewesen waren. Alles war nun umgedreht. Die Banker waren arbeitslos. Und sie merkten auf einmal, wie es ist, vom Wohlwollen anderer abhängig zu sein. So manch einer, der noch Tage zuvor einem armen Schlucker einen Kredit verweigert hatte, schaute nun dumm aus der Wäsche. Aber auch sie wurden versorgt. Erst mal nur mit dem Nötigsten. Trotzdem hatten sie gelitten. Davon konnte Berti, der Exbuchhalter ein Lied singen. Er selbst hatte sich ja schnell angepasst und sogar für die Hacker gearbeitet. Aber der ein oder andere Kollege war vom Dach eines Bankenturmes gesprungen. Die hatten das wohl für Symbolträchtig gehalten. Oder irgendwer hatte ihnen eingeredet, wenn sie ausgerechnet von einem Bankenturm springen ,dann würde im Himmel eine Kiste mit Geld auf sie warten, was genauso wenig der Wahrheit entsprach, wie die 72 Jungfrauen bei den Islamisten. Die gab es jetzt übrigens auch nicht mehr. Was daran lag, dass man Religion aus der Politik verbannt hatte, beziehungsweise überhaupt die ganze Politik, im herkömmlichen Sinne. Regierungsparteien, die nur auf ihre eigenen Vorteile bedacht waren, gab es auch nicht mehr. Das war aber auch noch nicht einfach zu handhaben. Die Hacker mussten da auch noch ihren Daumen draufhalten. Es zeigte sich aber schon, dass die Menschen nicht über alles und jedes reglementiert werden mussten. Man wusste sehr gut, was gut oder böse, richtig oder falsch war. Und war man sich einmal uneins, dann gab es Schiedsgerichte. Ganz zu Anfang hatten die alle Hände voll zu tun gehabt. Langsam wurden die Menschen aber immer selbstständiger. Die bessere Bildung fing endlich an zu greifen. Die, die geglaubt hatten, ohne Geld würde keiner mehr arbeiten, und Gleichheit würde der Vielfalt schaden und alles würde einfach nur noch langweilig werden, wurden nun eines besseren belehrt. Es herrschte eine Vielfalt wie nie zuvor, jetzt wo jeder jeden achtete und akzeptierte. Es fand ein ständiger Austausch der Kulturen statt. Teilweise wurden sie vermischt und glichen sich einander an, aber vieles wurde auch im Ursprung beibehalten. Die Menschen lernten voneinander und hatten keine Angst mehr vor Neuem. Damals hatte man ihnen immer eingeredet, die eigene Kultur würde aussterben, wenn man sich neues auch nur ansah. Was hatten die sich vor dem Islam gefürchtet. Jetzt war er gegenwärtig. Aber nur in den Privatgemächern. Es herrschte Glaubensfreiheit. Es war verboten, andere, wegen ihrer Religion, Hautfarbe oder sonstigen Andersartigkeit zu diskriminieren. Das war der erste Satz im Gesetz der neuen Weltordnung. Alle waren gleich, was ihre Rechte und Pflichten betraf. Ansonsten durfte jeder individuell und Einzigartig sein. Jetzt war der Mensch von Natur aus nicht so tolerant, so dachte man jedenfalls lange. Aber wenn jedes Kind von Anfang an nach der neuen Ordnung erzogen wurde, dann würde ein grundsätzlich anderes Denken und Fühlen einkehren. Es würde

wohl noch ein paar Generationen dauern, weil im Untergrund immer noch die alte Garde tätig war, aber früher oder später würde es vollbracht sein. Frieden überall, auch in den Köpfen. Es würde gar kein Bedürfnis nach Gewalt mehr bestehen. Es war schon komisch, dass die überhaupt noch tätig waren. Genau wie seinerzeit diese Neonazis, mussten sie völlig falsche nostalgische Vorstellungen haben. Trotz der ganzen Verbesserungen. Trotz der ganzen Aufklärung. Obwohl, die Aufklärung verhinderte ein unkontrolliertes Ausbreiten der alten Doktrinen. Meistens wurden die jetzt als alte Spinner betrachtet. Gott sei Dank oder besser den Hackern sei Dank. Manche wollten aber auch einfach nur die immer noch ständigen Kontrollen los sein. Sie begriffen nicht, dass die Mehrheit noch nicht bereit war, wieder „ausgewildert" zu werden. Man etwas, was über Jahrhunderte so gewachsen war, nicht nach zwanzig Jahren einfach so auslöschen konnte. Evolution brauchte seine Zeit. Und nichts anderes fand gerade statt. Und weil diese Art der Evolution auch noch von außen gesteuert wurde, würde es wohl noch länger dauern. Und es war ja auch noch eine Revolution im Gange. Das alles musste geregelt und gut im Auge behalten werden. Nichts durfte nunmehr dem Zufall überlassen werden. Aber mit jedem Tag rückte die Menschheit der wahren Freiheit ein gutes Stück näher. Dann würden überall auf der Welt neue Freiheitsstatuen gebaut werden. Oder auch nur eine für alle. Oder auf jedem Kontinent eine. Und dann würden die Menschen vielleicht dorthin pilgern. Vielleicht würde eine völlig neue Religion daraus erwachsen.
Oder es sterben alle Religionen aus, verlaufen einfach im Sande. Alles war möglich. Alles war offen.

Nur eine Rückkehr zum Kapitalismus war nicht mehr möglich. Dies würde mit allen Mitteln verhindert werden. Auch keine Kriege und keine Waffen sollte es mehr geben. Das lief bisher auch ganz nach Wunsch. Es befanden sich seit kurzem nun endgültig keine Waffen mehr in Privatbesitz. Auch in Amerika nicht mehr. Dort waren zwar zu Anfang auch alle Waffen eingezogen worden, aber einige hatten ihre nicht abgegeben, sondern versteckt und sich noch auf alte Gesetze berufen, die ihnen den Waffenbesitz erlaubt hatten. Aber mit den Regierungen waren nun auch dort sämtliche Gesetze außer Kraft gesetzt worden. Hatte den Amis gar nicht gefallen. Aber die Hacker hatten deren Geheimdienste auf ihre Seite bringen können und somit ein perfektes Internetsystem. Die konnten praktisch in jeden Haushalt schauen. Sämtliche Nachrichtensender waren nun unter der Kontrolle der Hacker. Es war somit ein leichtes, nach und nach durch Information und Aufklärung die Bevölkerung zu überzeugen. Und natürlich auch hier die Befriedigung der Grundbedürfnisse für alle. Von einem Tag auf den anderen gab es keine Obdachlosen mehr in den Städten. Die hatten ihr Glück zuerst kaum fassen können. Manche dachten zuerst an einen Scherz. Als sich ihre Situation aber immer mehr besserte und sie merkten, dass es wohl nie mehr schlechter werden würde, schlugen sie sich endgültig auf die Seite der Hacker. Bei den Börsen- und Immobilienmaklern dauerte es etwas länger, weil die ja erst einmal ihre Lebensgrundlage verloren hatten. Inzwischen hatten aber auch sie alle eine neue Aufgabe gefunden und es hatte auch von ihnen keiner verhungern
müssen. Das befürchtete Chaos war ausgeblieben. Was nicht zuletzt daran gelegen hatte, dass es sich

hierbei um gebildete Menschen gehandelt hatte. Die mehr oder weniger ungebildeten aus den Slums waren auch friedlich geblieben, weil sie sich ja verbessern hatten können. Gefährlich war die Mittelschicht gewesen. Die Pseudogebildeten. Die, die glaubten, klug zu sein, in Wahrheit aber strohdumm waren. Die, die nur einseitig informiert gewesen waren und sich darüber dann ihre feste Meinung gebildet hatten. Die, die ihre Fahne immer nach dem Wind hängten. Die, die aus Frust vor den etablierten Parteien anfingen, rechtsradikal zu wählen und zu denken, weil sie glaubten, damit etwas zu verbessern. Die, die nur bis zum Ende ihres Stammtisches denken konnten. Diese ganzen superschlauen Facebook-Kommentatoren, die bei mehr als drei Sätzen schon nichts mehr verstanden. Die mussten zuallererst umgepolt werden oder überhaupt erst einmal gepolt werden. Das war schwer gewesen, aber letztendlich geglückt. Die Oberschicht hatte ja schon immer gewusst, dass ihr Tun moralisch höchst verwerflich ist. Sie waren einfach nur zu bequem und zu stur gewesen, etwas daran zu ändern. Nun waren sie dazu gezwungen worden, auch weil sie in der Minderheit waren.
Sascha erzählte nun von seiner Zeit als „Hartzer".
Die Kinder machten große Augen, als er davon erzählte, wie er zweimal wöchentlich zur Tafel
gegangen war. In den Medien war ja immer berichtet worden, wie toll diese Einrichtungen waren, weil jeder Bedürftige sich dort etwas zu Essen holen durfte. Keiner hatte je davon berichtet, dass sich zuerst die ehrenamtlichen Helfer an den besten Stücken bedienten. Dass es bei Wurst nur die Abschnitte gab, die früher für die Katzen und Hunde der Metzgereikunden vorgesehen waren. Dass es so gut wie nie Fleisch gab,

das Gemüse und Obst zum Teil reif und erst jetzt genießbar, aber auch oft genug faulig war. Dass man sich nicht wirklich alles aussuchen konnte, sondern das nehmen musste, was einem gegeben wurde. Dass die Ausgeber durchaus zwischen Einheimischen und Ausländern unterschieden. Sascha hatte einen türkischen Freund, in Deutschland geboren. Der war meist direkt vor oder hinter ihm an der Tafel. Somit hat er direkt mitbekommen, dass es tatsächlich so ablief. Manchmal kam er heim mit drei alten Broten, etwas halb vergammeltem Salat, Tee, Zucker, Senf, Nudeln, und noch so manchem Kram. Aber keine Butter aufs Brot und keine Soße zu den Nudeln. Selbst er als Koch konnte aus solchen Zutaten nur schwer etwas wirklich Schmackhaftes zaubern. Aber man durfte ja nicht meckern. Man musste froh sein, überhaupt etwas zu bekommen und immer brav „danke" sagen. Schließlich war man ja ein arbeitsfauler Schmarotzer. So jedenfalls die damals vorherrschende Meinung. Keiner fragte je nach dem Grund oder dem Motiv der Arbeitslosigkeit. Sascha hatte einfach nicht mehr in diese Hamsterrad gewollt. Hätte auch gar nicht mehr gekonnt. Für Ihn hatte sich die Abschaffung des Geldes sofort als Segen erwiesen. Sein Wert, und der aller Hartzer, war über Nacht gestiegen. Und seine Laune erst. Die ging bei der Vorstellung, wie die auf dem Amt nun kotzen würden, fast durch die Decke. Nie wieder würde er einen Brief mit der Androhung auf Streichung oder Kürzung seines „ALG II-Geldes" geben. Die hatten genau gewusst, dass keine Arbeit da war und trotzdem forderten sie ständig, dass er sich bewerben sollte. Nur wo noch?

Es war nach fünf Jahren wirklich alles abgegrast. Wegziehen ging auch nicht so einfach. Jetzt ging es. Aber jetzt brauchte er ja nicht mehr.
Langsam neigte sich der Tag dem Ende zu. Die Gesellschaft begann sich aufzulösen. Man konnte sich ja morgen nochmal treffen und weiter erzählen. Die Kinder konnten gar nicht fassen, wie etwas im Grunde so unbedeutendes, wie ein Fetzen Papier, auf den irgendein Wert gedruckt war, so viel Unheil hatte anrichten können. Berti erzählte zum Abschluss noch folgende Anekdote: Ein Bäcker wollte eines Tages statt Geld lieber die Armbanduhr eines Kunden als Bezahlung haben. Der Kunde sagte dann, die hätte er vorhin schon dem Metzger gegeben. Daraufhin meinte der Bäcker, dann müsse er eben heute die Wurst mal ohne Brot essen.
Die Kinder haben den Witz der Geschichte nicht verstanden. Für sie war das Tauschhandel inzwischen völlig normal. Für sie war Geld nun wirklich zur Phantasie geworden. Wertlos. Und sie wussten auch, dass es in Wahrheit nie anders gewesen war, obwohl sie noch so jung waren. Sie sagten es dann auch, wie dumm wir doch damals gewesen wären. Andrea dachte, dass sie so etwas in ihrer Kindheit nie hätte sagen dürfen. Eltern und überhaupt Erwachsene waren über alles erhaben gewesen. „Wenn der Kuchen spricht, schweigt der Krümel" hatte es allzu oft geheißen. Jetzt hörte man durchaus auf das, was die Kinder zu sagen hatten. Man hatte gelernt, dass sie ihre ganz eigene Weisheit besitzen. Und dass nur sie etwas ändern und bewegen können. Sie würden das begonnene fortsetzen müssen. Daher musste man sie bei Laune halten. Was nicht bedeutete, dass man ihnen keinerlei Erziehung mehr angedeihen ließ.

Man ging nur etwas subtiler vor. Andrea hatte das bei sich und ihren Kindern immer als „Psychologische Kriegsführung" bezeichnet. Das mochten jetzt einige wieder als Freiheitsbeschneidung sehen. Es war aber notwendig, auf diese Weise zu verfahren, wollte man dauerhaft und effektiv eine positive Veränderung der Weltordnung herbeiführen. Und wie anders würde diese Weltordnung sein, als ursprünglich von Bilderberger & Co. geplant. Schöner, friedlicher, gleicher, gerechter.
Eigentlich war sie das jetzt schon. Die Gefängnisse leerten sich immer mehr und es kamen kaum noch neue Gefangene hinzu, weil die Kriminalitätsrate auch immer mehr sank. Und die Art der Bestrafung hatte sich geändert. Einsperren galt nicht mehr als Mittel der Wahl. Man ging die Ursachen an und setzte auf Prävention. Und das nicht nur im Bereich Kriminalität sondern bei allen Problemen auf dieser Welt.
Da gab es noch viel zu tun. Nicht nur für die Hacker, Jeder war nun in der Verantwortung. Man konnte diese nicht mehr auf Politiker abschieben und dann darüber meckern, wenn sie nicht wie versprochen handelten. Wie hätten sie auch anders handeln sollen, wo sie doch vom Geld, beziehungsweisen von denen, die es hatten, gelenkt wurden. Es gab keine Manager und Aufsichtsräte mehr. Was aus denen wohl geworden war? Die hatten sich ja nicht in Luft aufgelöst.

Genauso wenig wie nach dem Krieg die ganzen Nazibonzen. Die hatte man auch ganz still und heimlich irgendwo untergebracht, sofern sie nicht erschossen worden waren.

Die Hacker hatten niemanden erschossen und auch nicht eingesperrt. Das einzige Mittel, was sie gegen die „Geldmenschen" einsetzten, war die Kontrolle. Wirklich glücklich waren sie auch nicht darüber, aber wie sonst sollte die Umerziehung ohne Blutvergießen einhergehen? Es musste verhindert werden, dass das Geld wieder zurück kam und der ganze Kapitalismusmist von vorne anfing. Vor allem nicht, wo das neue System so gut lief. Besser als gedacht. Die Kinder hatten wirklich schnell gelernt und nicht nur das. Sie hatten auch begriffen. Bei manchen Erwachsenen hatte dieses begreifen immer noch nicht stattgefunden. Wie konnte eine Wirtschaft ohne Geld leben?
Sie sahen nicht, dass trotzdem Handel getrieben wurde, nur bescheidener. Sie sahen nicht, dass alle satt waren und alles hatten. Manche weinten immer noch dem nach, was sie verloren hatten und sahen nicht das, was sie im Gegenzug gewonnen hatten. Nämlich Freiheit. Freiheit zu tun, was sie wollten und zu gehen, wohin sie wollten. Manche teilten auch einfach nicht gern, obwohl sie selber dadurch auf nichts verzichten müssen. Zumindest auf nichts Lebenswichtiges. Und es würde mit der Zeit immer besser werden.
Die Menschen mussten nur zusammen halten und alle an einem Strang ziehen.

Opfer müssen gebracht werden

Dreißig Jahre sind inzwischen vergangen.
Die neue Generation ist erwachsen geworden und führt nun fort, was die Hacker damals angefangen haben.
Andrea feiert bald ihren siebzigsten Geburtstag.
Ihr Mann Peter hatte seinen schon zwei Jahre zuvor gefeiert. Das war eine Feier gewesen. Als er so alt gewesen war, wie seine Kinder jetzt, hätte er nicht gedacht, jemals so alt zu werden und schon gar nicht, dass eine Feier ohne Geld überhaupt möglich sein würde. Er hatte geglaubt, alles wäre zusammengebrochen. Keine Medizinische Versorgung mehr, keine Altersversorgung , nichts mehr. Aber Andrea hatte Recht behalten und alles war gut geworden.
Obwohl schon der ein oder andere Preis dafür bezahlt werden musste. Immer noch. Kinderlose Paare zum Beispiel. Sie konnten keine Kinder mehr durch künstliche Befruchtung zeugen lassen. Diese Maßnahme war zum einen getroffen worden, um das Bevölkerungswachstum unter Kontrolle zu halten und zum anderen, weil man wieder zur natürlichen Ordnung zurückkommen wollte. Wenn eine Frau oder ein Mann unfruchtbar war, dann hatte das schon seinen Grund. Vielleicht war ein Defekt vorhanden, der nicht weitergegeben werden sollte. Es gab ja auf der anderen Seite auch ungewollte Kinder, die auf eine Adoption warteten. Damit war allen geholfen. Als erstes hatte man diese ganzen Elendskinderheime die überall auf der Welt existierten, geschlossen. Anfangs war es nicht leicht gewesen, geeignete und auch gewillte Paare zu finden, die bereit waren, so ein verwahrlostes

Wesen aufzunehmen. Vor allem, wenn die Kinder schon älter waren, weil fast alle lieber erst mal ein Baby haben wollten. Größere Kinder waren wesentlich schwerer einzugewöhnen. Aber auch diese Schwierigkeiten waren bald überwunden. Kinder wie Eltern bekamen psychologische Hilfe und auch sonst jedwede Unterstützung. Kurz bevor die Hacker eingegriffen hatten, waren manche Frauen so verrückt gewesen, ihre Eier einzufrieren, damit die Arbeitgeber ihre Arbeitskraft auch ja hundertprozentig ausschöpfen konnten. Man hatte ihnen diese Option als Innovation verkauft. Es wäre doch toll, die Kinder erst später zu bekommen. Wozu hatte die Natur es dann so eingerichtet, dass der ideale Zeitpunkt im Alter zwischen 20 und 30 lag? Aber darüber machten sich diese Frauen keine Gedanken. Es galt Geld zu verdienen und Karriere zu machen, was es auch kostete. Am Ende hatte es das Leben gekostet. Denn was war das für ein Leben gewesen – nur für die Arbeit – nur für Geld? Und dann wunderte man sich auch noch, warum diese spät geborenen Kinder alle krank waren. Dann kam noch der psychische Stress dazu, wenn Mütter in die Wechseljahre kamen, während ihre Kinder gleichzeitig pubertierten. In dieser Zeit waren Psychopraxen die reinste Goldgrube gewesen. Und die Pharmakonzerne verkauften Ritalin in rauen Mengen. All das wozu? Dann waren da noch die Flüchtlinge gewesen. Damals. Sie alle mussten erst einmal untergebracht und dann nach und nach wieder zurück in ihre Herkunftsländer. Sie hatten am allerwenigsten verstanden, was passiert war und hatten sich daher erst einmal mit Händen und Füssen dagegen gewehrt. Sie konnten sich nicht vorstellen, dass der Krieg zu Hause vorbei war. Dass der Hunger vorbei war.

Natürlich mussten sie schon noch was dafür tun.
Alle mussten kräftig mit anpacken. Und das quasi ohne Bezahlung im herkömmlichen Sinne. Dieses „wenn ich kein Geld dafür kriege, rühr ich keinen Finger" musste auch erst einmal aus allen Köpfen raus. Da war es wirklich von großem Vorteil gewesen, dass diese Hacker alles von so langer Hand vorbereitet gehabt hatten. Und dass sie die Welt immer noch fest im Griff hatten. Fanden nicht alle gut. Es gab durchaus Versuche, Gegenbewegungen zu gründen. Allerdings mit wenig bis keinem Erfolg. So lange alle mit Nahrung versorgt waren und mit Arbeit, und das war der Fall, hatten Gegner keine Chance. Das Geld war endgültig gestorben. Einige pflegten noch das Grab, aber bald würde es verwildert sein und keiner würde mehr trauern.
Andrea hatte von Anfang an keinem Cent nachgetrauert. Diese letzten dreißig Jahre waren so aufregend gewesen und waren ihr viel länger vorgekommen, als ihre ersten vierzig Jahre, die sie in der Geldzeit erlebt hatte. Sie dachte daran, wie ihre Kinder noch klein gewesen waren und wie dann, als beide gerade mitten in der Pubertät gewesen sind, das Geld auf einmal weg war. Das war dann schon manchmal anstrengend gewesen. Obwohl die Kinder hatten es dann schneller verkraftet gehabt, als Peter. Was wohl auch daran gelegen haben mag, dass die Kinder noch nicht selbst Geld verdienen hatten müssen. Ihr Sohn hatte einmal, da muss er so fünf gewesen sein, gefragt, warum sein Vater arbeiten ginge. Als er dann antwortete um Geld zu verdienen, da meinte der Kleine „wieso, das liegt doch bei Oma im Nachtkästchen".

Oder bei anderer Gelegenheit meinte er dann, da gäbe es doch so Automaten, die Geld ausspucken würden, wenn man da so eine Karte reinsteckt.
Ja, für die Kinder hatte Geld damals eigentlich keinen richtigen Wert gehabt. Sie hatten auch nie gespart. Wozu auch? Geld war dazu da, um ausgegeben zu werden. Das hatten die beiden ganz richtig begriffen. Erst die, die es gehortet hatten um es durch Zinsen zu vermehren, hatten das ganze System letztendlich zum Einsturz gebracht. Es entsprach einfach nicht mehr der natürlichen Ordnung. Die Punkte und die Wertchips hatten an sich auch keinen Wert. Aber es wurde ihnen ein Wert zugeschrieben und darum lief jetzt alles langsam immer runder. Sie konnte getrost ihren siebzigsten Geburtstag feiern und stolz auf ihre Familie sein. Ihre Tochter Lisa hatte inzwischen selbst eine Familie gegründet und Ihre Eltern zu stolzen Großeltern gemacht. Tom war ein Weltenbummler geworden. Aber nicht nur so. Er war auch Wissenschaftler und Forscher. Das neue Bildungssystem hatte ihm das ermöglicht. Das hatte sich mittlerweile erneut gewandelt. Die Kinder trafen sich nun zu Lerngruppen in kleinen Räumen vor einem oder mehreren Computern. Und zwar in jedem auch noch so entlegenstem Winkel der Erde. So konnte sichergestellt werden, dass alle überall dasselbe Lehrmaterial zur Verfügung hatten. Prüfungen fanden dann allerdings, mit Ausnahme der entlegenen Gegenden, in großen Sälen statt, so wie früher bei Peter; beispielsweise in einer Turnhalle. Und unter Aufsicht. Aber die neuen Kids hatten eh nie die Absicht zu spicken. Sie hatten schon begriffen, dass sie sich damit nur selber betrügen würden. Ein Durchfallen gab es nicht mehr. Wenn jemand in einem Fach zu wenig wusste, wurde ihm nahe gelegt,

in sechs Monaten erneut eine Prüfung darüber abzulegen oder man entschied sich für eine Tätigkeit, wo anderes Wissen gefragt war, worüber man Bescheid wusste. Talente wurden dadurch voll ausgeschöpft. Wenn einer nicht so gut rechnen konnte, war das nicht weiter schlimm, die Grundrechenarten beherrschte trotzdem jeder. Es standen immer genug Möglichkeiten zur Entfaltung offen. Peter beneidete seinen Sohn manchmal um seine Freiheit. Er hatte die damals noch nicht gehabt. Naja, er hätte sie schon gehabt, hätte er sie bezahlen können. Freiheit hatte man sich damals teuer erkaufen müssen. Und selbst dann war man nicht wirklich frei. Denn Geld und Besitz hatten auch Verpflichtungen mit sich gebracht. Steuern zu zahlen, oder die Verhinderung dessen zum Beispiel. Und dann musste man sich selber schützen. Vor Raub oder Entführungen, Erpressungen und der Gleichen. Das war auch nicht schön gewesen. Jetzt, wo alle gleich viel hatten, waren solcherlei Maßnahmen nicht mehr von Nöten. Über Nacht hatte sich alles geändert.
Peter dachte daran, wie im damals zu Mute gewesen war. Nicht nur einmal hatte er an Selbstmord gedacht und es nur der Kinder wegen dann doch nicht getan. Im Gegensatz zu seinem Nachbarn. Der hatte sich bald nach dem Hackervorfall umgebracht, weil er das „arm sein" nicht ertragen hatte können. Dabei waren sie gar nicht wirklich arm gewesen. Niemand in seiner Familie musste jemals Hunger leiden, weil auch sie einen Garten hatten, der bewirtschaftet werden konnte. Anfangs war die Ernährung bei manchen etwas eintönig ausgefallen. Aber mit den Jahren lief das mit dem Tauschen immer besser. Man sprach sich ab, wer was anbaute. Das lief dann auch im Großen immer besser.

Die Produktionen liefen nun Bedarfsgerecht, jetzt, wo es keine Konkurrenz mehr gab. Es hatte einmal eine Zeit gegeben, da hieß es Konkurrenz belebe das Geschäft. Das mochte manchmal auch gestimmt haben. Oft behinderten sich die Konkurrenten aber auch gegenseitig. Und ein Wachstum war auch nicht ewig möglich. Jetzt wurde darauf geachtet, dass in einem bestimmten Umkreis nur ein Hersteller oder Produzent der selben Sparte zugegen war. Keine fünf Optiker und zehn Nagelstudios mehr in einer Innenstadt. Jetzt herrschte wahre Abwechslung in den noch verbliebenen Städten. Auch die Dörfer hatten sich wieder belebt. Es gab einen Dorfmetzger, einen Bäcker, einen Frisör, und ganz wichtig: einen Dorfarzt und sogar eine oder zwei Hebammen. Diese waren wie zu ganz früheren Zeiten, auch für Naturmedizin zuständig, zumindest, was Frauenleiden und Kinderkrankheiten betraf. Überhaupt war man wieder mehr zur Naturmedizin zurückgekehrt. Vieles aus alten Zeiten war wiederentdeckt und wieder eingeführt worden. Für Spezialisten musste man sich dann aber doch in die nächste Stadt begeben. Aber auch da hatte sich so einiges verändert. Ins Krankenhaus kam nur noch, wer operiert werden musste, etwas sehr ansteckendes hatte oder aus sonstigen Gründen nicht zu Hause gepflegt werden konnte. Das waren aber nicht mehr so viele. Daher waren die Krankenhäuser jetzt kleiner, beziehungsweise man hatte die ganz großen Kliniken umfunktioniert. Ehemalige Krankenzimmer waren nun für Studenten und das Pflegepersonal. Auf diese Weise sparte man sich lange Anfahrtswege. Es hatte ja auch keiner mehr ein Privatauto.
Auch Andrea hatte ihres schon seit zehn Jahren nicht mehr, seit es endgültig kaputt gegangen war.

Es gab nur noch Busse oder Bahn und Minivans und Leihwagen. Trotzdem kam jeder überall hin. Für individuelle Fahrten lieh man sich eben ein Auto. Andrea dachte an früher, wo sie ständig ihre Kinder irgendwohin bringen musste. Tom zum Fussballtraining, Lisa zum Ballett, Musikstunden, Kino, zu Freunden. Immerzu war Mamas Taxi gefragt gewesen. Das war nun vorbei. Die neue junge Generation fuhr Fahrrad, traf sich auf dem Dorfplatz, in der Stadt auf bestimmten Plätzen oder Jugendhäusern. Kitas brauchte es nicht mehr, weil die Mütter zu Hause bleiben konnten. Es mussten nicht mehr beide Eltern arbeiten, um die Familie zu ernähren. Die Kitas waren aber nicht geschlossen worden, weil die Kinder dort auch viel lernen konnten. Nur waren sie jetzt freiwillig und kostenlos. Die Betreuerinnen, bekamen ihre zum Leben notwendigen Punkte gutgeschrieben, wie jeder, der einer geregelten Tätigkeit nachging. Und es fanden sich immer genug, die gerne mit Kindern umgingen. Auch immer mehr Männer, sodass die Jungs in den Gruppen auch angemessen versorgt werden konnten. Jungs waren nun einmal anders als Mädchen und dem wurde nun endlich Rechnung getragen. Gleichberechtigung wurde nicht mehr mit Gleichheit verwechselt. Jedes Geschlecht hatte nun einmal seine spezifischen Eigenschaften. Männer wurden nicht mehr belächelt und als Weicheier beschimpft, wenn sie in weiblichen Berufe arbeiteten und umgekehrt mussten sich Frauen in Männerberufen nicht mehr doppelt so viel abrackern um dieselbe Anerkennung zu erlangen, wie ihre männlichen Kollegen. Es herrschte mehr Respekt untereinander. Endlich. Sascha der" Exhartzer" hatte sein 65. Lebensjahr vollendet. Was ein „Hartzer" einmal gewesen war, wussten die Kinder von Lisa

schon gar nicht mehr. Ihre Tochter Freya hatte einmal etwas über Hartz IV gelesen und sie dann darüber ausgefragt. Sie hatte ihr erklärt, das wäre so eine Art Grundversorgung gewesen. Viel mehr konnte sie darüber nicht sagen und schickte sie daher zu Sascha, mit dem sie sich im Laufe der Jahre befreundet hatte. Er lebte ja in der Nachbarschaft. Da fiel ihr ein, dass sie ihn lange nicht gesehen hatte und beschloss ihn mal wieder zu besuchen. Er war gerade in seinem Garten zugange und pflegte seine „Grasplantage", als sie bei ihm ankam. Das war ja seit langem schon legal. Außerdem baute er überwiegend für sich selbst an. Erst hatte es ja großes Geschrei gegeben, als die ersten Rufe nach einer Legalisierung von Marihuana aufgekommen waren. Es wäre eine Einstiegsdroge und alles würde verkommen. Aber so war es nicht gewesen. Im Gegenteil. Es erwies sich sogar von Vorteil, weil es die Menschen entspannte. Und es katte keine Nebenwirkungen im Gegensatz zum Alkohol. Auch in der Medizin war es nicht mehr wegzudenken. Man konnte zwar immer noch nicht sagen, warum es bei bestimmten Krankheiten wirkte, aber es wirkte ganz offensichtlich. Und das war die Hauptsache. Pharmakologen auf der ganzen Welt beschäftigten sich damit. Jugendliche oder gar Kinder waren trotz der Legalisierung vom Konsum ausgenommen. Überhaupt wurde der Kinder- und Jugendschutz ganz groß geschrieben. Damit das auch überall gleichermaßen funktionierte, mussten werdende Eltern ein Erziehungsseminar besuchen und bekamen entsprechende Literatur und Anweisungen ausgehändigt.
Sascha hatte, das war noch in der Geldzeit gewesen, einmal ein paar Semester Pädagogik studiert, nach

seiner Zeit als Koch. Danach war er eine Weile als Berufschullehrer tätig gewesen.

Aber wirklich nur ganz kurz, weil das damalige Bildungssystem nicht gerade optimal gewesen war, um es einmal vorsichtig auszudrücken. Er durfte nicht so, wie er gerne gewollt hätte. Sogar bei den Erwachsenen wurde noch Frontalunterricht betrieben, obwohl man gewusst hatte, dass diese Methode völlig überholt und kontraproduktiv war. Das hatte ihn fast wahnsinnig gemacht. Dann war das Geld weg und er bekam eine neue Chance und hatte sie auch genutzt. Nicht direkt mit Menschen, das konnte er immer noch nicht und würde es wohl auch nicht mehr können, aber übers Internet. Er war ein Internetlehrer geworden. Einer der wenigen Menschen, die er um sich ertrug, war Andrea. Er freute sich über ihren Besuch. Sie tranken Kaffee und quatschten über alte Zeiten. Wehmut kam dabei allerdings nicht auf. Sascha hatte sich auch noch sehr mit den Römern beschäftigt. Die hatten ihn schon immer interessiert und als das Geld weg war, durfte er endlich als Hobbyarchäologe tätig werden. Als erstes hatte er sich einen Metalldetektor zugelegt und sich damit auf die Suche begeben. Und er hatte den wahren Ort der Varusschlacht gefunden. Er hatte immer gewusst, dass die Schlacht nicht dort stattgefunden haben konnte, wo sie immer vermutet worden war. Dazu waren erstens die Fundstücke zu wenig gewesen und der Ort war einfach unlogisch. Er hatte aber kein großes Aufhebens darum gemacht. Er wollte einfach nur Recht behalten haben. Und das hatte er. Andrea erinnerte sich an ein Buch, das sie mal gelesen hatte. Besonders an folgende Passage: Es gab Grundbedürfnisse und Luxusbedürfnisse.

Letztere wurden dann von findigen Geschäftemachern bei denen, die eigentlich zufrieden waren, erst geweckt durch „Manipulation" und „Suggestion", oder kurz durch „Werbung". Plötzlich ließen wir uns einreden, was für Kleidung wir zu tragen hatten um uns von anderen abzuheben Kleidung war nicht mehr nur dazu da, um sich zu bedecken und zu wärmen, sie war zum Statussymbol geworden-, nach dem Motto: „Kleider machen Leute". Das hatte bei den Römern mit den roten Streifen auf der Toga angefangen. Und heute? Heute konnte jeder tragen, was er wollte. Die meisten entschieden sich dabei für Zweckmäßigkeit. Wenn die Kleider dabei noch schick waren, auch gut. Aber so ein Modebrimborium gab es längst nicht mehr. Und alles, was aus demselben Material gefertigt worden war, kostete gleich. Seide war natürlich immer noch teurer als Baumwolle .Der Kunde bezahlte allerdings nur noch den reinen Materialwert. Die Arbeitszeit musste der Käufer nicht mehr bezahlen. Dafür bekam der Hersteller Punkte auf seinem Arbeitszeitkonto gutgeschrieben, die er sich dann in Chips eintauschen konnte. „Ja, diese Römer" sagte Andrea, „die haben damit angefangen". Sascha war da nicht ganz ihrer Meinung und sie diskutierten und Philosophierten noch eine ganze Weile. Am Ende waren sie sich darüber einig, dass auch ohne Werbung alles ganz gut lief. Was gebraucht wurde, wurde gemacht. Erst kam das Bedürfnis und dann die Produktion, nicht mehr umgekehrt. Und weil die Hersteller nicht mehr gezwungen waren, ständig zu wachsen und zu expandieren, keine Aktionäre mehr zu befriedigen waren und keine Lohnnebenkosten mehr anfielen, ging auch keiner mehr Pleite. Abgesehen davon, dass die Jugend gar nicht mehr wusste, was das alles eigentlich bedeutete. Punkte würden nie ausgehen. Sie wurden einfach gut geschrieben. Und am Lebensende kamen sie zurück in den Gemeinschaftstopf; auch die Wertchips. Auf diese Weise mussten nicht mehr ständig neue Chips hergestellt und ausgegeben werden. Und es konnte keiner mehr durch Erbschaft mehr als andere erlangen. Hubert Knauser, der Ex-buchhalter war nun schon an die Achtzig. Ein stattliches Alter. Und das ganz ohne Blutdruck- und Cholesterintabletten. Diese „Krankheiten" hatte er mit Umstellung seiner Ernährung und vor allem seiner Lebensweise in den Griff bekommen. Überhaupt gab es diese ganzen Zivilisationskrankheiten nicht mehr. Stress und Fastfood waren nicht mehr da. Die damaligen Hauptkrankheitsfaktoren. Zusatzstoffe in Lebensmitteln, die in Verdacht gelegen hatten, Alzheimer, Parkinson oder sogar Krebs zu erzeugen, waren längst verboten. Die Lebensmittelqualität und damit auch die Lebensqualität, hatten sich entscheidend verbessert. Und nur, weil hinter allem kein finanzielles Interesse mehr stand. Berti saß gerade auf seinem Balkon zwischen seinen Topftomaten, Himbeeren und was sonst noch so Platz hatte. Vor lauter Obst und Gemüse hatten gerade mal zwei Personen Platz. Aber ihm war das genug. Es grünte und blühte um ihn herum, das war die Hauptsache. Auf dem Dach des Hochhauses, es war nur fünf Stockwerke hoch, hatten sie Bienenkästen aufgestellt. Vom einstigen Bienensterben, war keine Rede mehr. Jetzt fanden sie Nahrung in Hülle und Fülle und spendeten dafür Honig ohne Ende. Der Honig schmeckte jedes Jahr anders, war mal dicker, mal dünner. Aber das war egal, weil letztendlich schmeckte er immer lecker. Berti war gerade dabei, so ein Honigbrot zu genießen.

Dabei dachte er an die vergangenen dreißig Jahre. Wie alles begonnen hatte. Oder aufgehört. Je nachdem, von welcher Seite man es betrachtete.

Für ihn hatte es erst aufgehört. Alles. Wie sollte er als Buchhalter ohne Geld weiterhin existieren? Aber dann ist es doch irgendwie weiter gegangen. Und sein neues Leben hatte angefangen.

Die Hacker waren damals ziemlich schnell an ihn und seinesgleichen herangetreten. Sie hatten ihn um Mithilfe ersucht. Und er hatte spontan zugesagt. Auch wenn er noch nicht begriffen hatte, was eigentlich genau los war, so fühlte er ganz tief in sich, dass seine Mitwirkung das Richtige sein würde. Für ihn und für alle. Die Zahlen waren am Ende dieselben geblieben, nur ohne Währungskennzeichen dahinter. Und die Zinsrechnung war weggefallen. Jetzt konnten sie keine Azubis mehr am ersten April in den Keller schicken, um den „Zinsfuß" zu holen. Das war immer der Bankergag gewesen. Aber es ging auch ohne. Es gab ja genug andere Scherze. Die durften nun auch wieder gemacht werden. Lange Zeit war das Lachen aus vielen Betrieben verschwunden gewesen. Geld ranschaffen, war eine ernste Angelegenheit gewesen. Er hätte ja nicht gedacht, dass sich die Menschen mit etwas anderem zufrieden geben würden. Mit diesen Punkten und Wertchips. Aber sie nahmen das alles ziemlich schnell an. War ihnen auch nichts anderes übrig geblieben. Sie mussten mitmachen. Das war der Preis. Das Opfer, das gebracht werden musste. Erst einmal. Inzwischen war es längst kein Opfer mehr, das Geld aufgegeben zu haben. Es war vielmehr segensreich. Wäre das nicht passiert, hätte Berti mit Fünfzig wohl einen Herzinfarkt erlitten oder er hätte erst ein Magengeschwür und dann Magenkrebs gekriegt.

Viele seiner jüngeren Kollegen, vor allem die im Investmentbereich und die im Kreditbereich, hatten an Burnout Symptomen gelitten.
Eine seiner Kolleginnen hatte sogar zwei Hörstürze gehabt und war trotzdem immer wieder an ihren Arbeitsplatz zurückgekehrt. Obwohl ihr Körper ihr gesagt hatte, es sei genug. Selbst der folgende Brustkrebs hatte sie nicht abgehalten. Und all das nur wegen Geld. Konnte nur so gewesen sein. Denn wer hatte damals seine Arbeit wirklich noch geliebt? Wohl nur die Künstler. Bestimmt aber kein Banker. Egal. Das war aus und vorbei. Leider in manchen Köpfen immer noch nicht vergessen. Naja, für seine ehemalige Kollegin ist das Ganze auch nochmal gut ausgegangen. Sie hatte nicht mehr arbeiten müssen. Der Krebs war geheilt worden und so viel er wusste, ging sie seither ihrem Hobby, dem Reiten nach. Pferde hatte sie schon als Kind geliebt. Es war nur immer zu teuer gewesen. Dieses Problem war dann mit einem Schlag beendet worden. Die Reiterhöfe hatten trotzdem überlebt. Pferde galten ja als Therapeutisch wertvoll und somit auch als Allgemeingut. Demzufolge erhielten auch Reiterhöfe, genauso wie Bauernhöfe ihre Punkte aus dem Allgemeintopf. Und Tierliebhaber zur Pflege hatten sich schnell genug gefunden. Es war jetzt ja auch Zeit dafür vorhanden, jetzt wo es nicht mehr hieß „Zeit ist Geld". Und wer in der Tierpflege oder überhaupt auf einem Hof arbeitete, bekam dafür ja auch Arbeitszeitpunkte. Kein Arbeitgeber musste mehr irgendwelche Sozialabgaben für seine Angestellten leisten. Jeder bekam pauschal seinen Grundbedarf. Essen, Wohnung, Heizung und Gesundheit waren abgesichert. Keiner musste mehr Zukunftsangst haben. Es gab keine Altersarmut.

Unvorstellbar, aber wahr! Selbst wer nicht gearbeitet hatte, bekam seinen Anteil. Das waren aber wirklich nur sehr wenige. Und nur solche die körperlich oder geistig nicht zur Arbeit fähig waren. Wirklich faul war niemand geworden. Es konnte ja auch jeder der Tätigkeit nachgehen, die ihm Freude bereitete. Und an irgendwas hatte jeder seine Freude. Berti erfreute sich nun seines Rentnerdaseins.
Obwohl, das hieß jetzt anders, weil das Wort „Rente" zu negativ behaftet war. Er war jetzt ein „Verdienter". Im Übrigen konnte jeder selbst entscheiden, wann er „Verdienter" werden wollte. Manche waren selbst mit Achtzig noch tätig. Andere gingen schon mit Fünfzig, fingen dann aber später wieder eine Tätigkeit an. Alles war viel flexibler geworden. Nicht mehr so starr. Nicht mehr genormt. Das Einzige was starr und genormt war, waren „Preise" und Bewertungen. Seit der Einführung der Punkte war alles festgelegt und nicht mehr verändert worden. Wozu auch? Egal wohin man kam, wo man auch lebte, ein Brot kostete einen Wertchip. Der Handel lief trotzdem. Keiner konnte mehr über den Tisch gezogen werden. Wer handelte, tat dies nicht mehr um Gewinn zu erzielen, sondern einfach, weil er Spaß daran hatte. Weil er gut verhandeln konnte. Weil er in der Welt herumkam. Lieferte einer schlechte Ware, dann regelten das die Käufer schon. Auch wenn es keine Konkurrenzen mehr in dem Sinn gab, so gab es doch genügend Mitbewerber, um die Qualität hoch zu halten. So gesehen, konnte doch nicht jeder machen, was er wollte. Es war nur keine EU-Kommission mehr da, die alles reglementierte. Oh, Gott. Diese EU. Berti fiel ein, daß ja damals die Briten aus eben dieser ausgetreten waren. Die Weltmeister im Kolonisieren und Gründungsmitglieder

waren tatsächlich ausgetreten. Zumindest hatte das Volk dafür gestimmt gehabt. Wie das dann am Ende ausgegangen ist, wusste er allerdings nicht mehr.
Oder war da der Hackervorfall dazwischen gekommen? Egal. Auch das war aus und vorbei. EU vorbei- Welthandel trotzdem noch da. Und ganz ohne Börse.
Die war damals sang und klanglos einfach verschwunden. Nicht einmal Berichte hatte es darüber gegeben. Buchstäblich totgeschwiegen. Überhaupt hatte es die ersten Jahre nur positive Berichte gegeben. Das gehörte auch zu den Opfern, die einseitige Berichterstattung. Das war notwendig gewesen, um das Denken der Menschen zu ändern. Inzwischen zeigte man Filme aus der Geldzeit als Horrorfilme. Das war der reinste Psychoterror gewesen und keiner hatte es gemerkt. Das Virus Geld hatte alle befallen. Um dieses Virus ein für alle Mal auszurotten, waren drastische Maßnahmen vonnöten gewesen. Berti fand, es lief ganz gut. Aber fertig waren sie noch nicht. Dazu würde es noch ein paar Generationen brauchen. Babsi war nun auch schon fast siebzig. Auch ihre beiden Jungs längst erwachsen. Sie hatte lange nichts von den beiden gehört. Beide waren schon früh in die Welt hinaus gezogen und seither auf Wanderschaft. Sie fand das einerseits gut, andererseits hatte sie schon oft Sehnsucht. Sie hätte auch gerne Enkel gehabt. Aber ihre Scheidung damals war so dramatisch abgelaufen, dass sich die Jungs entschieden hatten, sich nicht zu binden. Es war ja auch nicht einfach gewesen, die beiden alleine durchzukriegen. Vor allem zur Geldzeit. Danach war es besser, ja sogar richtig gehend toll geworden. Außer das halbe Jahr, wo ihr jüngster mit einer verschleppten Grippe, die sich zu einer lebensbedrohlichen Herzmuskelentzündung

ausgewachsen hatte, zu kämpfen gehabt hatte. Das lag allerdings nicht an mangelnder Ärztlicher Versorgung, die war super gewesen. Das Problem war sein immer schwächer werdender Lebenswille gewesen. Er war ja nur ein paar Monate nach dem Hackervorfall erkrankt. Zu diesem Zeitpunkt war noch nicht absehbar gewesen, dass sich alles so gut entwickeln würde.
Er hatte trotz seines jungen Alters zu sehr am Geld gehangen. Gott sei Dank hatten die Ärzte das erkannt und er bekam zusätzlich zu den Medikamenten noch psychologische Betreuung. Dann kam er auf Kur, zusammen mit anderen Jugendlichen. Es ging ihm gut dort. Er begriff, dass er auch ohne Geld auf nichts verzichten musste. Außer auf Fast Food. Das fand er anfangs echt doof. Viele Kinder wussten gar nicht, wie richtiges Essen schmeckte. Das hatte er während seiner Kur gelernt. Erst hatte er sich vor dem Gemüse geekelt, aber es gab nichts anderes und so probierte er es doch. Er war überrascht gewesen, dass Essen auch ohne Fleisch schmecken konnte. Natürlich mussten sie nicht ganz ohne Fleisch auskommen. Zweimal die Woche gab es welches. Und zweimal Fisch. Freitags gab es eine Mehl oder Milchspeise. Insgesamt war die Verköstigung sehr abwechslungsreich und war weit entfernt von dem Schulkantinenessen von früher. Inzwischen gab es keine so großen Kantinen mehr. Vielmehr standen an jeder Ecke Garküchen. Jeder machte was anderes, seine ganz eigene Spezialität sozusagen. Dementsprechend lecker schmeckte nun alles. Wer schlechte Qualität lieferte, wurde des Platzes verwiesen. Manche Firmen hatten eigene Küchen, aber nun mit richtigen Köchen. Man musste allerdings immer vorbestellen. So konnten Reste weitestgehend vermieden werden. Wenn dann doch mal was übrig

blieb nahm das Küchenpersonal es mit nach Hause. Lebensmittel wegzuwerfen galt als äußerst verwerflich, ja wurde sogar bestraft.
Die Menschen waren seit Jahren darin geschult worden, richtig hauszuhalten. Wer etwas verschwendete, der wurde erst abgemahnt und dann im Wiederholungsfall bestraft. Jeder wurde ständig darüber informiert, wo die Lebensmittel herkamen. Auch die Stadtkinder wussten nun, woher die Milch kam, wo und unter welchen Bedingungen Hühner ihre Eier legten, dass Pommes aus Kartoffeln bestanden und wo das Getreide für ihr Brot wuchs. Und nicht nur das. Ständig fanden Workshops und Seminare statt, wo Stadtkinder aktiv an der Käseherstellung mitwirken durften. Butterstampfen war auch ganz beliebt. Oder gleich eine ganze Woche auf einem Bauernhof. Diese Möglichkeiten hatte es zwar auch schon zur Geldzeit gegeben, aber es war nicht für jeden erschwinglich gewesen. Jetzt war das alles kostenlos, weil es unter der Rubrik Bildung lief. Die Kinder wurden nicht mehr nur theoretisch ausgebildet, sondern auch praktisch. Und sie lernten Dinge, die wirklich für ihr Leben wichtig waren. Und egal ob Junge oder Mädchen, alle lernten Nähen, Stricken, Kochen und handwerkliche Dinge. Wenn ein Kind fragte „darf ich helfen", wurde nicht mehr gesagt „das kannst du noch nicht" oder „dafür bist du noch zu klein". Babsis älterer Sohn erwies sich schon mit drei Jahren als geschickter Gurkenschneider. Man traute seinen Kindern mehr zu. Bevormundete sie nicht mehr so sehr. Aber man „begluckte" sie auch nicht mehr. Auf der anderen Seite zeigten die Kinder wieder mehr Respekt vor ihren Eltern und überhaupt vor älteren Leuten. Es hatte einmal eine Zeit gegeben, da haben sich Leute über

diesen Mangel an Respekt aufgeregt. Dabei hatte es nur so aus dem Wald herausgehallt, wie zuvor hineingerufen worden war.

Die Kinder hatten es von ihren Eltern so gelernt. Es hatte sich alles so sehr um Geld gedreht, dass alle wahren Werte dabei untergegangen waren. Der Vater kam nach Hause und schimpfte über seinen Chef und über Kollegen.

Die Mutter redete mit ihren Freundinnen schlecht über eine Nachbarin. Sie fand die alte Dame „sonderbar", obwohl sie sie gar nicht wirklich kannte. Sie hielt sie für unhöflich, weil sie nie zurück grüßte, dabei hörte die Frau schlichtweg fast nichts mehr. Die Kinder bekamen das natürlich alles mit und lernten daraus. Nur leider das Falsche. Hätte die Mutter diese Nachbarin einmal zu einem Kaffeeschwätzchen eingeladen, dann hätte sich eine Freundschaft oder zumindest Respekt entwickeln können. Aber so? Die Menschen sahen einander an und fassten ihre Meinung voneinander. Keiner kannte den anderen mehr wirklich, wollte eigentlich auch keinen anderen kennen. Kollegen waren zu Konkurrenten geworden. Auf der einen Seite wollten die Firmen Teamgeist haben, auf der anderen Seite spielten die Chefs ihre Angestellten untereinander aus, weil sie meinten, damit die Motivation zu fördern. Das hatte kurzfristig auch geklappt. Jeder gab sein Bestes, aus Angst um seinen Job. Aber dann stiegen auf einmal die Krankentage. Die Menschen fingen an buchstäblich auszubrennen. Sie mussten auf einmal immer mehr leisten. Andrea war einmal eine Woche allein in ihrem Büro und musste Arbeiten erledigen, die zuvor acht Menschen erledigt hatten. Zwei hatten gekündigt gehabt, zwei waren in Urlaub und zwei waren kurzfristig für längere Zeit

erkrankt. Und eine, die hatte sich die Stelle mit ihr geteilt, war also nur da, wenn sie selbst nicht da war.
Sie erinnerte sich mit Schrecken an diesen Tag, wo sie heulend in diesem Büro gesessen hatte, weil sie nicht mehr wusste, wo zuerst anfangen. Und dann hatte sie später auch noch Abmahnungen für die Fehler bekommen, die ihr während dieser Zeit unterlaufen waren. Damals war Babsi die einzige Freundin gewesen, die sie immer wieder aufgebaut hatte. Am Ende hatte sie dann aber doch kapituliert. Ein halbes Jahr lang war sie von ihrer Therapeutin krankgeschrieben worden. Schwere Depressionen wegen Mobbing. Sie hatte nichts tun können. Selbst der Personalrat nicht. Wenigstens hatte ihr Anwalt einen Auflösungsvertrag erwirken können. Ja, Babsi war immer die Stärkere gewesen. Sie selbst hätte nie drei Jobs bewältigen können. Nur gut, dass diese Zeiten nie mehr wiederkommen würden. Für niemanden mehr. Die wahre Freiheit rückte immer näher.
Babsi hatte einen neuen Mann kennen gelernt. Er hieß Robert und war zur Geldzeit arbeitsloser Straßenbauingeneur gewesen. Heute hatte er wieder Arbeit. Mehr als genug. Auch das Bauwesen hatte sich komplett gewandelt. Es hatte damals ganz viele Sanierungsprojekte gegeben, die nicht wirklich vorankamen, weil das nötige Geld fehlte. Andere Bauprojekte waren künstlich in die Länge gezogen worden, um möglichst viel Geld rauszuholen. Das war nun nicht mehr möglich. Man hatte erst einmal den Sanierungs- und Neubaubedarf ermittelt und dann wurde einfach ein Punktetopf dafür geschaffen. Dann wurde ein Zeitpunkt vereinbart, an dem die jeweiligen Arbeiten abgeschlossen sein mussten. Waren die Arbeiten nicht pünktlich abgeschlossen, gab es keine weiteren

Punkte mehr und wenn sich das Ganze noch weiter hinauszögerte, konnte es sogar Punktabzug geben.
Das spornte die Arbeiter ungemein an. Mehr als Geld es je gekonnt hätte. Irgendwie waren die Menschen doch alle Spieler. Und weil dieses Spiel nun nicht mehr auf Kosten anderer ging, machte es doppelten Spaß. Robert erzählte, dass sie gerade eine Autobahn neu teerten. Es gab mehrere Teams die sich täglich einen Wettbewerb lieferten, wer mehr Meter am Tag schaffte. Das Siegerteam bekam dann Sonderpunkte. Die Bauarbeiten konnten auch in Ruhe und in einem Zug durchgeführt werden, weil keiner mehr ein eigenes Auto hatte. Der Pendelverkehr hatte sich auch so nach und nach gelegt. Es fuhren fast nur noch Busse. So war es möglich geworden, die Autobahnen zu verschmälern. Güter wurden überwiegend auf Schienen transportiert. Dafür war das Schienennetz ausgebaut worden. Schienen ließen sich einfach leichter in die Landschaft integrieren und die Loks konnten mit umweltfreundlichem Strom betrieben werden. und weil hier sowieso schon Leitungen, zumeist sogar unterirdisch, entlangliefen, legte man auch die benötigten Stromleitungen für die Privathaushalte entlang der Schienen. Das hatte man schon vor dreißig Jahren angefangen. Damals ging eine Debatte um geplante Stromtrassen von den Offshore Windkraftwerken im Norden zu den Bundesländern im Süden. Keiner wollte diese hässlichen Leitungen haben. Dabei wäre es ein Leichtes gewesen, diese einfach unterirdisch zu verlegen. Es war wieder einmal an den zu hohen Kosten gescheitert. Immerzu hieß es: „das ist zu teuer". Um wie viel war alles nun leichter geworden, wo man sich um Geld keine Gedanken mehr zu machen brauchte. Selbst die einst Superreichen begannen nun

endlich, das neue System zu befürworten. Auch vor Terror musste sich niemand mehr fürchten.

Manche fragten sich, wofür diese einstigen Terroristen eigentlich gekämpft hatten. Für Allah? Gegen die Ungläubigen? Für Freiheit? Die zumindest hatten sie nun. Und ganz ohne Kampf und Blutvergießen. Und was den Glauben betraf, so mussten auch sie sich, wie die Christen, damit abfinden, dass Glaubenssache nun Privatsache war. Die Christenheit hatte es auch ganz schön getroffen. Der Vatikan war aufgelöst worden. Die jüngeren unter den Kardinälen und Bischöfen waren in ihrer letzten Verzweiflung losgezogen, um die Menschheit wieder zu Gott zu bekehren. Dabei war das gar nicht notwendig. Es gab durchaus noch Gläubige. Nur konnte die Institution Kirche keine Macht mehr auf diese ausüben. Es war ja gleich zu Anfang die Vatikanbank aufgelöst worden, und die zu Unrecht erworbenen Kirchenpfründe und Reichtümer gingen an die Armen in der ganzen Welt. Die Zeit des Goldes und der feinen Gewänder waren für den Klerus ein für alle Mal vorbei. Priester gab es noch. Sie predigten und betrieben Seelsorge, so wie es von Jesus einst vorgesehen war. Er hatte zu seinen Jüngern nie gesagt, sie sollen Reichtümer aufhäufen und Nichtgläubige bestrafen. Überhaupt war vieles in der Bibel gefälscht, erstunken und erlogen gewesen. Eine ganz neue Bibel war verfasst worden. Mit allen Evangelien und Berichten, die gefunden worden waren. Und jeder konnte nun selbst entscheiden, was davon er glauben wollte. Und auch die Auslegung war jedem selbst überlassen, so lange diese friedlich war. Die einst kirchlichen Hilfsorganisationen waren geblieben. Hilfsbereite Menschen waren ja nicht ausgestorben. Helfende Hände funktionierten auch ohne Geld.

Jetzt hieß es, die noch übrig gebliebenen Regierungs- und Länderstrukturen aufzulösen.
Man hatte ja schon damit angefangen, aber weil es noch der Kontrolle bedurfte, damit die Systemgegner, die das Geld zurück haben wollten, keine Chance hatten, waren die Grenzen zum Teil doch noch beibehalten worden. Nun fanden die Hacker, war es an der Zeit, die Menschheit langsam daran zu gewöhnen, dass alle letztendlich einfach nur Mensch waren. Es sollte ein weiteres Stück Freiheit und Gleichheit geschaffen werden.
Die Kinder, die jetzt zur Welt kamen, würden dafür der Grundstock sein. Sie würden von Anfang an so konditioniert werden. Kein Nationaldenken mehr. Bei sportlichen Wettbewerben würden nicht mehr Länder gegeneinander antreten, sondern einfach nur Mannschaften beziehungsweise Teams. Es hatte ja mal geheißen, die Welt würde ohne Regierung im Chaos versinken. Aber das war nicht passiert. Man hatte als erstes die ganzen Diktatoren abgesetzt. Mit dem Geld war ja gleichzeitig deren Macht verschwunden. Sie konnten mit nichts mehr Verbündete locken. Die Mägen aller waren gut gefüllt und somit hatte keiner mehr so wirklich die Motivation zu irgendwelchen kriegerischen Handlugen. Regieren und führen war auch ganz o.k. Aber nicht mehr die ganze Welt. Das war auf Dauer doch zu anstrengend. Es stellte sich heraus, dass die Menschen ganz gut ohne Herrscher und Beherrschung zurechtkamen. Wie man Respektvoll miteinander umging, lernten die Kinder wieder von ihren Eltern, die jetzt , da sie nicht mehr beide acht Stunden oder mehr am Tag dem Geld hinterher jagen mussten, Zeit für deren Erziehung hatten.

Familien waren wieder wirklich Familien. Mit Oma und Opa im Haus oder zumindest in der Nähe.

Die erzählten dann Horrorgeschichten vom einstigen Kapitalismus. Viele Menschen wären Sklaven gewesen, ohne es zu bemerken. Noch schlimmer waren die, die es gemerkt hatten und trotzdem nichts dagegen unternommen hatten. Menschen hatten Unsummen dafür ausgegeben um in Yogakursen, Selbstfindungsseminaren und anderem Esoterischem Kram wenigstens mal für eine Stunde dem Hamsterrad zu entfliehen. Dabei bemerkten sie nicht, dass sie nur das Rad wechselten und auch da nicht wirklich frei waren.

Das begann doch schon damit, dass man sich für Yoga ein spezielles Outfit zulegen musste. Und dann musste man auf Knopfdruck umschalten können. Das konnte wahrlich nicht jeder. Darum gab es auch so viele psychische Erkrankungen in dieser Zeit. Jetzt, eine Generation später merkte man langsam eine Besserung.

Am sichtbarsten und am spürbarsten waren die Verbesserungen in der einstigen sogenannten Dritten Welt. Nun, da keine Diktatoren sich die Spendengelder mehr einverleiben konnten, griff endlich die Hilfe zur Selbsthilfe.

Babsis älterer Sohn war bei so einer Selbsthilfetruppe tätig. Er war einfach gerne in Afrika. Es war ein wunderschöner, wilder Kontinent. Die Menschen dort konnten nun endlich alles selbst machen. Alle einstigen Kolonialmächte und Firmen waren schon bald nach dem Hackervorfall des Landes verwiesen worden. Außer jene, die wirklich helfen wollten. Deren Knowhow, war doch noch nötig gewesen. Aber nun hatte sich die Afrikanische Bevölkerung selbst genug Wissen zugelegt. Die Kinder dort hatten damals das

Wissen, welches ihnen nun endlich überall vermittelt wurde, buchstäblich wie ein Schwamm aufgesaugt.
Aber nicht nur neues, sondern auch altes Wissen war gefragt. Die Alten wussten noch, wie man gemeinsam mit den Wildtieren lebte. Wie man sich und das Nutzvieh vor Raubtieren schützte, ohne sich gegenseitig zu sehr einzuschränken. Eine Zeitlang hatte es noch Probleme mit Wilderern gegeben, aber als die mangels Geld keine Munition mehr für ihre Waffen hatten kaufen können, und weil damit kein Geld mehr verdient werden konnte, und auch nicht mehr verdient werden musste, erledigte sich dieses quasi von selbst. Außerdem war der Fell- und Elfenbeinhandel auch zum Erliegen gekommen, nachdem Wilderer, Händler und Käufer hart bestraft worden waren. Also wirklich hart. Teilweise mit der Todesstrafe. Das war das wirklich einzig abschreckende gewesen. Inzwischen war die Todesstrafe überall abgeschafft oder wurde zumindest nicht mehr angewendet. Aber auch sie war ein notwendiges Opfer gewesen. Der Zweck heiligte so manches Mittel. Immer noch. Das Mittel der Kontrolle war noch notwendig. Aber die Menschen nahmen es hin, weil es ihnen gut dabei ging. Die Leute, die im Untergrund immer noch versuchten, das Geld zurückzuholen, waren bekannt. Zu versuchen, sich mit den Menschen anzulegen, denen es gelungen war, mittels Computertechnik die Welt zu verändern, war schlichtweg dumm. Selbst wenn sie keine Computer zur Kommunikation verwendeten, waren da immer noch Nachbarn und Freunde, die Augen und Ohren offen hielten, und jeden Verstoß gegen die neue Ordnung meldeten. Man ließ die Untergrundbewegungen dennoch laufen, weil sie eh keine Chance hatten.

Irgendwann würde auch der Letzte merken, dass ohne Geld alles viel, viel besser lief.

Tom, Andreas Sohn, befand sich grade in Amerika. Genauer in Südamerika. Mexiko. Wie schön es dort jetzt war. Keine Straßenkämpfe mehr zwischen Drogenhändlern und sonstigen Kriminellen. Es gab schlichtweg keine Kriminalität mehr. Alle hatten genug zu Essen und Obdach. Und jeder hatte Arbeit. Wegen der Hitze lief das hier etwas anders, als in Europa. Man arbeitete mehr in den frühen Morgenstunden und nachts. Die Menschen konnten sich nun einfach den jeweiligen Begebenheiten anpassen, jetzt, wo sie wirtschaftlich nicht mehr miteinander verglichen wurden. Es gab keine armen oder reichen Länder mehr. Es gab keine Rankinglisten mehr. Die Regenwälder wurden nicht mehr abgeholzt, weil damit kein Geld mehr zu machen war. Und weil das Wunderkraut ein wirklich guter Ersatz war. Es wuchs auch hier hervorragend. Eigentlich hatte nie jemand dem Regenwald schaden wollen. Das waren nur einige wenige, profitgeile Firmen gewesen. Die waren über Nacht verschwunden. Sie bekamen einfach keinen Treibstoff mehr für ihre schweren Maschinen. Es war etwas schwierig gewesen, diese dann aus dem Wald herauszuschaffen und zu verschrotten. Aber alle Menschen, die zuvor ohne Arbeit gewesen waren, hatten sich zusammen getan und gemeinsam haben sie es letztendlich geschafft. Auch die ganzen Staudammprojekte waren gestoppt worden. Wo es ging, hatte man die schon gebauten Dämme wieder eingerissen. Viele Menschen kehrten aus den Millionen Metropolen zurück in ihre Dörfer. Somit hatten diese Städte nicht mehr so viel Strom und Wasser nötig. Außerdem wurde auch hier immer mehr dezentralisiert.

Nicht mehr ein großes Kraftwerk versorgte die Menschen mit Strom, sondern viele Kleine. Und hier konnte auch die Sonne gut genutzt werden. Auch das Wunderkraut konnte zur Energiegewinnung genutzt werden. Zudem arbeiteten Wissenschaftler fieberhaft an Techniken, die es ermöglichen sollten, den Strom besser speichern zu können. Das war möglich geworden, weil sie nun alle zusammen arbeiteten. Es gab auch hier keine Konkurrenz mehr, weil nicht mehr Ruhm und Geld die Antriebsfeder waren, sondern das Überleben der Menschheit. Wer sein Wissen nicht bereitwillig mit allen teilte, wurde aus der Gemeinschaft ausgestoßen. Das war die schlimmste Strafe. Ein Ausgestoßener zu sein. Eine mittelalterliche Strafe, aber sehr wirkungsvoll. Besser als jede Todesstrafe, weil je nach Gegend, dies durchaus einer Todesstrafe nahe kommen konnte. Klar, es gab sie noch, die Individualisten, die lieber alleine vor sich hin brödelten. Denen erging es auch nicht gerade schlecht. Man wusste um sie und dass sie nun einmal so waren, wie sie waren. Irgendwann würden keine Kontrollen mehr nötig sein. Irgendwann würde die Welt endlich so sein, wie Gott sie für uns erdacht hatte. Friedlich und wahrlich paradiesisch. Einige meinten noch, das würde niemals so sein, weil der Mensch einfach schlecht sei. Aber Andrea dachte da anders. Sie glaubte an das Gute in jedem und der Mensch war ja lernfähig und manipulierbar. Und wenn man ihn über Generationen vollkommen umpolte, dann war eine friedliche und glückliche Menschheit einfach unausweichlich. Im Grunde wollte doch auch keiner wirklich je Krieg. Wie es diesen Spinnern, die meinten, die ganze Welt beherrschen zu müssen, gelungen war, andere dazu zu bewegen, für sie zu kämpfen, war ihr immer ein

Rätsel geblieben. Aber wenn das gelungen war, dann musste doch auch das Gegenteil gelingen, oder? Zumal Frieden doch um so vieles besser war, als Krieg. Und es musste auch kein Volk wirklich beherrscht werden. Die Menschen wussten selber ganz gut, was richtig und was falsch war. Zwistigkeiten regelte man untereinander.

Es brauchte keine Gerichte, die Nachbarkeitsstreitigkeiten löste. Zumal die Richter im Grunde die Situation und die Menschen gar nicht wirklich kannten. Aber dann entscheiden mussten, wer Recht hatte. Dafür gab es nun Mediatoren. Diese wurden immer aus dem direkten Umfeld der Streithähne gewählt. Man kannte einander. Und dann wurde sich an einen Tisch gesetzt und geredet. Und immer fand man eine für alle Beteiligten, befriedigende Lösung. Wenn es auch manchmal dauerte. Manches Mal half auch einfach ein Umzug. Es gab halt Menschen, die konnten sich buchstäblich nicht riechen. Das war halt dann so. wer dann weg musste, wurde per Los entschieden, wenn keiner sich freiwillig bereit erklärte, das Feld zu räumen. Kostete ja alles kein Geld mehr. Häuser wurden gemeinschaftlich gebaut. Bei Andreas Onkel war das vor zwei Jahren so gewesen. Er hatte sich schon zuvor immer mit seinem Nachbarn gestritten gehabt. Keiner von den beiden wusste mehr, was eigentlich der Auslöser gewesen war. Andrea meinte, es wären ein paar überhängende Äste gewesen. Anstatt rüber zu gehen, oder den Nachbarn auf ein Bier einzuladen und ihn freundlich zu bitten, die Äste abzuschneiden, war ihr Onkel gleich zum Anwalt gelaufen. Und dann kam eins zum anderen. Des Nachts, war der Nachbar mal rüber geschlichen, und hatte alle Gartenzwerge zerschlagen.

Daraufhin hatte ihr Onkel sich dadurch gerächt, indem er drüben, auch nachts, alle Blumen abgeschnitten hatte. So war das über Jahre hinweg gelaufen. Und immer wieder traf man sich vor Gericht. Bis zu dem Tag, wo das Geld weg war. weil damit war auch die Möglichkeit, auf Schadenersatz zu klagen weg. Die beiden an einen Tisch zum Reden zu bringen, war nicht mehr möglich. Also mussten die beiden getrennt werden. das Los war auf Andreas Onkel gefallen. Ihm wurde ein kleines Häuschen am Ortsrand zugewiesen, dessen ehemalige Bewohnerin kurz zuvor verstorben war. Er musste nicht einmal Möbel mitnehmen. Es war alles noch da. In sein ehemaliges Domizil zog dann Verwandtschaft des Nachbarn. Der Friede war wieder hergestellt. Und neulich, bei einem Dorffest saßen beide auf einmal ganz friedlich bei einem Bier zusammen und haben über ihre einstige Dummheit gelacht. Zugegeben, sie hatten zu diesem Zeitpunkt schon mehrere Biere getrunken gehabt und gehen sich ansonsten weitgehend aus dem Weg. Aber sie haben nicht mehr das Bedürfnis, sich gegenseitig was anzutun. Diese immer noch latent vorhandene Aggressivität bei manchen Menschen, galt es noch in den Griff zu kriegen. Das musste den Menschen noch aberzogen werden. Wahrscheinlich würde es immer wieder solche Menschen geben. Die musste man halt dann im Auge behalten. Es gab ja Möglichkeiten, vorhandene Aggressionen abzubauen.
Es klingelte an der Haustür. Lisa kam zu Besuch und hatte auch noch Freya und Severin mitgebracht. Andrea freute sich immer, wenn ihre Enkelkinder zu Besuch kamen. Ihre Enkel waren nun diejenigen, die das begonnenen fortführen mussten. In ihren Köpfen

gab es schon kein Geld mehr. Für sie war die neue Weltordnung schon ganz normal.

Sie waren nicht mehr in ein Einheitsschulsystem gezwängt worden. Sie durften von Anfang an ihre Talente ausleben. Durften alles erst einmal ausprobieren und konnten problemlos wechseln, wenn etwas keinen Spaß machte. Nicht so, wie damals bei Andrea. Sie hatte sich schon mit zehn Jahren entscheiden müssen, welchen Zweig sie am Gymnasium nehmen wollte. Dabei hatte sie da noch gar nicht wissen können, ob sie eher sprachbegabt oder mathematisch begabt war. Sie hatte sich dann für den Naturwissenschaftlichen Zweig entschieden gehabt und saß dann darin fest, obwohl sich ziemlich schnell herausgestellt hatte, dass sie in den mathematischen Fächern völlig talentfrei war. Ein Wechsel war jedoch nicht möglich gewesen.

Ihr blieb nur der Abstieg in die Realschule. Aber auch dort musste sie den Mathematischen zweig belegen.

Die ganze Schulzeit war somit die reinste Qual gewesen. In Mathe und Physik war sie gerade so nicht durchgefallen, weil die Lehrer alle Augen mitsamt den Hühneraugen zugedrückt hatten. In Mathe musste sie sogar eine mündliche Prüfung ablegen. Die Lehrer hatten ihr die Lösung fast vorgesagt gehabt. Und ihr Physiklehrer hatte ihr kurzerhand im Unterricht mal eine mündliche Eins untergeschoben, um ihren Notendurchschnitt anzuheben. Sie hatte Glück gehabt, dass die Lehrer sie wohl alle gemocht hatten. Das war damals manchmal auch ein Problem gewesen. Diese Abhängigkeit vom Wohlwollen der Lehrkräfte.

Das gab es jetzt nicht mehr. Überhaupt gab es vieles nicht mehr und würde es auch nie mehr geben. Und bald würden auch keine Opfer mehr gebracht werden müssen. Andrea wusste, dass sie den vollkommenen

Frieden und den vollzogenen Wandel nicht mehr erleben würde.

Wahrscheinlich auch noch nicht ihre Enkel. Aber für ihre Urenkel sah die Sache schon anders aus. Vielleicht würde man dann sogar s die noch herrschenden Kontrollen lockern können.

Ganz bestimmt sogar. Die Kinder lernten schnell.

Auch die Gegner wurden immer weniger. Natürlich gab es noch Fanatiker die mehr oder weniger im Untergrund agierten. Also sie agierten eher weniger. „Die" sahen und hörten alles. Durch geschickte Gegenpropaganda und noch mehr Aufklärung konnten sie die Untergrundkapitalisten aber ganz gut in Schach halten. Wirklich ernst nahm die keiner mehr. Warum auch? Es war doch alles da. Niemand mangelte es an irgendwas. Diese Kapitalisten meinten immer noch, dass auf Dauer keiner ohne Geld weiter arbeiten würde. Sie konnten nicht begreifen, dass die Menschen nun arbeiteten um das zu erhalten, was geschaffen worden war. Ein Mehren war nicht notwendig. Sie haben vergessen, wie viele damals weggeworfen und vernichtet worden war, weil zu viel produziert wurde. Und auf der anderen Seite sind Menschen verhungert. Sie arbeiteten, um das nun bestehende Gleichgewicht zu erhalten. Um die Gerechtigkeit zu erhalten und die Freiheit. Und das alles ganz ohne Krieg.

Das Paradies war noch nicht erreicht, aber es war nahe.

Wenn die alten Geldsäcke einmal ausgestorben sein würden, dann würden wir wieder im wahren Paradies sein. Und diesmal würden wir uns benehmen und nicht wieder vertreiben lassen

Drei Generationen

Vierzig Jahre später.
Andrea und Peter sind inzwischen zu Urgroßeltern gemacht worden. Und zwar von den Kindern ihrer Tochter Lisa. Freya, inzwischen verheiratet mit Hans, hat drei Kinder und Severin mit seiner Frau Ramona, eines. Sohn Tom war immer noch Single. Das brachte seine Weltenbummelei so mit sich. Er war überall und nirgends zu Hause. Aber er war glücklich so, und das war schließlich die Hauptsache. Andrea hatte gerade ihren achtzigsten Geburtstag gefeiert. Sie war noch sehr rüstig, obwohl sie nie Sport getrieben oder sich „gesund" ernährt hatte. Sie hatte immer das gegessen, wonach ihr gerade war. Sich wirklich ungesund zu ernähren, war aber auch gar nicht mehr möglich. Es war ja alles, was schädlich war, verboten worden. Peter ist mit seinen 82 doch tatteriger, obwohl er immer ins Fitness-Studio gegangen war. Sein Fehler war gewesen, dass er es, wie mit so vielen Dingen, übertrieben hatte. Er hatte sich auch immer für zu dick gefunden, obwohl er klapperdürr war. Nie konnte er ein Essen genießen oder mal guten Wein oder überhaupt das Leben. Vor dem Hackervorfall nicht und danach erst recht nicht mehr. Obwohl sie es so gut hatten. Sie hatten wundervolle Kinder, Enkel und sogar Urenkel. Und alle waren auch noch gesund. Was wollte man mehr? Aber so war die Zeit nun. Es gab immer noch Menschen, die in der Geldzeit aufgewachsen waren und die lebten nun parallel zu jenen, die Geld nur noch aus Geschichten kennen. Die Arbeit der Hacker ist noch nicht beendet. Noch kann keiner es wagen, die Hände in den Schoß zu legen.

Manche Menschen versuchen immer noch, ihre Nachkommen dahingehend zu beeinflussen, als dass sie Geld für etwas Gutes preisen. Sie werden wohl bis zu ihrem Tod nicht verstehen, dass der Kapitalismus beinahe die Welt zerstört hätte. Ein Kabarettist hatte einmal die Geldschöpfung aus dem Nichts sehr anschaulich erklärt:
Ein Kunde geht zu seiner Bank und legt dort 1000€ an. Die Bank darf nun das 10-Fache, was sie an Einlagen hat, als Kredit verleihen. Also 10.000€. Sie verleiht praktisch Geld, was gar nicht da ist, nämlich 9.000€. Und der Kreditnehmer kann nun mit diesem Geld, das es gar nicht gibt, einkaufen gehen. Beziehungsweise er tut das nicht wirklich mit barem Geld. Es steht nur auf seinem Konto und von dort lässt er es in der Regel per Plastikkarte abbuchen. Somit kann es auch trotz Gelderschaffung aus dem Nichts keine Inflation entstehen, weil, es ist ja nicht wirklich da. Der Kunde bekommt den Kredit allein auf sein Versprechen hin, es in einem Jahr mit Zinsen zurückzuzahlen. Wenn dann dieses Jahr abgelaufen ist, geht der Kreditnehmer zu seiner Bank und sagt, die Geschäfte wären schlecht gelaufen und er könne die Schulden nicht bezahlen. Was macht die Bank? Sie leiht ihm nun 11.000€. Damit zahlt er den ersten Kredit plus Zinsen zurück, die Bank zahlt dem Einleger wiederum seine 1000€ plus Zinsen und hat auf einmal einen Gewinn von 9.000€ in der Bilanz. Dieses Spielchen kann über Jahre so gehen, bis der Kreditnehmer so viele Schulden hat, dass sie nun wirklich nicht mehr rückzahlbar sind. Die Bank verkauft nun diesen Kredit, der inzwischen auf 20.000€ angewachsen ist, für 8.000€ an einen Hedge Fond. Das sieht jetzt auf den ersten Blick wie ein Verlustgeschäft aus.

Ist es aber nicht, weil auf der anderen Seite kann die Bank 12.000€ Verlust verbuchen und muss die 8.000€ Gewinn nicht versteuern. Und der Hedge Fond macht mit dem Weiterverkauf des Kredites auch nochmal kräftig Gewinne. Und all das aus ursprünglich 1000€. Alles Geld, aus dem Nichts. Das an sich wäre ja noch nicht das Schlimmste. Das Schlimmste daran sind die Zinsen und Zinseszinsen. Diese müssen nämlich in der Realwirtschaft von echten Menschen erarbeitet werden. Und es geht dabei auch nicht nur um 10.000€ Und es geht auch nicht um nur zwei Kunden, sondern um ganze Länder. Severin konnte diesen Wahnsinn gar nicht fassen. Wie hatten die Menschen so dumm sein können und sich das alles gefallen lassen?
Peter erklärte ihm das folgendermaßen:
Der Kapitalismus lebte davon, die Menschen dumm zu halten, damit sie das System nicht durchschauten. Sie verstanden nicht, dass das Vermögen des einen, die Schulden des anderen waren. Sie begriffen nicht, das Geld in Wahrheit nur eine Phantasie war. Es konnte seinen Wert von heute auf morgen verlieren. Das war auch schon passiert. Die Leute wussten das auch. Im Kapitalismus entstand alles Geld durch Schulden machen. Es wurde Geld ausgegeben, was gar nicht da war. Die damaligen Finanzkrisen überall auf der Welt wären mit einem Fingerschnipp zu lösen gewesen, weil es doch nur Buchgeld war. Die Zinslasten waren durch Ausdehnung des Kreditgeldes größer gewesen, als das Globale Wirtschaftswachstum. Auch das war bekannt, wurde aber offenbar ignoriert. Man hoffte, dass es schon irgendwie weiter gehen würde. Obwohl die ein oder andere Blase längst geplatzt war.
„Zu meiner Zeit" sagte Peter noch „ hatten die Menschen in Deutschland 25.000€ Schulden pro Kopf und

60.000€ Vermögen. Das blöde war nur, dass die Schulden real waren und durch Steuern zurückbezahlt werden mussten. Das Vermögen hingegen existierte nur statistisch. Das Geld war ungerecht verteilt. 50% hatten 0€ Vermögen. 1% der Bevölkerung verfügte über 33% der Ersparnisse, und die reichsten 10% verfügten über 66% aller Ersparnisse. Volkswirte hatten berechnet, dass diese reichsten 10% locker die Schulden quasi aus ihrer Portokasse hatten bezahlen können. Sie hätten im Alltag nichts davon bemerkt. Sie hätten auf nichts, was sie sonst auch hatten, verzichten müssen. Aber diese Reichen hatten nicht nur Geld, sie hatten auch Macht. Sie kontrollierten die Parteien, und die Medien. Vor allem die Medien. „Aber wie haben die Parteien die Menschen dazu gebracht, sie noch zu wählen, wenn sie doch gegen die Mehrheit der Bevölkerung gearbeitet haben und nur die paar Reichen bevorzugt haben?" fragte Severin. „Nun", antwortete Peter „das ging mit einem Trick. Sie haben dem Volk eingeredet, dass es nicht anders geht und dass jeder irgendwann davon profitieren würde. Und die Medien halfen bei der Verblödung und Fehlinformation kräftig mit. Auch ich bin damals auf all die Lügen hereingefallen. Übrigens wurde das Hartz IV- Gesetz, von dem ich dir schon mal erzählt habe, nicht von dem Herrn Dr. Hartz geschrieben, sondern von der Bertelsmann-Stiftung, einem Teil des Bertelsmann Verlages. Es waren also die Reichen, die dadurch die Armen ruhig gehalten haben. Sie haben dafür gesorgt, dass die Menschen nicht hungern mussten und Unterhaltung hatten. Brot und Spiele wie im alten Rom, nur mit Fernsehen und Internet. Du kannst dir nicht vorstellen, was damals alles im Fernsehen gezeigt und auch angeschaut wurde. Die wenigen noch übrigen Intelligenten nannten es Assi-TV".

„Wenn das alles so gewesen ist, warum wollen dann immer noch Menschen diesen Kapitalismus wieder haben?" fragte Severin weiter. Peter hob die Schultern und sagte: "ich weiß es nicht." Das wusste niemand. Man wusste nur, dass es tatsächlich so war. Es gab immer noch Menschen, die wieder dem Geld nachjagen wollten. Das lag vielleicht am evolutionär bedingten Jagdinstinkt. Oder einfach an der Jahrhunderte langen Gehirnwäsche. Die Menschen zu verblöden war leicht gewesen. Sie jetzt wieder daran zu erinnern, dass sie intelligent waren, war wesentlich schwieriger. Dummheit war schließlich auch bequem gewesen. Sein Gehirn zu benutzen, konnte im Gegenzug schon mal in Arbeit ausarten. Nun, nicht mehr lange, und die Generation Geld würde endgültig ausgestorben sein. Und vielleicht war es ja gar nicht so schlecht, wenn sie noch da war und von den damaligen Mieseren berichten konnte. Man konnte diese Informationen durchaus zur Abschreckung nutzen. Diese Abschreckungsberichte gepaart mit Berichten über das, was alles besser geworden war, bewirkte in den Köpfen doch so einiges. Der Stacheldraht, der den Menschen damals durch die Köpfe gezogen worden war, begann sich langsam aufzulösen. Und nicht nur der. Auch die Grenzen der Länder verschwanden nach und nach. Die Einheitssprache hatte sich durchgesetzt. Und auch ein einheitliches Alphabet. Wobei die alten chinesischen Schriftzeichen oder die griechischen und kyrillischen Buchstaben und was es sonst noch so an Schriftzeichen gab, dennoch weiterhin gelehrt wurden. Man wollte damit sicherstellen, dass die alten Schriftwerke auch für kommende Generationen lesbar blieben. Nicht, dass es so ging, wie bei den Ägyptern, deren Zeichen später mühsam hatten entschlüsselt werden müssen. Die alten Botschaften der Maya waren trotz Computertechnik und trotz der Zusammenarbeit sämtlicher Sprach und Schriftforscher immer noch ein Rätsel. Obwohl so manche meinten, die Mayas hätten das Dilemma mit dem Kapitalismus schon vorausgesagt. Es wäre nicht der Weltuntergang an sich gewesen, den sie prophezeit hatten, sondern der Untergang des Geldes und damit auch der Menschheit. Beides war nun erfolgreich abgewendet worden. Aber noch befand sich die Welt in der Kurve. Noch war die Zielgerade nicht erreicht. Immer noch war alles in Aufruhr und im Umbruch. Beziehungsweise im Abbruch. Die ehemaligen Bankentürme wurden nun endgültig eingerissen. Das würde seine Zeit dauern, weil die Menschheit sich mittlerweile zum Recyclingmeister gemausert hatte. Daher konnten die Türme nicht einfach so eingerissen werden, sondern wurden nach und nach erst ausgeschlachtet und dann rückgebaut. Das so gewonnene Rohmaterial wurde sogleich wiederverwertet. Außer WC-Papier wurde so ziemlich alles irgendwie recycelt. Und sie hatten es endlich geschafft, eine wirklich sichere und effektive Atomtechnik zu entwickeln. Eigentlich war diese Technik schon damals verfügbar gewesen, aber es war den Verantwortlichen zu teuer gewesen. Atommüll einzulagern war billiger, ja brachte sogar noch Geld ein. Die Aktionäre waren immer hoch zufrieden gewesen. Umweltschäden waren, sofern sie ans Licht gekommen waren, erst heruntergespielt und dann ignoriert worden. Es wurde einfach nicht darüber berichtet. Aber einige hatten doch davon gewusst und hatten nun die durch die falsche Einlagerung verursachten

Schäden weitestgehend behoben. Das war eine Heidenarbeit gewesen. Vielerorts konnte man auch nur eine Schadensbegrenzung betreiben. Radioaktiv war eben radioaktiv. Das ging nicht von heute auf morgen weg. Man hatte es aber geschafft, den meisten Atommüll wieder so aufzubereiten, dass am Ende die Ausnutzung nahezu bei 100% lag. Freyas Ehemann Hans arbeitete in so einem modernen Atomkraftwerk. Sein Vater wiederum war beim Abbau der veralteten Kraftwerke dabei gewesen. Er war daher nicht sehr alt geworden. Krebs. Wie nahezu alle, die beim Abbau tätig gewesen waren. Sie hatten gewusst, dass es so kommen würde. Trotzdem haben sie es getan. Zur Erhaltung der Welt. Für ihre Nachkommen. Und die waren dann auch wenigstens entschädigt worden. Den Müttern beziehungsweise Ehefrauen waren die Punkte für die Arbeit ihrer Männer weiterhin gutgeschrieben worden. So lange, bis die Kinder selbstständig waren. Man kümmerte sich wirklich um jeden. Wenn die Mütter wieder heirateten, dann bekamen sie diese Punkte nicht mehr, weil dann ja einen neuen Mann hatten, der für sie sorgte. Auf diese Weise vermied man, dass jemand wesentlich mehr als andere anhäufen konnte. Jeder wurde versorgt, aber nur so viel wie nötig. Das war nur gerecht.
Severin war Gentechniker geworden. Das hatte ihn immer schon interessiert. Dinge zu ergründen. Zusammenhänge zu erkennen und zu erforschen. Und er wollte dabei helfen, die Menschheit weiterhin zu ernähren. Die Weltbevölkerung hatte sich, wie vor langer Zeit einmal von einem Professor sehr anschaulich dargelegt, bei 12 Milliarden eingependelt.
Damals hatten viele geunkt, eine solche Menge an Menschen könne die Erde niemals ernähren.

Hätte man nicht seinerzeit damit begonnen zubetonierte Parkplätze und Straßen zu renaturieren und zu bepflanzen und hätte man zudem die Gentechnik nicht so genutzt, wie man es getan hat, wäre das wahrscheinlich auch der Fall gewesen. Aber jetzt wuchsen überall essbare Pflanzen, sogar in Steppen und im Hochgebirge. Es war gelungen die Pflanzen anzupassen. Und es war gelungen, durch Kreuzung mit „normalen" Pflanzen das Hybridproblem zu lösen. Gentechnisch manipulierte Pflanzen waren nämlich ursprünglich nicht dazu in der Lage gewesen, Samen auszubilden. Sie hatten sich nicht Fortpflanzen können. Daher war man gezwungen gewesen, immer wieder aufs Neue, Pflanzen zu produzieren. Severin war sehr stolz darauf, zu einem der Teams zu gehören, die das Ganze vorangebracht hatten. Es war noch nicht perfekt. So manche Pflanzenarten sträubten sich immer noch dagegen und bildeten keine Samen. Aber er war sicher, dass die Menschen es früher oder später doch schaffen würden. Sie waren schon so weit gekommen. Da würden sie das auch noch schaffen.
Jahrestag.
Der Hackervorfall jährte sich zum vierzigsten Mal.
Es war nunmehr der einzige Feiertag weltweit. Als erstes waren damals die Kirchlichen und Religiösen Feiertage abgeschafft worden. Nur so konnte Religion wirklich zur Privatsache gemacht werden. All die anderen komischen Feiertage, wie Muttertag, Valentinstag, Weltnichtrauchertag und was sich die Industrie sonst noch so ausgedacht gehabt hatte, hatten sich mit dem Verschwinden des Geldes von selbst erledigt. Regional pflegte man noch die ein oder andere Tradition, weil die Feierlaune irgendwann wiedergekehrt war, aber längst nicht mehr im alten Ausmaß und auch

nur noch um des Feierns willen und nicht mehr, um damit Geld zu machen. Es war schön, sich auf so einem Fest zu tummeln, und sich alles, was an Naschereien und Karussells angeboten wurde, leisten zu können. Die Schausteller bekamen, wie alle anderen für ihre Arbeit Punkte gut geschrieben. Die Chips, die man bezahlen musste, waren nur „Umlaufvermögen". Sie wurden sogleich wieder in neue Waren oder in die Wartung der Fahrgeschäfte reinvestiert. Auch musste keiner mehr Standgebühren bezahlen, oder für Strom und Wasser. Und wie das duftete. Mandeln und Zuckerwatte wurden wieder frisch zubereitet. Lisa erinnerte sich, dass in ihre Kindheit Zuckerwatte in Eimern verkauft wurde. Und auch noch in giftigen Farben. Jetzt war sie wieder weiß oder rosa (mit rotem Sirup gefärbt)und wie anno dazumal auf einem Holzstock aufgetürmt, sodass das ganze Gesicht beim Verzehr klebrig wurde, wie sich das gehörte. Und wenn ein Kind gerade einmal keine Chips zur Verfügung hatte, durfte es trotzdem Karussell fahren, weil es ja im Grunde nichts kostete. Keiner musste mehr mit irgendwas Gewinn erwirtschaften. Das war doch wahrlich ein Grund zum Feiern. Jetzt galt es nur noch, einen adäquaten Namen für diesen Feiertag zu finden. Weil die Hacker, ganz wie einst die Agenten, immer noch im Geheimen operierten, nannte man ihn weiterhin den „Hackertag". Wirklich zufrieden war man mit dieser Bezeichnung allerdings nicht. Es klang noch nicht besonders genug. Vielleicht, wenn die sich endlich outeten und Namen bekannt würden, dann könnte man diesen besonderen Tag nach einem von ihnen benennen. Aber es wusste immer noch keiner, wer dazu gehörte. Würden sie sich nun nach so vielen Jahren endlich outen? Würden sie heute, an diesem

Feiertag endlich verraten, wie sie es gemacht hatten? Wohl eher noch nicht. Es gab ja immer noch „Überlebende" aus der Geldzeit. Und bestimmt gab es deshalb auch immer noch Untergründler, die versuchten das Geld wieder zu beleben. Feiern würde man trotzdem. Mit Feuerwerk und allem Drum und Dran. Wie an Silvester. Das war zwar auch kein richtiger Feiertag mehr, aber die Tradition des Feuerwerks war geblieben. Emissionswerte mussten ja nicht mehr beachtet werden. Dieses einstige Problem hatte sich mit Schließung der Kohlekraftwerke, Abschaffung der Privatautos und Verbesserung der Technik, quasi von alleine gelöst. Klimawandel war kein Angsteinflößendes Wort mehr, mit dem man Menschen dazu gebracht hatte, Staubsauger zu kaufen, die nicht mehr saugten, weil sie die erforderliche Energie dazu, nicht mehr brauchen durften. Wegen dieses Klimawandels durfte auf einmal keiner mehr eine altbewährte Glühbirne verwenden. Stattdessen waren die Menschen per Gesetz gezwungen worden, quecksilberhaltige und somit hochgiftige Leuchtmittel zu kaufen. Gab es dennoch einmal herkömmliche Glühbirnen, waren die von so schlechter Qualität und brannten oft schon nach ein paar Tagen durch, sodass man davon überzeugt sein musste, dass die neuen Leuchtmittel trotz Gift viel besser waren. Wo man auch hinschaute, die Menschen wurden überall nur noch betrogen und abgezockt. Ein Ende dessen, musste wahrlich gebührend gefeiert werden. Egal, ob man wusste, wer hinter dem Wandel steckte oder nicht. Das Klima hatte sich verändert. Aber die Forschung hatte gezeigt, dass das ganz normal war. Und auch, dass der Mensch darauf wenig bis gar keinen Einfluss hatte. Er musste sich eben anpassen und nicht versuchen dagegen anzukämpfen. Außer dem Hackervorfall gab es noch etwas zu feiern. Es war endlich gelungen, auch den Letzten Rest an Plastikmüll aus dem Meer zu fischen. Damals hatte es doch tatsächlich einen ganzen Kontinent aus Plastik gegeben, der auf dem Meer herumgeschwommen war. Viele Fische waren daran gestorben, weil sie eine Plastiktüte mit einer Qualle verwechselt hatten. Wale und Delphine waren oft genug daran erstickt. Als ob der Walfang und die Fischernetze nicht schon gereicht hätten. Der exzessive Fischfang hatte sich auch ziemlich zeitgleich mit Verschwinden des Geldes gelegt. So viele Fisch, wie die gefangen hatten, konnte kein Mensch essen. Aber die großen Schiffe hatten Geld einbringen müssen. Auch hier waren es erst die Aktionäre, deren Geldhunger gestillt werden musste. Und die, die wirklich nur vom Fischfang hatten leben müssen, waren dabei verhungert, weil sie nichts mehr fingen, oder fast nicht mehr. Und das wenige reichte zum Leben nicht mehr aus, geschweige denn zum Verkaufen. Hatten sie doch einmal einen größeren Fang, dann lohnte es trotzdem kaum, weil die Fischfangriesen, die Preise kaputt gemacht hatten. Wollten sie dennoch überleben, mussten sie verbotene Fische fangen. Überhaupt hatte Geldmangel damals viele dazu gezwungen, zum Beispiel geschützte Tiere zu schießen Jetzt hatte alles wieder seine Ordnung. Die am Meer lebten vom Fischfang und tauschten ihre Beute gegen Getreide oder anderes Landgut. Jeder konnte von dem leben, was seine Gegend gerade hergab. Das war manchmal nicht viel, aber es war immer ausreichend.

Gebiete wo nichts oder fast nichts wuchs, wurden zu Landschaftsschutzgebieten, weil Tiere nahezu überall lebensfähig waren. Und die Ansässigen konnten sich

als Fremdenführer, Tierschützer, Forscher oder ähnliches betätigen.
Denn auch der Tourismus war inzwischen, nachdem er erst völlig zum Erliegen gekommen war, wieder eingekehrt. Die Menschen reisten wieder. Allerdings nicht mehr per Flugzeug. Die hatte nur noch das Militär für absolute Notfälle. Schiffe hatten sich auf Dauer als sparsamer und effektiver erwiesen. Man achtete schon seit geraumer Zeit peinlichst auf die Ökobilanz. Damals in der Geldzeit nur ein Wort, weil es auch oft genug nur schöngerechnet worden war. Man hatte sogar Handel damit getrieben. Die richtigen Leute geschmiert und schon war alles in bester Ordnung. Das war vorbei. Wie auch die Angst vor Armut vorbei war. Es hatte eine Zeit gegeben, da hatten sich die Menschen vor „Altersarmut" gefürchtet. Obwohl genug Geld dagewesen war um sie alle versorgen zu können. Man hätte es nur etwas umverteilen müssen. Beziehungsweise überhaupt erst verteilen. Da hatte es eine kleine Gruppe von Menschen gegeben, die den Großteil dieses Geldes bei sich gehortet hatten. Wozu eigentlich? Hatten sie wie Dagobert Duck einen Bunker um darin zu baden? Und dann hatten sie es in Tresore gelegt, damit es sich vermehren sollte. Das war auch so eine komische Sache gewesen, Dachten die, die Geldscheine würden da drin miteinander Liebe machen und sich dadurch vermehren? Wahrscheinlich nicht. Es waren Zinsen gewesen, die für die Vermehrung gesorgt hatten. Zinsen war ein heute ein ganz böses Wort. Wobei viele kannten es schon gar nicht mehr.
Man redete immer weniger von Geld, Zinsen und Finanzen. Eigentlich nur noch am „Hackertag". Andrea und Peter wollten heute zur Feier des Tages mal

wieder eine Predigt besuchen. Denn obwohl dies ein weltweiter Feiertag war, beging jeder ihn auf seine eigene Weise. Mancherorts hielten Ortsvorsteher oder andere „höhere" Persönlichkeiten reden ab, und auch wenn es keine Kirche mehr gab, so gab es doch noch Glaubensgemeinschaften, die sich dann die Predigten ihrer Priester anhörten. Natürlich standen diese höheren Persönlichkeiten nicht wirklich über allen anderen und auch Priester waren nicht mehr so wie früher. Es handelte sich einfach um besonders belesene und gebildete Personen mit guten Führungseigenschaften und diplomatischem Geschick, die von einer gleichgesinnten Gruppe, Dorfgemeinschaft oder ähnlichem, zu diesem Amt berufen wurden. Wie eine Viehherde, so brauchten auch die Menschen so etwas wie ein Leittier. Jemanden, der sich auskannte, gut verhandeln und vermitteln konnte. Und so saßen die beiden nun mehr oder weniger andächtig in einer alten Kirche und lauschten folgenden Worten:

„jemand hat mir einmal gesagt, das Christentum wäre nur aus Protest gegen die dekadente Lebensweise der einstmals herrschenden Römer entstanden. Schon damals wurde versucht, den Menschen klar zu machen, dass Geld und Reichtum etwas Böses ist. Und beinahe hätten sie den Umbruch auch geschafft. Leider kam da ein „kluger" Papst dazwischen, der sich die Bibel für seine eigenen Zwecke zu Nutze machte. Er berief ein Konzil ein und dort wurde beschlossen, nur die Teile in die Bibel aufzunehmen, die den Eliten auch von Nutzen waren.

Vor allem wollte man das Volk dadurch unten und ruhig halten, indem man Angst vor dem Teufel und der Verdammnis schürte. Man redete den Armen ein,

dass nur sie in den Himmel kämen. Auf einmal war der Reichen Wille, Gottes Wille.
Aber Gott hat niemals gewollt, dass Menschen in seinem Namen Kriege führen! Er hat auch nie gedroht, schon gar nicht mit dem Teufel. Es mag diesen Teufel wohl gegeben haben und auch noch geben. Aber jeder sollte selbst entscheiden, wem er folgen will. Und er muss dann auch die Konsequenzen tragen. Wer in eine Flamme fasst, der verbrennt sich. So ist das nun mal.
Nicht Gott oder ein Engel mit Flammenschwert hat uns aus dem Paradies vertrieben, sondern wir haben uns selber dagegen entschieden.
Es steht auch etwas von Umkehr in der Bibel. Und dass derjenige, der Umkehrt nicht zurückblicken soll. Die Geschichte von Lot und seiner Frau, die einst zur Salzsäule erstarrt war, veranschaulicht das sehr bildhaft. Blicke nicht zurück-löse dich von der Vergangenheit-vertraue auf die Zukunft. Das gilt auch heute noch. Wenn du zurückblickst, kommst du nicht vorwärts. Du erstarrst.
Es steht immer noch so viel Wahres in der Bibel. Mögen manche Geschichten auch unwahrscheinlich erscheinen. Es geht nicht um die Figuren und das Geschehen, sondern um die Psychologie und die Botschaft, die darin steckt.
Sozusagen die „Moral von der Geschicht".
Diese Botschaften sind wahr.
Ob da nun eine Sintflut war, sich das Meer geteilt hat, oder Plagen über einen Pharao gekommen sind,
ist unerheblich.
Es ist die Botschaft – der Kern –
die Essenz des Ganzen, die wichtig sind.

Lebe bescheiden, liebe deinen Nächsten, stehle nicht, morde nicht, respektiere andere, nimm dich selbst nicht so wichtig. Es ist schön zu sehen, dass nun alle im Grunde nach dem Prinzip der Bibel leben. Ihr nennt euch nicht mehr „Christen" aber ihr seid es geworden, ohne es zu merken. Amen."
Oh, was würden die Atheisten, die behaupteten an nichts außer an die Wahrheit zu glauben und an die Wissenschaft, jetzt aufschreien. Denn es stimmte. Es war die Wahrheit. Die Menschen lebten nun endlich so, wie Gott es sich ursprünglich erdacht hatte. Es war ihm nur dummerweise der freie Wille dazwischen gekommen. Diesen freien Willen, hatten die Hacker erst einmal unterbinden müssen. Sie taten es noch. Schränkten ihn zumindest noch ein. Andrea hoffte, dass dies irgendwann nicht mehr sein muss. Sie hatten ja schon die Freiheit, überall hingehen zu können, wo sie nur wollten. Die Grenzen waren weg. Es gab keine Nationen, Länder oder Staaten mehr. Keiner brauchte mehr ein Einreisevisum oder gar eine Aufenthaltsgenehmigung. Zuerst hatten die ehemaligen Europäer ja befürchtet, es würden nun alle auf sie zustürmen. Aber das war nicht geschehen. Die Menschen fühlten sich in ihren Heimatgebieten, nachdem die Kriege abgeschafft worden waren, sehr wohl. Die Heimat konnte nichts ersetzen. Es war nicht mehr notwendig, woanders hinzugehen um es dort „besser" zu haben. Man ging höchstens weg, um einmal etwas anderes kennen zu lernen. Irgendwie war ein ständiger Kreislauf entstanden.
Und eine Durchmischung. Weiße Herrenmenschen, die dunkelhäutige zu Sklaven machten, gab es längst nicht mehr.

Herrscherkronen lagen nur noch in Museen, zur Mahnung es nie wieder soweit kommen zu lassen. Und um zu unterstreichen, dass diese Kronen nun wirklich wertlos waren, wurden sie auch nicht mehr gesichert ausgestellt. Sollte wirklich einmal jemand auf die Idee kommen, eine davon zu stehlen, dann war das nicht weiter schlimm. Niemand konnte damit mehr reich werden. Gold war zu einem reinen Werkstoff, meist für Computertechnik geworden. Man sah es nicht mehr als „Edelmetall". Und auch Edelsteine galten nicht mehr als solche. Rubine verwendete man für die Lasertechnik, andere Steine höchstens noch als Schmuck.
Hubert Knauser, von seinen Freunden liebevoll „Berti" genannt, ist gestorben. Langsam aber sicher starben die Banker und ehemaligen „Geldmacher" aus. Berti hatte sich ja noch gewandelt. Er hatte alles gewollt so mitgemacht, wie es gekommen war. Er hatte sich nicht, wie viele andere seiner Zunft gesträubt oder gar dagegen angekämpft. Nein, er war glücklich gestorben, in dem Wissen, sogar noch dabei geholfen zu haben, dass die Welt wieder eine bessere werden konnte.
Letztes Jahr hatten sie noch seinen neunzigsten Geburtstag gefeiert. Alle waren sie dort gewesen: Peter und Andrea, ihre Kinder Lisa und Tom, die Enkelkinder Freya und Severin und sogar die vier Urenkel. Dann noch ein paar Freunde und Nachbarn. Eine eigene Familie hatte Berti nie gehabt. Er war zwar , als er in Altersruhe gegangen war, ein paar Jahre eine Partnerin gehabt, aber Berti war von seinem Wesen her weiterhin Buchhalter geblieben, und damit war sie wohl nicht klar gekommen. Manche waren halt einfach dazu bestimmt, als einsamer Wolf durchs Leben

zu wandern. Wobei wirklich einsam war Berti trotzdem nie gewesen. Er hatte seine Aufgabe gefunden gehabt und wirklich viele Freunde. Echte Freunde. Nicht nur so Pseudofreunde, wie es sie in der Geldzeit haufenweise gegeben hatte. Hatte man Geld gehabt und war man spendabel, dann hatte man derer viele. Aber wehe, man rutschte ab. Wehe man gehörte nicht dieser Elite an. Nur wegen des Geldes hatte es Zwangsehen gegeben. Damit ja nicht einer auf die Idee kommen konnte, unter seinem Stand zu heiraten. Oder es waren Ehen aus politischen Gründen geschlossen worden. Heute heiratete man, wenn überhaupt, aus Liebe. Meist tat man sich aber nur zum Zwecke der Familiengründung zusammen, und blieb es dann auch, bis die Jungen flügge waren. Das gehörte sich so. Jetzt, wo niemand mehr von Geldsorgen oder Arbeitsstress gedrückt wurde, liefen die Partnerschaften bestens. Man hatte Zeit füreinander. Man ging respektvoll miteinander um. Mann und Frau waren gleichberechtigt. Keiner sprach mehr davon, dass die Frau dem Manne untertan sein sollte. Dies war auch so etwas, was irgendwer einmal nachträglich in die Bibel eingefügt hatte. Jetzt war diese vollkommen neu geschrieben worden. Alle gefundenen Evangelien und Schriften waren darin enthalten. Und nicht nur das. Man hatte aus allen Glaubensschriften eine Einheitsschrift verfasst. Das war möglich, weil im Grunde in jeder Schrift dieselbe Botschaft versteckt lag. Und jeder konnte nun selber entscheiden, ob er einen Gott anbeten wollte und auf welche Weise er dies tat. Ob kniend auf einem Teppich oder sitzend in einer Kirche oder ganz still alleine zu Hause, es war egal. Hauptsache man verstieß nicht gegen das Weltgrundgesetz.

Dieses war auch ganz einfach eine Zusammenfassung aller damals bestehenden Grundgesetze, die alle im Prinzip gleich gelautet hatten. Nur hatte man nicht wirklich danach gelebt. Es waren nicht alle frei und gleich gewesen, obwohl sie es laut ihrer
Grundgesetze und Verfassungen hätten sein müssen. Das Geld hatte die Welt regiert. Heute undenkbar und unvorstellbar. Damals war man zum Teil mit Tieren besser und respektvoller umgegangen, als mit Menschen. Es hatte Leute gegeben, die sich darüber aufregten, wenn Hunde und Katzen gequält wurden, oder zu Versuchswecken herangezogen wurden. Gleichzeitig schauten dieselben Leute aber weg, wenn Menschen in Not waren, zündeten gar Asylbewerberheime an. Was einmal ein Asylbewerberheim gewesen war, wusste auch kaum noch einer. Eigentlich nur noch die Alten. Es hatte sich wirklich viel getan in den letzten vierzig Jahren.
Der Hackertag neigte sich dem Ende zu, die Arbeit derselben, war aber noch längst nicht beendet. Und wenn es nicht gelang, das Denken, Fühlen und Handeln der Menschen vollkommen zu wandeln, dann würde sie wohl auch nie enden. Aber das war nicht das Ziel. Es sollte eine Welt geformt werden, in der die Menschen ohne Kontrolle und ohne Strafandrohung, eigenverantwortlich handelten. Die Hacker glaubten fest daran, dass es möglich war. Sie durften nur die Geduld nicht verlieren.
Andrea würde es wohl nicht mehr beschieden sein, das noch zu erleben. Aber der Vorgeschmack darauf war schon ganz vielversprechend, dass ihre Ururenkel es geschafft haben würden.
Das Bildungswesen, was ja eine Grundvoraussetzung, für das Gelingen war, war ja schon vervollkommnet.

Alle hatten Zugang zu dem selben Wissen. Nicht mehr so wie einst, als es sogar in so einem kleinen Land wie Deutschland kein einheitliches Bildungswesen gegeben hatte. Und das nur, weil es in sechzehn Bundesländern, ebenso viele Bildungsminister
gegeben hatte, die allesamt im Grunde keine Ahnung von dem hatten, was sie taten, sich aber darin profilieren wollten. Es war Andrea immer noch ein Rätsel, warum es nicht möglich gewesen war, für alle dieselben Bücher und Lehrpläne zu schaffen. Ein Argument war einmal gewesen, dass die Lehrkräfte ja dann ihren Unterricht hätten umstellen müssen und dazu wären sie nicht in der Lage. Was waren das für Lehrkräfte gewesen? Fast fing Andrea an, sich im Nachhinein noch darüber aufzuregen. Im Grunde hatte sich nur deswegen nichts geändert gehabt, weil es neue Bücher gebraucht hätte und auch vieles andere und das hätte Geld gekostet. Und wieder war ein eigentlich einfaches Projekt am Geld, beziehungsweise am Mangel desselben, gescheitert. Und an der Machtgeilheit der Minister, die ja bestimmen konnten und das auch taten, egal ob es sich als Sinnvoll erwies oder nicht. Wurde man halt in der nächsten Wahlperiode Nicht mehr Kultus- sondern Finanzminister. Davon hatte man zwar auch keine Ahnung, aber egal. Konnte einem ja nichts passieren, wenn man es vermasselte. Man bekam trotzdem seine Pension und sogar eine Abfindung. Oder man kam in den Aufsichtsrat eines großen Konzerns. Lukrativ war alles, solange man nach der Pfeiffe des Geldadels tanzte. Warum sich die Menschen das damals alles so hatten gefallen lassen, konnte sich Andrea nur mit deren Dummheit erklären. Sie waren allesamt nur noch Schafe gewesen und

hatten sich auch so verhalten. Wahrscheinlich war so ein Schaf sogar noch klüger gewesen.

Und hielt man den Menschen ihre Dummheit vor, stupste sie regelrecht mit der Nase darauf, wie es die damaligen sogenannten Kabarettisten und Satiriker getan hatten, dann hatte man nur darüber gelacht.

Die hatten das tatsächlich auch noch lustig gefunden. Andererseits waren diese Kabarettisten auch gezwungen gewesen, es lustig rüber zu bringen, sonst wäre ihnen von den Medien nicht erlaubt worden, aufzutreten. Freie Meinungsäußerung hatte es nämlich auch in Europa nur auf dem Papier gegeben. Wo es nur ging wurde verschwiegen, manipuliert und gelogen. Es war sehr schwer geworden, Wahrheit von Lüge zu unterscheiden. Man musste immer genau schauen, wer hinter einer Nachricht steckte und wem diese wie nützte. Vielfach wurden Nachrichten zur Verbreitung von Angst benutzt, um Menschen in eine ganz bestimmte Richtung zu lenken. Kaum einer dachte noch selbst. Man las eine Meinung und übernahm sie dann und dachte das Gegenteil. Irgendwer, war immer darauf bedacht, dass die Gesellschaft gespalten war. Man gab den Menschen etwas, worüber sie sich aufregen und diskutieren konnten, um still und heimlich ein neues Gesetz durchzuboxen, das wieder nur den Reichen nützte. Oder man schloss Handelsabkommen, die das Volk so nie wollte, was die Politiker auch wussten. Wenn man alleine daran zurück dachte, dann war das bisschen Kontrolle heutzutage nahezu ein Segen. Sollten die ruhig weiterhin kontrollieren, damit nur ja keiner mehr auf die Idee kam, so etwas wie Weltmacht erlangen zu wollen. Jetzt wo drei Generationen nebeneinander und miteinander lebten,

war diese Kontrolle wichtiger denn je. Weil immer noch lebten Menschen aus der Geldzeit, die Einfluss auf die nachfolgende Generation hatten. Noch immer lebten Ex-Politiker, Ex-Diktatoren, Ex-Börsenmakler, Ex-Banker und auch Ex-Nazis. Sie alle arbeiteten gegen die Neuordnung. Bisher erfolglos. Aber man musste sie im Auge behalten.
Und sie immer mehr eindämmen, bis dieses Problem sich auf natürliche Weise lösen würde. Eine Rassenvermischung war immer noch nicht jedermanns Sache. Obwohl man das heute gar nicht mehr so bezeichnete.
Das lief heute unter der Bezeichnung „Genaustausch". Auf der anderen Seite hatte man die „Homoehen" wieder abgeschafft, weil dies einfach nicht natürlich war. Und schon gar nicht, Kinder in so einer Ehe aufzuziehen. Dies war am Ende aber auch kein Problem mehr gewesen, weil die Ehe an sich als Form des Zusammenlebens wegen der nun fehlenden Gründe wie Steuervorteile oder Erbschaftsrechte, kaum noch üblich war. Man lebte einfach zusammen, egal ob Gleichgeschlechtlich oder als Mann und Frau. Niemand wurde wegen seiner Veranlagung geächtet.
Ja, vieles, sehr vieles sogar war nun anders
 – besser – geworden.
Möge Gott geben, dass es so bliebe.

Alles Neu

Fünfzig Jahre nach dem Hackervorfall.
Morgen war wieder ein Jahrestag. Und diesmal würde es ein ganz besonderer werden. Die Hacker hatten angekündigt, endlich einiges offen zu legen, weil es ein Jubiläumsfeiertag war. Fünfzig Jahre waren schon eine lange Zeit. Trotzdem war immer noch nicht alles im Lot. Vor allem die Sache mit den Kontrollen stieß den Leuten noch sauer auf. Dabei waren sie damals in der Geldzeit viel mehr kontrolliert, ja regelrecht bespitzelt worden. Man hatte den Leuten eingeredet, es geschähe alles nur zu ihrem Besten. Es wäre alles nur zu ihrem Schutz. Schutz vor was? Vor Terror? Das hatten die ja auch ganz geschickt eingefädelt. Immer wenn die Menschen zu sorglos wurden, gab es auf einmal irgendwo einen „Terroranschlag". Es gab Blogger und andere kluge Köpfe, die immer wieder darauf hinweisen, dass alles nur Show war. Alles diente nur dazu, die Menschen unter Kontrolle zu halten. Sie gegeneinander auszuspielen um so ganz nebenbei den Konsum zu fördern, Kriege zu rechtfertigen und die Waffenindustrie am Leben zu halten. Man gab den Leuten Handys mit GPS-Funktion und dazu noch Spiele Apps, damit sie es auch fleißig nutzten. Keiner machte sich Gedanken darum, dass wenn er sich selber orten konnte, andere das auch tun konnten. Und es auch taten. Wohl dem, der sich nicht zu oft an „falschen" Orten aufhielt. Es wurde mit privaten Daten reger Handel getrieben. Durch Payback-Karten und Kartenzahlfunktionen konnten die genau nachvollziehen, wer was wann wo gekauft hatte.

Manch einer mochte das nicht schlimm gefunden haben. Andrea hatte die ständige Werbung immer als lästig empfunden. Sie hatte dann eines Tages ihre Payback-Karte einfach vernichtet, mitsamt den Punkten drauf, und auch nur noch bar bezahlt. Und siehe da, die an sie direkt adressierten Werbesachen verschwanden nach und nach. Überhaupt war dieses Punktesammeln auch nur Augenwischerei gewesen. Es gab niemals etwas gratis oder geschenkt. Auch wenn es draufstand. Das sagte sie sich immer laut vor, wenn sie doch einmal fast in Versuchung geriet an so einer „Gratis-Aktion" teilzunehmen. Keiner schenkt dir was! Es gab immer irgendwo den berühmten Pferdefuß. Manchmal nicht sofort ersichtlich, aber doch immer vorhanden. Jetzt war alles ehrlich. Kein Händler hatte es mehr nötig, seine Kunden zu betrügen. Die hätten ihn auf der Stelle aus dem Laden gezerrt und gelyncht oder verprügelt so wie anno dazumal die Bierpanscher. Alles war direkter geworden. Vergehen wurden sofort geahndet. Das war möglich geworden, weil genug Menschen für die Ausübung der Kontrolle und Friedenswahrung da waren. Kostete ja kein Geld mehr. Und damit keiner auf die Idee kommen konnte, da irgendwie Macht aufzubauen, waren diese Friedenswahrer immer aus anderen Gegenden und auch nur für begrenzte Zeit eingesetzt. Und wirklich aufgehängt wurde nie jemand. Zumindest konnte sich Andrea an keinen derartigen Vorfall erinnern. Selbst ihre Freundin Babsi aus der Stadt hat nie etwas in dieser Richtung erzählt. Die Welt fühlte sich nicht nur friedlich an, sie war friedlich.

Hackerday.

Rede zum Fünfzigsten Jahrestag:
„Liebe Menschen! Heute ist ein ganz besonderer Tag. Ein halbes Jahrhundert ist es nun schon her, seit das Geld abgeschafft wurde. Und siehe da:
Die Erde dreht sich noch. Keiner musste verhungern. Es gibt keine Armut und keine Not mehr. Auch keine Macht mehr. In den letzten Jahren wurden wir immer wieder gefragt, wie wir das gemacht hätten. Nun, ich kann immer noch keine Namen nennen, weil es immer noch Gegner der neuen Ordnung gibt, die uns aus dem Weg räumen wollen. Aber so viel kann ich verraten. Es war und ist immer noch harte Arbeit, alles so aufrecht zu halten und das Geld endgültig aus allen Köpfen zu verbannen. Wir haben fast zehn Jahre lang Vorbereitungen getroffen. Unser Leute an strategisch wichtigen Punkten eingeschleust. Lehrkräfte, Psychologen, Landwirte, Bürgermeister, Nerds -davon jede Menge- sie alle mussten erst einmal auf unsere Seite gebracht werden. Bei den Landwirten war das nicht sehr leicht gewesen. Wir sind auch an so manchem sturem Bauernschädel gescheitert. Wohl auch, weil wir sehr behutsam vorgehen mussten. Wir konnten selten direkt sagen, was wir im Schilde führen. Schließlich sollten die Reichen und Mächtigen keinen Wind davon bekommen. Die hätten sonst alles im Vorfeld schon unterbunden. Es war eine absolute Geheimoperation.
Wir konnten unsere Leute auch in den hohen Rängen beim Militär unterbringen. Auf diese Weise wurde dieses mit den Jahren „unser" Militär, welches uns dann auch mit einem Schlag die ganzen Diktatoren und Gewaltherrscher vom Halse geschafft hat.

Und nun wahrt es immer noch den Frieden. Genauso sind wir mit den Polizeiapparaten verfahren.
Auch in der Politik konnten wir Leute in Schlüsselpositionen platzieren.
Schon damals hatten sich Wissenschaftler, Professoren, Doktoren und auch ganz „normale" Menschen mit dem Thema „Welt ohne Geld" befasst. Die eine haben Bücher und Aufsätze geschrieben, andere versuchten über Blogs ihre Visionen zu verbreiten. Aber so wirklich interessiert hatte es keinen. Es hatte auch Berichte über Menschen gegeben, die damals schon seit zwanzig Jahren ohne Geld lebten. Es hatte funktioniert. Nur leider nicht für alle. Das hätte es auch nie, wäre das Geld geblieben. Es wäre eine Parallelgesellschaft entstanden. Das wollten wir vermeiden. Wir wollten, dass endlich alle gleich sind. Dass alle dieselben Chancen haben.
Und wir haben es geschafft!"
Großer Applaus. Ja, sie hatten es geschafft. Er der „Oberhacker" von dem immer noch keiner den Namen wusste, hatte es gesagt.
Andrea und ihre Familie, die sich zur Feier des Tages, komplett eingefunden hatte, machten sich auf den Heimweg. Severin, Andreas Enkel und Sohn von Tochter Lisa, wirkte sehr nachdenklich. Andrea fragte ihn was los sei. Er meinte, die Sache mit den Kontrollen, würde er nicht so befürworten. Und auch nicht, dass immer noch so viele „Ordnungshüter" überall präsent wären, würde ihn stören. Tom, der mitgehört hatte, meinte: „ Das Geld ist in vielen Köpfen immer noch da. Viele haben damals gemeint, ohne Geld würden sie streben. Sie hatten eine Weile gebraucht, um zu begreifen, dass man Geld nicht essen kann. Man konnte sich wohl Essen davon kaufen.

Aber das hatte dann auch anders funktioniert. Die Kontrollen sind nötig, weil die Verteilung der Nahrung und aller sonstigen zum Leben notwendigen Güter, organisiert werden muss. Es geht nicht mehr, wie damals, darum, zu sehen, wer was tut, sondern nur um gerechte Verteilung und Friedenswahrung."
„O. K." meinte Severin, „trotzdem würde ich mich ohne besser fühlen".
Jetzt mischte sich auch Freya ein:" also ich glaube, es ist gut so, wie es gerade ist. Wir sind einfach noch nicht so weit, dass die uns von der Leine lassen können. Es ist doch zum Wohle aller. Immerhin werden wir nicht, wie in Huxleys „schöne neue Welt" mit Tabletten ruhig gestellt oder gar als Sklaven geklont. Wir dürfen frei reden und denken."
„Aber ist dieses heutige Denken und Reden nicht auch gelenkt?" warf Severin ein.
Tom erwiderte:" ja, schon. Damals als alles anfing, hatten sie erst vier Wochen lang überall Plakate mit negativen Slogans wie >Geld ist böse<,> Geld = Teufel<, >Geld schafft Ungerechtigkeit<,>Geld fördert Krieg< und >Hunger trotz Geld<.
Danach las man überall nur noch positive Slogans wie:> Endlich GELD-FREI<, >Alle sind gleich>, und mein Favorit > Endlich alle satt<. Darauf waren lachende Kinder jeder Hautfarbe abgebildet. Ein jedes hatte etwas zu essen in der Hand. Eines biss sogar gerade herzhaft in einen saftigen Apfel. Nie wieder sollten Menschen sich Plakate mit halb verhungerten Negerkindern ansehen müssen, die einem mit großen Augen flehend anblickten. Also da sehe ich doch lieber ein paar Ordnungshüter."
Da musste sich Severin dann auch eingestehen, dass dies bisschen Kontrolle die bessere Option war.

Und er sah auch ein, dass wohl wirklich noch nicht alle bereit für wahre Freiheit waren.
Die folgenden Jahre brachten erst einmal noch mehr Kontrollen mit sich. Aber auch nur zum Vorteil aller.
Die Menschen bekamen im Laufe ihres ersten Lebensjahres einen Chip unter die Haut gepflanzt.
Dieser enthielt alle wichtigen Informationen zur Identifikation, wie DNA, und Gesundheitsdaten. Es gab ja keine Ländergrenzen mehr und somit waren Ausweise und Pässe weggefallen. Anhand der Chips konnte jeder, überall auf der Welt identifiziert werden und auch überall unkompliziert zum Arzt gehen, wenn es akut wurde. Es war keine Blutabnahme mehr nötig und jeder Arzt konnte sich sofort ein Bild über den Patienten machen. Das erwies sich schon oft als lebensrettend, vor allem wenn der Patient nicht ansprechbar war. Auch in der Verbrechensbekämpfung erwiesen sich die Chips als hilfreich, weil die DNA eines jeden gespeichert wurde. Das Geldmotiv war zwar weggefallen, aber Eifersucht und Psychische Ursachen für Morde gab es trotz aller Bemühungen immer noch. Das würde wohl auch nie zu hundert Prozent zu vermeiden sein. Man wollte den eigenen Willen ja nicht ganz abschalten. Man setzte weiterhin auf Aufklärung und Psychotherapie. Damit hatte man zumindest die Pädophilen und Vergewaltiger in den Griff bekommen können. Anzeichen wurden früh erkannt und behandelt. Hier auch mit Medikamenten. Fehlgeschalteten Synapsen war einfach nicht anders beizukommen. Knapp ein Jahr nach der Jubiläumsfeier kam die Familie erneut zusammen. Diesmal aus traurigem Anlass. Konrad, Lisas Mann war gestorben. Peter, Andraes Mann, hatte schon vor fünf Jahren das Zeitliche gesegnet. Zuvor war Berti gegangen.

Vor zwei Jahren starb Babsi gefolgt von Sascha.
Ihn, insbesondere ihre tiefsinnigen Gespräche, vermisste Andrea am meisten. Sie war nun das letzte Überbleibsel aus der Geldzeit in der Familie. Und weil das so war, musste sie dann auch wieder ganz viel von damals erzählen. Oft kam die Familie ja nicht mehr zusammen, und Andrea hatte nun schon die Neunzig angekratzt. Alle Urenkel und Ururenkel saßen um sie herum und lauschten gespannt. Uns nicht nur einmal rissen sie ihre Augen und Münder vor ungläubigem Staunen über so viel Dummheit, weit auf. Die kleine Xenia, gerade einmal vier, fragte dann auch „was ist denn ein Pikatschu?"
Andrea erklärte nochmal, dass es damals ein Spiel genannt „Pokemon Go" gab und Pikatschu wäre die Lieblingsfigur gewesen. Kaum einer, der ihm nicht hinterhergejagt wäre. Einmal hatten Eltern ihr erst zweijähriges Kind allein zu Hause gelassen. Es sollte sich mit diesem Spiel beschäftigen. Hat es dann auch gemacht. Nur dummerweise musste man, bei diesem Spiel nach draußen, um die „versteckten" Figuren zu finden. Nachbarn, die dieses Kind dann herumirren sahen, haben die Polizei gerufen und die hatte die Eltern dann verhaftet." Die Kinder wussten schon, was ein Handy ist, die gab es ja noch. Aber das mit dieser Spiele App und wie man auf so etwas süchtig werden konnte, verstanden sie nicht. Sie fanden die reale Welt viel spannender. Sie kannten alle heimischen Vögel nicht nur mit Namen, sondern auch, was diese fraßen, wann sie brüteten, konnte sogar die Gesänge unterscheiden. Zur Geldzeit hatten sich Kinder und Jugendliche Kopfhörer mir lauter Musik aufgesetzt, wenn sie nach draußen gingen. Die wussten gar nicht mehr, wie sich Natur eigentlich anhörte.

Und es war ihnen auch egal geworden. Den meisten zumindest. Die Eltern waren ja mit Arbeiten beschäftigt. Von denen konnten sie es nicht lernen. Und in der Schule? Ja, es gab Biologieunterricht. Aber viele Lehrer waren so in ihrem Trott drin, gestalteten den Unterricht derart langweilig und eintönig, dass kaum einer wirklich zuhörte. Dann waren solche Fächer auch immer weiter reduziert worden. Die Kinder wurden nur noch auf Geld machen und Geld ausgeben getrimmt.

„Das ist ja schrecklich", piepste Xenia. „Ja, das war es", antwortete Andrea. „Auch ich war noch in dieser Mühle gefangen. Ich hatte einmal ein riesiges Badezimmer mit Einbauschränken. Darin war so viel Platz, dass es aussah, wie in einem Drogeriemarkt. Ich konnte jeden Tag zwischen mindestens zehn verschiedenen Duschbädern wählen. Zitrone- oder Vanilleduft, mit oder ohne Ölperlen, Lila, blau oder farblos. Ich hatte alles. Dann nach dem Hackervorfall, hab ich sie nach und nach verbraucht und jetzt hab ich nur noch eins. Ich dusche auch schon lange nicht mehr jeden Tag. Das haben die Hersteller dieser ganzen Körperpflegeprodukte uns nur eingeredet, dass das nötig wäre. Und weil so häufiges Duschen die Haut austrocknet, musste man dann entsprechend viele Körperlotionen haben. Da hatte ich auch mehrere verschiedene. Ich mochte die unterschiedlichen Düfte. Und dann gab es auch dünnflüssige die schnell einzogen und dickere, für besonders trockenen Haut. Als nächstes hatte ich auch noch verschiedene Zahnpasten. Obwohl überall dieselben Wirkstoffe drin waren. Der Unterschied bestand im Geschmack und in der Farbe. Einmal hatte ich sogar ein Orangengel mit Glitter drin."

Die Kinder staunten nur so. Natürlich gab es auch heute wieder eine gewisse Auswahl. Aber keiner hatte mehr als eine Tube bei sich zu Hause.
Und erst wenn diese aufgebraucht war, konnte man eine andere Sorte wählen. Das lernten die Kinder schon von klein auf so. Jeden Tag geduscht wurde auch schon seit
Jahrzehnten nicht mehr. Wasser war kostbar. Andrea erzählte, dass es in Amerika eine Stadt mitten in der Wüste gegeben hatte. Las Vegas, nunmehr eine Geisterstadt. „ Fast jeder hatte einen Swimmingpool. Aus unzähligen Springbrunnen verdunstete das Wasser in der Wüstensonne. Wasser, das von weither umgeleitet werden musste. Andere Regionen begannen auszutrocknen. Da hatten die Menschen dann begonnen, aus ihren Rasenflächen, Kiesflächen zu machen, Springbrunnen wurden nur noch Nachts betrieben und so mancher Swimmingpool war abgelassen worden. Aber auch dann verbrauchten die Menschen noch zu viel Wasser. Und nicht nur das. Las Vegas verbrauchte auch noch Unmengen an Strom, weil fast alles beleuchtet war. Bunte Glühbirnen, später dann LED's, und Leuchtreklamen wohin man auch sah. Im Nahen Umkreis war nachts kein Stern am Himmel zu sehen. Man konnte die Stadt sogar vom Mond aus problemlos orten. Angefangen hatte alles mit ein paar Spielcasinos. Da musste Andrea auch erst einmal erklären, was das war. Damit hatte man die Menschen auch ganz gut ablenken können. Nicht wenige waren Glückspielsüchtig gewesen. Schöne bunte Bilder, viel Blink Blink und Kling Kling.
Die ganzen Casinos und Spielhallen hatten so viel Umsatz gemacht, dass sie es sich leisten konnten, die Getränke für ihre „Kunden" kostenlos auszuschenken.

Und zwar hochwertige Sachen. Kein Kaffee, der nach Spülwasser schmeckte, wie in so manchem normalen Café. Andrea und Peter waren daher so manches mal in so eine Spielhatte auf einen Kaffee gegangen und hatten dort einfach mal 2€ in einen der Automaten gesteckt. Manchmal hatten sie sogar noch was gewonnen. Und wenn nicht, so waren zwei Tassen Kaffee für zwei Euro immer noch billiger gewesen, als anderswo. Trotzdem war das mit der Spielsucht schon ein Problem gewesen. Es war auch erkannt worden, und die Regierungen hatten dann vereinzelt Verordnungen erlassen, dass der Abstand zwischen zwei Spielhallen grösser als bisher sein müsse. Geschlossen hatten sie aber keine. Dafür kassierten sie zu üppige Steuern. Und weil die wenigsten ihre eigene Spielsucht eingestanden und sich daher auch nicht behandeln ließen, kostete es auch dem Gesundheitssystem nichts." „Was sind denn Euro"? Fragte Fritzchen. „Das war damals eine Währung. Das stand auf den Geldstücken drauf. Warte, ich hole grad mal eins". Andrea ging nach oben und kam kurze Zeit später mit ihrem alten Sammelalbum wieder. Darin waren alle Eurostücke der damaligen EU-Länder. Das warf natürlich wieder neue Fragen auf. Die Kinder hatten ja noch nie etwas von EU gehört. „Ja, diese EU damals. Das war ein Verein gewesen, dass sag ich euch. Die haben alles reglementiert. Zum Beispiel wie lang und wie dick eine Gurke sein musste. Und vor allem gerade musste sie sein. Dann wurden Dinge und Länder subventioniert. Also Sachen, die eigentlich nicht wirtschaftlich waren, wurden gesponsert. Nicht mehr der Markt regelte die Preise, Angebot und Nachfrage, sondern die EU. Die mischten sich am Ende überall ein. Erfanden mehr oder weniger sinnvolle

Verordnungen, bis sie selbst in dem ganzen Wirrwarr nicht mehr durchblickten. Parteien, die unliebsame oder einfach dämliche Abgeordnete loswerden wollten, steckten den einfach in die EU-Kommission."
„Wie konnte denn einer der dämlich war, Politiker werden?" „Ganz einfach. Man musste nur geschickt reden können und gut verschleiern
Eine Abgeordnete hatte mal ihren Lebenslauf gefälscht. Sie waren ihr zwar drauf gekommen, aber es hatte noch Monate gedauert, bis sie dann endlich weg war. Manche hatten Doktorarbeiten gefälscht oder zum Teil abgeschrieben. Heute undenkbar. Abgesehen davon, dass wir keine Regierung und kein Parteiensystem mehr haben." „Stimmt",
sagte Fritzchen, „wir wissen auch so, was wir tun müssen und was wir nicht tun dürfen. Frag mich nur, woher eigentlich?"
„Nun, ihr habt es von klein auf so gelernt. Eure Eltern leben es euch vor. Ihr kennt es einfach nicht anders. Für Euch ist das alles inzwischen ganz normal." Das war es in der Tat. Es war normal, dass nichts teurer wurde. Es war normal, dass es keine Kriege gab. Es war normal, dass jeder maximal vier Stunden am Tag arbeitete. Es war normal, anderen zu helfen. Es war normal, sparsam mit den Ressourcen der Erde umzugehen. Es war normal, Dinge zu reparieren. Es gab Menschen, die taten so etwas gerne. Es war normal, keinen Müll in die Landschaft zu kippen. Es war normal, alles irgendwie wieder zu verwenden. Es gab immer noch Menschen die führten und andere die folgten. Aber die, die führten, taten dies nicht mehr aus Eigennutz und die, die folgten, taten dies nicht mehr blindlings. Sie folgten aus Überzeugung, weil sie sahen, dass alles richtig war.

Wieder zwei Jahre später.

Tom kam nach Hause. Seine Wissenschaftlichen Studien und Beobachtungen hatten ihn mittlerweile um die ganze Welt geführt.

Zuletzt war er in San Fransisco gewesen. Das gab es nun nicht mehr. Es war buchstäblich von der Landkarte verschwunden. Von der Erde verschluckt. Tausende hatten dabei den Tod gefunden, aber es konnten auch viele im Vorfeld gerettet werden. Man hatte ja schon seit Jahrzehnten gewusst, dass die Stadt auf einem Pulverfass saß, das jede Minute hochgehen konnte. Man war entsprechend vorbereitet und hatte die Evakuierung zeitig in die Wege geleitet. Nur hatte man nicht genau vorausberechnen können, welche Ausmaße die Katastrophe dann tatsächlich nehmen würde. Manche, die man gewarnt hatte, hatten auch einfach nicht geglaubt, dass sie noch betroffen sein würden. Inwieweit die Flutwellen vernichtend wirken würden, hatte man auch nicht so genau sagen können. Es waren fast alle Küsten der Welt in Alarmbereitschaft gewesen. Manche hatte es dann trotzdem erwischt. Die Natur war eben unberechenbar. Jetzt hieß es zusammenhalten und denen, die fliehen konnten, ein neues Zuhause geben. Zurück ging ja nicht mehr. Und selbst wenn, noch einmal eine Stadt auf einer Magmablase errichten, würde heute keinem mehr einfallen. Es gab so noch genug andere solcher Pulverfässer, überall auf der Welt verteilt. Yellow Stone war auch so eins. Aber dort war wenigstens keine Millionenstadt. Und es schien, als würden die Geysire dort als Überdruckventil ausreichen. Und an einigen Stellen trat das Magma auch an die Oberfläche. Das könnte also noch eine Weile gut gehen.

Tom berichtete, wie sie damit angefangen hatten, die Stadt zu räumen.

Um einen Massenpanik zu vermeiden, waren die ersten im Geheimen weggeschafft worden. Die Auswahl der ersten erfolgte per Computer und Zufallsgenerator, weil keiner der
Verantwortlichen jemanden bevorzugen wollte. Jeder durfte nur ein paar ganz persönliche Dinge und einen Koffer mitnehmen, um nicht die Aufmerksamkeit der Nachbarn zu erregen. Wer irgendwo Verwandte hatte, der musste erst einmal dorthin. Als die Stadt dann zur Hälfte leergeräumt war, wurden öffentliche Durchsagen gemacht. Jetzt war die restliche Menge an Menschen lenkbar. Manche hatten zwar gezetert, weil durch die Zufallsauswahl Familien getrennt wurden. Aber man hatte denen dann erlaubt, ein oder zwei Tage später nachzureisen. Wenn einer zufällig mitbekam, was da im Gange war, so wurde er nicht aufgehalten, wenn der ebenso das Weite suchen wollte. Einer weniger um den man sich kümmern musste. Tom war fast bis zuletzt geblieben. Sein Schiff war gerade einmal einen ganzen Tag lang auf See, als die Nachricht von der Explosion kam. Er bildete sich sogar ein, den Knall gehört zu haben. Andrea meinte, das könnte gut möglich sein. Das war ja schließlich nicht nur eine Seifenblase gewesen, die da geplatzt ist. „Bin ja mal gespannt, inwieweit das Weltklima davon betroffen sein wird. So ganz folgenlos werden wir wohl nicht davon kommen." „Wohl nicht", meinte dann auch Tom. Zum Glück hatte die Welt Zeit gehabt, sich darauf vorzubereiten, jetzt, wo sie nicht mehr durch das Geld abgelenkt wurde. Und allen, die nun aufgrund dieses Naturereignisses in Not geraten waren, wurde geholfen.

Es fragte keiner mehr nach den Kosten.
Die Welt rückte buchstäblich näher zusammen.
Und das, obwohl es keinen Flugzeugtourismus mehr gab. Und keiner sagte mehr "ich würde ja gerne helfen, aber ich habe kein Geld dafür übrig". Es hatte auch niemand Angst, daß nun eine Menschenschwemme ankommen würde. Die Organisatoren hatten alles im Griff und waren dabei, alle gleichmäßig zu verteilen. Das war notwendig um regionaler Nahrungsmittelknappheit vorzubeugen.
Man war vorbereitet gewesen. Das zahlte sich nun aus. Vielleicht würde es nötig werden, Nahrungsmittel für eine bestimmte Zeit zu rationieren, aber es würde niemand verhungern oder darben müssen. Und noch etwas ganz entscheidendes kam nun endlich zum Tragen: es konnte sich niemand mehr an der Not anderer bereichern oder diese Not auf irgendeine andere Weise für sich ausnutzen. Dies war möglich geworden, weil es kein Geld mehr gab. Und keiner machte sich mehr Gedanken darum. Es war selbstverständlich geworden. Wenn das „Projekt San Franzisco" abgeschlossen sein würde, dann könne man sich wirklich langsam einmal Gedanken um mehr Freiheit machen. Aber wirklich nur langsam. Denn jetzt standen die einstigen „Klimaschützer" wieder auf der Matte. Sie skandierten nun, dass das alles nie passiert wäre, gäbe es noch das Geld. Dann hätte man entsprechende Gegenmaßnahmen finanzieren können. Sie kapierten immer noch nicht, das Geld absolut nichts verhindert hätte. Im Gegenteil. Es hätte alles gebremst. Und es wäre wieder zu Ungerechtigkeiten gekommen. Die Reichen wären zuerst evakuiert worden und die Armen womöglich gar nicht. Danach wäre zu Spenden aufgerufen worden, aber egal, wie viel die Menschen

auch gespendet hätten, es wäre zu wenig gewesen und von diesem wenigen hätten sich dann wiederum welche was abgezweigt. Die Börsen wären zum x-ten Male abgestürzt, der Welthandel wäre erst einmal zum Erliegen gekommen und so weiter. Eines hätte das andere nach sich gezogen. Jetzt aber, lief alles einfach weiter wie gehabt. Man rechnete damit, dass es die nächsten Jahre vielleicht etwas kälter werden würde. Vielleicht steigt der Meeresspiegel. Egal, was für Kapriolen das Wetter mit sich bringt, man würde damit fertig werden. Wozu war man schließlich „Homo Sapiens"? Es gab keine Ungebildeten oder Analphabeten mehr. In keinem Winkel der Erde. Jedes Kind lernte, wie man Feuer macht, auf die Jagd geht, Ackerbau und Viehzucht betreibt. Kurz wie Mensch auch ohne zivilen Komfort überlebt. Und jedem Kind wurde beigebracht, die Erde, den Planeten auf dem es lebt, zu achten. Und auch alle anderen Lebewesen, Tiere und Pflanzen.
Nun hatte auch Andrea das zeitliche gesegnet. Sie war 102 geworden. Ein wirklich stolzes Alter. Und sie war auch noch gesund gewesen, bis auf ein paar Verschleißerscheinungen. Sie hatte ihre letzten Jahre im Hause ihrer Enkelin Freya verbracht. Und sie hatte diese Jahre genossen. Die Jahre zuvor war sie abwechselnd bei all ihren Enkeln und Urenkeln gewesen. Jeder hatte sie mal für ein paar Wochen oder gar Monate aufgenommen. Und das war nicht nur bei ihr so. Es war üblich geworden, die älteren Familienmitglieder auf diese Weise zu achten und zu versorgen. Niemand wurde mehr in ein Alten- oder Pflegeheim abgeschoben. Außer es gab keine Verwandten oder die Oma oder der Opa wünschten sich eine Heimunterkunft. Das gab es auch.

Nicht überall war Blut dicker als Wasser. Aber solche Fälle wurden immer seltener. Die Jugend lernte von klein auf, dass älter Menschen manchmal sonderbar und eigen wurden. Erst mussten die Eltern mit der Pubertät ihrer Kinder klar kommen, und später dann die Kinder mit dem Alter ihrer Eltern. Das war nur gerecht. Und völlig normal.
So etwas wie „Generationenkonflikt" gab es schon lange nicht mehr. Das einstige Gebot aus der Bibel: „Du sollst Vater und Mutter ehren" hatte seinen Sinn immer noch nicht verloren. Auch nicht, seit die Kirche entmachtet worden ist und Glaube zur Privatsache erklärt wurde. Komischerweise erfuhren die Kirchen auf einmal regen Zulauf. Die einen beteten darum, dass das Geld nie wiederkehren möge und die anderen baten genau um das Gegenteilige. Es sah so aus, als hätte Gott die ersteren erhört. Es hätte durchaus ein Krieg daraus entstehen können, weil die Menschen ja oft dazu neigen, ihre Meinungen und ihren Willen mit Gewalt durchzusetzen. Aber es war nie so weit gekommen. Ein paar lokale Unruhen hatte es zuerst gegeben, aber die waren schnell beigelegt worden.
Heute war Andreas „Beisetzung". Sie wollte auf gar keinen Fall eine Beerdigung und schon gar keine Trauerfeier. Das hatte sie schon frühzeitig geregelt. Sie hatte sich im Friedhofspark eine Eiche ausgesucht. Die war damals noch jung gewesen stand fast allein auf einer Wiese. Inzwischen hatten sich schon Grabstellen dazugesellt. Manches waren herkömmliche Gräber aber die meisten waren Urnengräber. Andrea würde auch in einer Urne beigesetzt werden. Einer aus Pappe, direkt unter „Ihrer" Eiche. Und an der Eiche würde nur eine Plakette mit ihrem Vornamen angebracht werden.

Es war so weit. Alle waren versammelt: Tochter Lisa mit ihren Kindern Freya und Severin die auch beide ihre eigenen Familien dabei hatten. Ihr Sohn Tom, der extra von seiner Insel, auf die er sich zurückgezogen hatte, mitsamt seiner Partnerin. Alle Freunde und Nachbarn. Eigentlich das ganze Viertel, in dem sie die letzten Jahre verbracht hatte. Einige weinten, obwohl Andrea sich das strikt verbeten hatte. Niemand sollte um sie trauern. Denn sie hatte wirklich ein erfülltes Leben gehabt.
Im Gänsemarsch ging es in Richtung Eiche. Anna, eine der Enkelinnen, trug die Urne voran. Ein Priester sprach ein paar Worte, so wie Andrea es sich gewünscht hatte. Dann sang ein anderes ihrer Enkelkinder „amoi seng ma uns wieda" und dann „Abschied". Dann trat Freya vor und las die „Grabrede" die Andrea selbst, vor Jahren schon, verfasst hatte:
„Ihr Lieben, die Ihr alle heute gekommen seid, um meinen Tod zu betrauern. Trocknet Eure Tränen und setzt ein Lächeln auf. Denn es gibt absolut keinen Grund zur Trauer. Ich bin nicht weg. Ich habe nur meinen Aggregatszustand geändert. Ich kann jetzt überall sein. Ich bin immer bei Euch. Als ich noch jung war, habe ich mir immer vorgestellt, ich würde wiedergeboren. Und dann hab ich mit gewünscht, dass wenn es wirklich so wäre, dann würde ich als Katze zurückkommen wollen. Dann hätte ich neun Leben und ich könnte tun und lassen, was ich wollte. Kommen und gehen wann ich wollte. Ich würde nur mit dem Besten gefüttert werden. Könnte mir Streicheleinheiten holen, wann immer mir danach ist und einfach gehen, wenn ich genug habe und keiner würde mir das übel nehmen.

Später habe ich dann gelernt, dass ich dazu gar nicht wieder in einen Körper schlüpfen muss. Jetzt kann ich fliegen, wohin ich will. Kann sogar an mehreren Orten gleichzeitig sein. Also packt Eure Picknickkörbe aus, setzt Euch um diesen Baum und feiert mit mir meine neue Freiheit. Ich will keine einzige Träne mehr sehen. Und wer meint, er würde lieber Blumen auf ein Grab legen, dem sage ich: Pflanze Blumen in deinem Garten, wenn du an mich denken willst. Du brauchst dafür keine Grabstelle. Niemand soll mein Grab pflegen müssen. Ich brauche das nicht und ihr auch nicht. Ich brauche auch keine Ehrenvolle Grabrede, wo irgendwer erzählt, wie toll ich doch gewesen bin und was ich alles geleistet habe. Ich habe einfach nur mein Leben gelebt und dank der „Hacker" wurde es dann auch ein erfülltes und sorgloses Leben. Ich habe meinen Teil zum Gelingen der neuen Ordnung beigetragen. Aber das ist nichts Besonderes und muss daher nicht extra erwähnt werden. Behaltet mich in Guter Erinnerung oder auch nicht. War es mir im Leben schon egal, was andere über mich gedacht oder gesagt haben, so ist es mir jetzt erst recht gleich.
Nur weint nicht um mich. Oder um sonst irgendetwas. Lacht so viel ihr könnt. Denn ich kannte noch eine Zeit, wo das Lachen schon beinahe aus der Welt verschwunden war. Betet darum, dass so eine Zeit nie wiederkehrt. Amen".
Und tatsächlich, begannen alle nacheinander ein Lächeln aufzusetzen. Erst zaghaft aber dann hörte man auch schon das erste laute Lachen. Decken wurden auf der Wiese unter der Eiche ausgebreitet und das Picknick begann. Es wurde sogar gesungen. Fröhliche Lieder. Die Kinder spielten Fangen und Verstecken.

Dieses Szenario in der Geldzeit auf einem Friedhof wäre undenkbar ja geradezu skandalös gewesen. Aber auch der Umgang mit dem Tod hatte sich geändert. Es galt nicht mehr als Respekt- oder gar Pietätlos, wenn auf einer Beerdigung gelacht wurde. Abgesehen davon, daß sich kaum noch jemand beerdigen ließ.
Andrea war beileibe nicht die Einzige und auch nicht die erste, die auf diese Weise ihren Tod feierte. Man trug auch nicht mehr schwarz, wenn jemand starb.
Der Tod war kein Tabuthema mehr. Er gehörte einfach zum Leben dazu. War unvermeidlich. Was zur Fröhlichkeit noch beitrug, war die Tatsache, daß es keine Erbstreitigkeiten mehr gab. Besaß man ein Haus, ging das schon inclusive der Einrichtung zu Lebzeiten an Kinder oder Enkel über. Persönliche Gegenstände, die in der Regel nur ideellen Wert besaßen wurden untereinander aufgeteilt oder auch schon zu Lebzeiten jemanden zugeschrieben. Die Punkte verfielen und noch vorhandene Wertchips gingen zurück an die Allgemeinheit. Kein Geld. Keine Erbschaftssteuer. Absolut kein Streitgrund mehr. Und ein „schwarzes Schaf" in der Familie gab es auch längst nicht mehr.
Es war einfach nicht mehr möglich eine „Familienehre" zu schädigen. Auch nicht das Vermögen durchzubringen. Die Firma, die der Großvater gegründet, der Vater noch aufgebaut hatte, in den Ruin zu treiben. Das waren alles Probleme von vorgestern. Ja, es war eine schöne neue Welt entstanden und Andrea hatte die Geburt noch miterlebt. Auch die anfänglichen Geburtswehen. Nun war das Kind da. Es hatte laufen gelernt und jetzt hieß es, alles am Laufen zu halten. Es gab immer noch Menschen, die sich von den anderen abheben wollten.

Es gab Menschen, die gerne geherrscht hätten. Machtmenschen. Die galt es frühzeitig zu erkennen und gegenzusteuern. Die Programmierung der Gehirne durfte jetzt nicht aufhören, nur weil alles gut war.
Man konnte sich noch nicht auf den Lorbeeren ausruhen. Würde das wohl auch nie können. Die Wachsamkeit musste bleiben. Zu groß war die Gefahr eines Rückfalles. Obwohl kein Mensch von Natur aus böse ist, so sind manche Eigenschaften doch bei jedem latent vorhanden. Es galt die guten zu fördern und die schlechten zu unterdrücken. Das war eine Gratwanderung, weil es eine gewisse Einschränkung der Freiheit bedeutete. Aber wie sonst sollte man das Ganze gewaltfrei bewältigen?
Andrea hatte Tagebücher geschrieben. Vor allem in der Geldzeit. Sie hatte sie eigentlich mal ihrer Tochter geben wollen, aber dann im Laufe der Jahre vergessen, wo sie sie versteckt hatte. Wahrscheinlich lagen sie auf irgendeinem Dachboden bei einem ihrer Enkel oder gar Urenkel. Würde sie noch leben, sie hätte es nicht zu sagen vermocht. Zu oft war sie umgezogen. Nun, sie würden ans Licht kommen, wenn die Zeit dafür reif ist. Vielleicht, wenn es der Erinnerung an die „gute alte Zeit" bedurfte. Sie hatte genau aufgeschrieben, wie „gut" diese Welt damals wirklich gewesen ist. Hatte den Wahnsinn Kapitalismus angeprangert. Hatte sich die Namen der Familien aufgeschrieben, die hinter dem Geld steckten beziehungsweise die darauf gesessen hatten. Sie hatte die Tagebücher nicht vernichtet, weil sie immer gedacht hatte, dass sie einmal von Nutzen sein könnten. Die alten Schriftformen und Sprachen wurden ja Gott sei Dank immer noch gelehrt. Zwar gab es dafür inzwischen Spezialisten, die sich ausschließlich damit befassten,

aber das genügte ja auch. Andrea hatte ihren Kindern und Enkeln noch die Alte Schrift und die alte Sprache beigebracht. Sie sprachen zu Hause immer beides: Die neue Weltsprache und ihre alte Sprache. Man hatte die alten Bücher auch nicht verboten oder gar verbrannt. Altes Wissen wurde als wertvoll angesehen. Man musste nur darauf achten, dass alles auch richtig, also zeitgemäß, interpretiert wurde. So mancher Held musste aus den Geschichtsbüchern getilgt oder zumindest degradiert werden.
Es wurde keiner der einstigen Kriegshelden mehr mit „der Große" betitelt. Denn Kriege zu führen wurde nicht mehr als große Tat gesehen. Man hatte endlich begriffen, dass niemand das Recht hatte, andere Menschen zu töten. Schon gar nicht für Geld. Auch nicht für Land oder Bodenschätze.
Die „Geldgeneration" war nun endgültig ausgestorben. Das Wort „Geld" aus allen neuen Büchern verschwunden. Es gab keine neue Bezeichnung dafür in keinem der vielen Dialekte auf dieser Welt.
Es war endgültig aus allen Köpfen getilgt. Nur gab es immer noch die Sammlerstücke. Man hatte den Menschen sie nicht mit Gewalt nehmen wollen. Die Münzen waren halt schön anzusehen. Das war unbestritten immer noch so. So lange es nur dabei blieb, war alles gut. Aber es barg auch die Gefahr, daß irgendwer sagt „ich will mehr". Wie lange würde es wohl noch dauern, bis auch dieser Funke erlöschen würde?
Wahrscheinlich nochmal so lange. Wie man es auch drehte und wendete. Kontrollen würden weiterhin notwendig sein.
Weil der Mensch einfach so war wie er wahr:
flatterhaft und leicht beeinflussbar.

Alte Zeit – Neue Zeit

Siebzig Jahre später.
Die vierte Generation nach dem Hackervorfall ist nun am Zug. Andreas Ur-Ur-Enkel. Ihr Sohn Tom ist inzwischen 85 Jahre alt und hat sich auf einer Insel im Pazifik zur Ruhe gesetzt. Er war lange genug in der Welt herumgereist und hatte so viele Orte gesehen, daß er sich diesen letztendlich als vorletzte Ruhestätte auserkoren hat. Lisa, seine Schwester würde bald 83. Er zog ernsthaft in Erwägung, hinzufahren. Wer wusste, wie oft er noch Gelegenheit dazu haben würde. Er war schließlich keine zwanzig mehr. Und die kleinen Racker mal wiederzusehen, würde sicher auch Spaß machen. Wobei, die waren jetzt auch schon erwachsen und hatten sicher selber schon Kinder. Er war da nicht so wirklich auf dem Laufenden. Ein weiterer Grund mal wieder auf den Kontinent zu fahren. Tatsächlich hatte Lisa zwei Kinder, Freya und Severin die auch beide Nachwuchs hervorgebracht haben. Freya zwei Jungs, Hans-Peter und André, benannt nach Andrea und Peter, ihren Urgroßeltern, und eine Tochter namens Conny. Severin hat mit seiner Frau zwei Töchter, Andrea-Marie und Sylvia.
Als Tom dann pünktlich zur Geburtstagsfeier ankam, musste er feststellen, daß er doch tatsächlich schon Großonkel geworden ist. Sein Neffe Hans-Peter konnte mit einem Sohn und einer Tochter aufwarten. Dessen Bruder André hatte einen Sohn zustande gebracht und Schwester Conny hatte sogar drei Töchter in die Welt gesetzt.

Hans-Peters Nachkömmlinge waren sogar selbst schon verheiratet und Evelin, seine Tochter erwartete ihr erstes Kind. Das Haus war im wahrsten Sinne des Wortes voll bis unters Dach.

Wo er auch hinsah, überall wuselten Kinder herum. Glückliche Kinder. Und freie Kinder. Er dachte zurück an seine eigene Kindheit. Seine Eltern waren immer irgendwie gestresst. Hatten nie Zeit gehabt. Klar, seine Mutter hatte ihn zu seinen Fußballspielen gefahren aber selten hatte sie Zeit gehabt auch zuzusehen, weil sie meistens seine Schwester dann auch noch irgendwohin bringen musste. Und dann die Schule. Er erinnerte sich an seinen ersten Schultag. Erst hatte er sich ja darauf gefreut. Aber dann hörte er von allen möglichen Leuten dass jetzt „der Ernst der Lebens" beginnen würde. Und tatsächlich, schon am ersten Tag bekamen sie eine Hausaufgabe. Er sollte seine Schultüte malen. Was für ein Scheiß. Er hatte das Blatt wie ein Zweijähriger irgendwie vollgekritzelt und die Lehrerin hatte ihn dann tatsächlich vor der ganzen Klasse ausgeschimpft, weil er sich nicht mehr Mühe gegeben hatte. Das war ein denkbar schlechter Schulstart gewesen und dementsprechend verlief auch dann seine gesamte Schulzeit. Bis zu dem Tag, an dem die Hacker das Geld hatten verschwinden lassen. Aber da war er schon fast fertig mit Schule. Es war dann nicht mehr ganz so schlimm, aber die Änderungen hatten erst in der nächsten Generation wirklich gegriffen. Er selbst hatte ja nie Kinder, zumindest keine, von denen er wüsste. Es musste ja keine mehr wegen Unterhaltsforderungen an ihn herantreten und Frauen mit ledigen Kindern wurden auch nicht mehr geächtet. Die Gesellschaft hatte sich grundlegend gewandelt. Er konnte es nun direkt an seiner eigenen

Verwandtschaft sehen. Kinder durften wieder wirklich Kind sein. Sie mussten nicht mehr nach der Schule zu Musikunterricht, Sport oder sonstigen Veranstaltungen hetzen. Alles lief ineinander und nebenbei.
Und er stellte bei Gesprächen mit den Kleinen fest, dass sie viel mehr wussten, als er damals. Sie waren auch über das Weltgeschehen bestens informiert. Und jeder war irgendwie in irgendwas begabt. Egal ob Malen, Musizieren, Singen, Handwerken, Computern. Jeder hatte sein Spezialgebiet. Und jeder durfte es ausleben. Er setzte sich in eine Ecke der Terrasse, rauchte seine Pfeife und beobachtete wohlwollend die spielenden Kinder. Auf einmal legte sich eine Hand auf seine Schulter. Er erschrak kurz, weil er gerade in Gedanken gewesen war, drehte sich um und erblickte Conny. Sie wirkte etwas verstört. „Was ist los?" „ Ich habe neulich in der kleinen Abstellkammer ganz hinten in der Ecke eine Kiste gefunden." „Und?" „Darin sind Tagebücher." „Ja?" „Sie sind von deiner Mutter. Ich hab mich noch nicht getraut sie zu lesen." Tom setzte sich gerader hin, räusperte kurz und meinte dann: „ Wenn du die Bücher jetzt gefunden hast, dann hat das sicher seinen Grund. So wie alles, was passiert einen Grund hat. Ich denke du solltest sie lesen. Und wenn was Intimes drin steht, kannst du das ja überspringen, " ergänzte er augenzwinkernd. Daraufhin meinte Conny: „aber sie war doch deine Mutter. Hast du dann nicht viel eher ein Recht darauf?"
„Nein, das denke ich nicht, ich denke du sollst vielleicht was daraus lernen. Ich habe schon genug gelernt. Ich habe noch erlebt, wie es früher zur Geldzeit gewesen ist. Und ich habe den Umbruch mitgemacht. Du hingegen weißt fast nichts von früher." „Vielleicht hast du Recht. Und Neugierig bin ich ja schon.

Ich hoffe nur ich muss nichts über schreckliche Familiengeheimnisse lesen oder Leichen im Keller und schon gar nichts über amouröse Abenteuer." „Keine Angst, so wie ich meine Mutter kenne, hat sie nur ihre Gedanken und Probleme aufgeschrieben. Und einmal hat sie, soweit ich mich erinnere, mal versucht ein Glückstagebuch zu schreiben. Dazu hatte ihr damaliger Therapeut geraten, als sie ihre depressive Phase hatte." Sie redeten noch eine Weile über mehr oder weniger Belangloses und begaben sich dann wieder zu den anderen Gästen.
Eine Woche später nahm sich Conny das erste Tagebuch vor. Sie las nicht alles, weil erstens die Schrift manchmal sehr unleserlich war, die Tinte verblasst war oder wenn sie den Eindruck hatte, es könnte zu intim werden. Das Sexleben ihrer Urgroßtante ging sie nun wirklich nichts an. Der erste Eintrag, bei dem sie hängen blieb lautete folgendermaßen:

Habe heute einen Bundeswehr Soldaten kennen gelernt. Der meint allen Ernstes, dass es richtig war, in den Kosovo zu gehen. Afghanistan fand er nicht so toll. Hat er halt gemacht, weil es ihm befohlen wurde. Mit welchem Recht, frage ich mich, mischen wir uns, und vor allem die Amis, in Kriege ein? Das ist doch Irrsinn! Da geht es doch nur wieder um dieses verdammte Geld. Die Rüstungsindustrie gewinnt dabei. Wir haben ein Verteidigungsministerium und kein Kriegsministerium. Das heißt doch, wenn uns einer angreift, dann verteidigen wir uns. Aber wir fahren nicht woanders hin und schießen dort Menschen tot, nur weil uns deren Regierung nicht gefällt.

Jetzt wurde es wieder unleserlich. Scheinbar hatte sich Andrea richtig in Rage geschrieben. Schade. Sie hätte gerne gewusst, wie die Geschichte ausging. Sie blätterte weiter bis zu einem Eintrag wenige Wochen später.

Im Grunde wollen doch alle nur drei Dinge: F-S-F : Fressen -Saufen - Ficken. Und dazu noch Frieden und mollige Wärme im Winter. Aber uns wird ständig eingeredet, dass wir noch mehr wollen sollen: Mehr Geld, mehr Freizeit, höhere Renditen, mehr Urlaub usw. Von allem immer mehr, obwohl wir doch längst genug haben, auch die, die Hartz IV bekommen. Selbst die haben zu Essen, eine Wohnung und bekommen sogar noch ihre Heizung bezahlt. Klar, mal eben ein

Eis, Kino oder sowas ist nicht drin. Aber wer braucht das wirklich? Und mit brauchen meine ich: ist es „lebensnotwendig"? NEIN - ist es nicht! Und wenn wir all das, was Luxus- also nicht notwendig ist- umverteilen auf alle, dann müsste doch wirklich jeder zufrieden sein. Aber so ist der Mensch nicht gestrickt-oder doch? Wahrscheinlich ist, dass wir über die Jahrhunderte hinweg so konditioniert bzw. manipuliert wurden.

Wow. Das waren Einblicke und Gedanken. Damit hatte Conny nicht gerechnet. Sie war in eine heile Welt hineingeboren worden. Sie kannte keinen Krieg, wusste nicht, was Soldaten waren und schon gar nicht, warum die Menschen getötet haben. Neugierig blätterte sie weiter und tauchte immer weiter ein in Andreas Weltbild.

Oktober 2012

Habe mir gerade eine Kabarettsendung angeschaut. Das, was der da gesagt hat, war so einleuchtend und klar, dass es mich immer noch wundert, warum die Leute anschließend nicht sofort demonstrierend auf die

Straße gerannt sind. Wie immer, haben sie nur darüber gelacht und es danach sofort vergessen. Dabei ist das eigentlich gar nicht so lustig, sondern traurige Wirklichkeit. Aber sie wollen es einfach nicht sehen. Ich sehe es.

Er sagte folgendes: ein Löwe würde nach einem missglückten Jagdversuch nie in Depressionen verfallen, weil er- im Gegensatz zum Menschen- nicht weiter darüber nachdenkt. Er analysiert nicht das warum und wieso. Er versucht es einfach nochmal. So oft, bis er Erfolg hat und seinen Hunger- sein Hauptbedürfnis- eigentlich unser aller Hauptbedürfnis- gestillt hat.

Alle anderen Bedürfnisse sind künstlich hervorgerufen und nur in unserem Kopf. Ein Löwe jagt auch nicht auf Vorrat. Denn dann müsste er, wie wir, arbeiten gehen, um sich Geld zu beschaffen, damit er sich einen Kühlschrank kaufen kann , der nebenbei mit Strom betrieben wird , den wir *auch kaufen müssen, um darin seine Vorräte zu lagern. Kein Mensch braucht Geld, Gold, Silber und Edelsteine. Aber er will es. Und aus diesem „Wollen" macht er in seinem Kopf ein „brauch ich!" Unbedingt! Ohne das neue I-Phone, die neuen Schuhe, das neue Auto usw. sterbe ich! Nein- du stirbst nicht, wenn du diesen Konsumwahnsinn nicht mehr mitmachst! Im Gegenteil! Erst dann bist du frei und erst dann kannst du wirklich l e b e n. Du musst gar nichts! Außer irgendwann sterben. Aber bis dahin: Lebe!*

Conny erschauderte bei diesen Worten. Ihr war nie klar gewesen, wie schrecklich diese Geldzeit gewesen ist. Und das allesschlimmste war, daß alle es wussten und nichts dagegen unternommen hatten. Sie hatten es sogar noch weiter getrieben. Heute herrschte eine nie dagewesene Leichtigkeit des Seins. Alles wonach Homo Sapiens je gestrebt hatte, war nun Wirklichkeit geworden: Wohlstand und Freiheit. Jetzt galt es nur noch, das Ganze ohne Strafandrohung (und auch Ausführung) am Laufen zu halten und zu verteidigen. Das musste doch irgendwie in die Köpfe der Menschen zu bringen sein, dass Stehlen und Morden beziehungsweise „Haben-Wollen" immer nur Unglück gebracht hatte. Damals hatte man andersherum den Menschen auch einreden können, daß Geld etwas Gutes ist und sogar für einen arbeiten würde. Conny stellte sich das gerade bildlich vor und musste unwillkürlich schmunzeln. Die trugen doch tatsächlich ihr Geld zu einer Bank, legten es in einen Tresor und hofften es würde sich in ein bis zwei Jahren vermehrt haben. Wie hätte sich das denn vermehren sollen, fragte sie sich. Durch Geschlechtsakt oder Zellteilung? Das waren die einzigen Vermehrungsmethoden, die Conny kannte. Und das mit den Bienen und den Blumen. Ja, diese Version war auch immer noch in Umlauf. Ein paar Zeilen weiter erfuhr sie dann, dass die Menschen schon wussten, daß die Geldvermehrung so nicht klappen würde. Daher haben sie den Zins erfunden. Und den Zinseszins. War ja auch erst einmal ganz schön so gewesen. Aber dann vermehrte sich das Geld derart, daß es real nicht mehr hergestellt werden konnte. Es hatte geradezu ein Eigenleben entwickelt, welches am Ende völlig außer Kontrolle geraten war. Das war ja fast ein Krimi, was Conny da zu lesen bekam. Die Menschen damals waren schon komisch gewesen. Andrea beschrieb ihre Zeit sei nicht viel anders gewesen als bei den Alten Römern. Nur mit Internet und Fernsehen. Es gab immer noch Brot und Spiele. Vor allem Spiele: Pokemon Go, World of Warcraft, Ballerspiele in denen Zombies oder Aliens gejagt wurden, Spiele die man alleine spielte und solche die man online in einer Gruppe spielte. Fast jeden neuen Kinofilm gab es in irgendeiner Form auch als Computerspiel. Heute gab es auch noch Spiele. Aber viel anspruchsvoller und es gab keine Tötungsspiele mehr. Auch nicht „nur" Zombies oder Aliens. Niemand wurde mehr getötet. Darum war Conny echt froh.

Sie mochte sich gar nicht vorstellen, wie ihre Kinder vor dem PC säßen und auf irgendwas schossen und dabei auch noch Spaß hatten.
Jetzt kam wieder ein schwer leserlicher Eintrag. Sie versuchte ihn trotzdem zu entziffern, weil sie festgestellt hatte, daß gerade diese Einträge sehr emotionsgeladen waren.

...die Großmutter meiner besten Freundin ist gestorben. Ich hatte das Glück, die alte Dame noch kennen zu lernen. Erst vor einem halben Jahr, zu ihrem 92. Geburtstag, waren wir noch bei ihr gewesen. Da war sich noch quitschfidel. Sie hätte noch nicht sterben müssen, denn sie war kerngesund und ihr Arzt hatte ihr bescheinigt, sie würde die hundert bestimmt erreichen. Und wieder ist das Geld schuld; bzw. der Mangel dessen. Weil sie wegen ihrer kleinen Rente in einem AWO Altenheim untergebracht war. Die hatten da, wie auch anderswo, zu wenig Personal. Niemand hatte darauf geachtet, daß sie genug trinkt. Es war ein besonders heißer Sommer gewesen. Sie kam völlig dehydriert ins

Krankenhaus. Dort hat sie sich dann noch einen Keim eingefangen und das Unglück nahm seinen Lauf. Am Ende starb sie an Nierenversagen. Und das bei unseren heutigen medizinischen Möglichkeiten. Es macht mich wütend zu sehen, dass wir eigentlich alles haben und es nicht genutzt wird, weil angeblich zu wenig Geld da ist. Dabei ist doch genug Geld da. Es wird nur nicht gerecht verteilt. Da bauen die lieber noch ein paar Panzer oder sonstiges Kriegsgerät, was am Ende dann nicht richtig funktioniert. Oder sie stecken Unmengen von Geld in Endlosbauprojekte wie den neuen Berliner Flughafen. Bin ja gespannt, ob ich die Eröffnung noch erlebe....

Conny erinnerte sich vage an die Geschichte dieses Flughafens. Er war nie fertig gestellt worden, weil es keinen Flugverkehr mehr gab. Zumindest nicht mehr in dem Maße. Es flogen nur noch Transportflugzeuge und die auch nur, wenn in Katastrophengebiete mal etwas ganz schnell hin musste. Irgendwie wurde dann ein Flugzeugmuseum daraus.

Eigentlich könnten sie mal hinfahren. Wäre sicher interessant, die ganzen Flugobjekte mal zu sehen. Vor allem die Zeppeline. Überhaupt sollte dort alles was mit Fliegen und Fluggeschichte zu tun hatte, ausgestellt sein, einschließlich der Wachsfiguren berühmter Flieger und Piloten.
Man konnte auch direkt in Hotels dort wohnen. Und für die Kinder gab es dazwischen immer wieder Fahrgeschäfte und Karussells. Bildung und Fun in einem. Besser ging's doch gar nicht. Sie nahm sich vor, zum Wochenende mal hinzufahren. Aber jetzt wollte sie erst einmal weiter lesen.

Heute habe ich meinen alten Röhrenfernseher raus geworfen. Und ich kaufe mir auch keinen neuen. Auch keinen von diesen schicken 3D Flachbildschirmen. Die mögen zwar schönere Bilder machen, aber das Programm das die uns liefern, wird damit auch nicht besser. Die lullen uns alle nur damit ein. Nur ja nichts Anspruchsvolles und schon gar nicht die Wahrheit über irgendwas. Alles nur Halbwahrheiten um unser Ängste zu schüren, damit die eine Berechtigung haben, Kriege zu führen. Da wird uns weisgemacht, die Islamisten wären alles Terroristen. Dabei sind das nur ein paar religiöse Fanatiker. Jetzt haben hier alle Angst vor dem Islam, dabei kennen sie den gar nicht wirklich. Wissen nicht einmal wie, wo und warum er entstanden ist. Sie wissen nicht, daß es auch christliche Fanatiker gibt. Alles Spinner in meinen Augen. Aber meine Meinung zählt ja nicht. Hab mir inzwischen auch abgewöhnt, mich bei Facebook dahingehend zu äußern. Politik und Religion gehören getrennt. Aus und basta.

O.K. Das kannte Conny schon. Also das mit der Trennung von beidem. Sie war ja so aufgewachsen. Für sie war das selbstverständlich. Was ihr neu war, war, das es mal anders gewesen war. Daß sich Menschen um ihrer unterschiedlichen Glaubensauffassungen, die Schädel eingeschlagen hatten. Und dass andere das für sich ausgenutzt haben. Zuvorderst die Rüstungsindustrie. Die gab es schon lange nicht mehr. Wozu auch. Niemand musste mehr gegen irgendwen aufrüsten. Meinungsverschiedenheiten wurden jetzt diplomatisch geregelt. Es gab Menschen, die konnten das. Es gab ein Weltparlament, das regelte alles, was die ganze Menschheit betraf und ansonsten regelte jedes Dorf und jede Stadt alles unter sich. Wer sich als Führungskraft nicht geeignet erwies oder Fehler machte, wurde umgehend ausgetauscht. Conny war überrascht zu lesen, daß in der Geldzeit, die Politiker trotz

Versagen auch noch Abfindungen zum Teil in Millionenhöhe erhalten hatten. Manche hatten sich durch puren Betrug und Schwindel an die Macht gebracht.
Gefälschte Doktorarbeiten waren an der Tagesordnung. So etwas funktionierte heute nicht mehr. Durch die implantierten Chips konnte alles genau nachvollzogen werden. Es waren alle relevanten Daten darauf gespeichert: Gesundheitsdaten, Lebenslauf, Änderungen. Eine Manipulation oder Fälschung war unmöglich. Inzwischen wurde sogar der „Zahlungsverkehr" über diesen Chip abgewickelt. So brauchte niemand mehr Wertchips mit sich herumtragen. Diese waren nämlich irgendwann auch zum Diebesgut geworden. Und sollte das Computersystem einmal ausfallen, war das auch kein wirkliches Problem, weil die täglichen Punktekontostände auf Mikrofiche gespeichert wurden. Es würde der Wirtschaft kein nennenswerter Schaden entstehen. Und die Tauschgeschäfte liefen ja nach wie vor. Irgendwie hatten die Menschen da Spaß daran gefunden. Conny erinnerte sich an eine Geschichte, die Andrea einmal erzählt hatte, als sie noch ganz klein gewesen war. Es ging um einen Mann der mit dem Tausch einer roten Büroklammer zu einem Haus gekommen war. Einfach indem er diese Klammer durch etwas wertvolleres getauscht hatte und dann immer so weiter, bis er am Ende etwas hatte, was so wertvoll wie ein Haus war. Der Haken dabei war nur gewesen, daß am Ende doch Geld im Spiel war, weil der Letzte in diesem Spiel, hatte erst dieses Haus gekauft um es dann einzutauschen. Was der letzte Tauschgegenstand gewesen war, daran konnte sich Conny nicht mehr erinnern. Sie erinnerte sich aber sehr wohl daran, wie wütend Andrea über die Überschrift in der Zeitung gewesen war:

„Mann tauscht Büroklammer gegen Haus".
Das hatte so einfach nicht gestimmt. Und darüber konnte sich Andrea furchtbar aufregen. Und über die Geschichte.
Vor allem wenn einer die Bezeichnung „der Große" erhalten hatte. Besonders war ihr folgende Geschichte in Erinnerung geblieben. Sie sah Andrea förmlich vor sich und schimpfen:
Wofür hat zum Beispiel Alexander der Große gekämpft?! Für Ruhm und Ehre? Und wieso nennt man Menschen, die durch das Töten anderer zu ihrem ganz persönlichen Ziel gelangt sind „groß"? Was bitteschön ist den „groß" daran, Kriege zu führen? Was ist groß daran, andere zu unterdrücken und zu beherrschen? Das einzig „Große" daran ist, dass es diesen Menschen irgendwie gelungen ist, andere für ihre eigenen Zwecke einzuspannen und dahingehend zu manipulieren, dass sie in ihrem Sinne gehandelt haben. Sie waren „groß" im Reden, sonst nichts. Und sie waren reich. Er konnte seine schönen Worte auch noch mit viel Bling Bling untermalen. Geld und Macht Immer wieder dasselbe Spiel. Und als der große Alex dann tot war, ist sein Reich fast augenblicklich wieder zerfallen. Conny begann langsam zu verstehen, warum die Tagebücher und die alten Geschichten immer noch wichtig waren. Es durfte nie wieder so weit kommen. Die Menschen sollten endgültig aus der vergangenen Geschichte ihre Lehren ziehen. Gold, Edelsteine und Münzen hatten sich ja nicht in Luft aufgelöst. Ihr Glitzern war immer noch schön und verlockend. Und der Mensch war immer noch wankelmütig. Mensch halt. Vielleicht sollte sie ihren Kindern doch nicht so viel von dieser Geldzeit erzählen. Nicht, daß sie doch noch auf dumme Gedanken kämen. Ihre Kinder kannten

den Ausdruck „Geld" ja schon gar nicht mehr. Auch die früher mal „Großen" waren längst aus den Geschichtsbüchern verbannt. Beziehungsweise hatte man das „groß" entfernt. Es gab keine „Kriegshelden mehr, weil der Krieg an sich schon nicht heldenhaft war. Egal aus welchen Gründen er geführt worden war. Meist war es eh Geld gewesen, oder Öl oder Macht. Was auch immer. Wirklich berechtigt war keiner dieser Kriege je gewesen. Conny musste da grade an einen Nachbarschaftszwist vor ein paar Wochen denken. Die beiden stritten sich schon eine ganze Weile. Kein Mediator konnte die beiden einigen. Da hatte der Bürgermeister auf einmal die Idee, die beiden sollten doch einfach gegeneinander boxen. Und so wurde auf dem Marktplatz ein Boxring aufgebaut, jeder bekam Handschuhe verpasst und dann wurden sie aufeinander losgelassen. Da standen sie dann und wussten erst nicht so recht, was sie tun sollten. Schließlich hat jeder dem anderen einmal auf die Nase geboxt und dann war gut. Anschließend gingen beide gemeinsam auf ein Bier als wäre nie etwas gewesen. Manchmal müssen Männer einfach mal kämpfen. Das muss nicht zwangsläufig mit einer Waffe sein. Einfach mal ein wenig Dampf ablassen. Den Testosteronstau abbauen. Ihr Großvater hatte immer Holz gehackt, wenn er wütend war oder einfach den Drang spürte, sich irgendwie verausgaben zu müssen.

„Maamiii!" Uups. Conny hatte völlig die Zeit vergessen. Für heute musste die Vergangenheit ruhen. Zurück in die Gegenwart. Kinder hatten immer Hunger. Daran würde sich niemals etwas ändern.

So, Kinder versorgt, der Ehemann anderweitig beschäftigt, es kann weiter in alten Zeiten gestöbert werden.

Heute musste ich für meinen kleinen Einkauf fast 100€ bezahlen. Bisher waren es immer so an die 40€ gewesen. Dabei haben die gestern erst berichtet, dass die Preise für Lebensmittel stabil wären. Da habe ich mir den Kassenbon und meine Waren nochmal genauer angeschaut. Tatsächlich waren die meisten Preise gleich geblieben. Aber nur auf den ersten Blick. Bei genauerem Hinsehen hab ich festgestellt, dass in den Packungen weniger drin ist. Und es gibt immer weniger Billigmarken. Selbst die Discounter nehmen immer mehr Markenware in ihr Sortiment auf. Es wird auch immer schwieriger, Preise zu vergleichen. Hab mir heute extra nochmal die ganzen Werbeprospekte wieder aus dem Müll geholt. Der eine hatte Ketchup für 1,79€ im Angebot, der andere für 1,59€. Dieselbe Marke. Aber: der auf den ersten Blick billigere, war am Ende teurer, weil weniger drin war. Die Flaschengröße aber war gleich. Und dann immer diese Aufdrucke: 10% mehr Inhalt. Ich frag mich dann immer 10% von was? Da muss es ja eine Grundgröße geben. Aber die wird nie benannt. Und dann „vergessen" sie den Kindern in der Schule Kopfrechnen beizubringen, damit die nur ja nicht beim Einkaufen mal schnell nachrechnen können. Da steckt System dahinter. Ich weiß nur noch nicht genau was für eins. Frage mich echt, wohin uns das noch führen soll. Wer soll sich das noch leisten können? Die Mittelschicht ist schon fast weggebrochen. Was, wenn sie vollkommen verschwunden sein wird? Gibt es dann nur noch die Superreichen auf der einen Seite und die Armen auf der anderen? Und werden diese dann die neuen Sklaven? Was dann passiert, ist alles schon mal da gewesen. Aufstände, Kriege, Mord und Totschlag. Und alles nur *wegen des Geldes. Ich wünschte, irgendwer würde das verhindern. Möge Gott uns allen gnädig sein.*

Conny klappte das Tagebuch zu. Für heute hatte sie genug gelesen. Einerseits, war sie froh, mehr über die Vergangenheit zu erfahren, auf der anderen Seite wühlte sie das alles doch sehr auf. Sie hatte eine unruhige Nacht. Immer wieder erwachte sie aus Alpträumen, warf sich von einer Seite auf die andere, dass sogar ihr Mann aufwachte und sie fragte, was denn eigentlich los sei. „Nichts" sagte sie, „nur schlecht geträumt". Und dachte: „hoffentlich".

Den folgenden Tag verbrachte Conny wieder mit lesen. Aber diesmal nicht in den Tagebüchern, sondern im Internet. Sie wollte mehr über dieses „Geld" erfahren. Bei Wikipedia wurde sie dann auch fündig.

„Geld" lässt sich auf „Gelda" was so viel heißt wie „Vergeltung" zurückführen…..zunächst bei den Germanen im religiösen Zusammenhang im Sinne von „kultische Abgabe".

Sie las alles über die Geschichte des Geldes, die Entstehung und die Entwicklung bis zu dem Tag, an dem es verschwand. Mit diesem Grundwissen konnte sie sich nun weiter mit den Tagebüchern beschäftigen.

Es tut sich was. Ich fühle es. Irgendwas liegt in der Luft. Es riecht nach Veränderung. Noch nicht greifbar. Peter meint ich spinne mir da was zusammen. Aber ich spinne nicht zusammen ich rechne zusammen.

Und zwar Eins und Eins.

Erst ist Großbritannien aus der EU ausgetreten, dann heute der Bericht aus Frankreich. Da haben Kraftwerke einzelnen Politikern und der Industrie den Strom abgeschaltet. Alle fragten sich erst warum. Dann kam heraus, daß eben jene Politiker befohlen hatten, den Armen, die den Strom nicht bezahlen könnten, dieser abgeschaltet werden sollte. Aber die Kraftwerke haben da nicht mitgemacht und sich auf die Seite der Armen gestellt. Und Frankreich war schon öfter in der Geschichte Vorreiter für Veränderung gewesen. Bleibt nur zu hoffen, dass sie nicht wieder die Guillotine dafür hervorholen. Das musste doch auch friedlich gehen. Wenn sich alle zusammentun, ginge da bestimmt was. Schließlich sind die Armen in der Überzahl.

Andrea hatte es also gewusst. Also nicht direkt, aber zumindest hatte sie was geahnt. Conny hoffte nun endlich auch mal was über diese Hacker zu lesen.

Ihre Augen überflogen nun ungeduldig die Seiten auf der Suche nach Hinweisen zu den Hackern. Aber sie fand nichts darüber. Fast am Ende las sie noch einen Eintrag, über den sie sich nachher doch sehr wunderte:

Alle jammern sie wieder rum, weil kommendes Wochenende die Zeit wieder umgestellt wird. Keiner will das mehr. Ich wollte mich ja eigentlich mit den Kommentaren auf FB zurückhalten. Aber da musste ich dann doch mal wieder meinen Senf beitragen. Habe geschrieben, daß sie es doch einfach mal sein lassen sollen. Alle. Keiner stellt um .Punkt. Und dann abwarten was die Politiker dann machen. Die können ja schlecht die halbe Welt dafür einsperren.

Wie? Zeitumstellung? Lief die Sonne denn nicht immer gleich? Conny kannte Zeitverschiebungen. Aber eine künstliche Veränderung der Zeit? So was dämliches hatte sie noch nie gehört. Wozu sollte das denn gut sein?
Sie las weiter:

Ich hab's gewusst. Alle haben sie brav ihre Uhren um eine Stunde vorgestellt, damit es abends eine Stunde länger hell bleibt. So ein Quatsch. Die Sonne geht deshalb auch nicht später unter und Strom gespart wird dadurch auch nicht. Und wenn doch, so kostet uns das am Jahresende auch nicht weniger, weil die Stromkonzerne müssen ja ihre Aktionäre befriedigen. Und wenn zu wenig Strom verbraucht wird, dann verkaufen sie weniger- verdienen also weniger. Das geht aber nicht. Also wird der Strompreis mal eben kurz erhöht. Da nützt es auch nichts, dass wir Energiesparlampen benutzen und unser Staubsauger und sonstigen Geräte stromsparender sind, als früher. Wir zahlen trotzdem immer mehr. Peter geht in die Arbeit um Geld für unseren Hauskredit, die Versicherungen, Altersabsicherung und die Autos zu verdienen und mein

Gehalt geht für Nahrungsmittel und Haushalt drauf. Urlaub für alle vier ist schon seit Jahren nicht mehr drin. Trotzdem zählen wir noch zu den Gutverdienern.

Auch das hatte Conny nicht geahnt. Bezahlen für Strom? Sie war davon ausgegangen, dass der immer schon für alle da gewesen ist. Überhaupt gehörte jede Form von Energie allen und musste nicht bezahlt werden. Nicht einmal mit Punkten. Auch das Straßennetz, Busse und Bahn gehörte allen. Und jeder beteiligte sich an der Erhaltung. Entweder dadurch, dass er selber mit Hand anlegte, wenn Reparaturen oder Neubauten anstanden, oder durch Abgabe von Baumaterial, Werkzeug, Arbeitskleidung, Verköstigung und Unterbringung der Bauarbeiter. Es lief. Nirgends gab es auch nur das Kleinste Schlagloch. Wer Anlieger einer Straße war, der kümmerte sich um „seinen" Teil. Es wurde gefegt, Unkraut gejätet und man stopfte auch Löcher. Schließlich sollte keiner ausgerechnet auf dem Teil vor dem eigenen Haus zu Schaden kommen. Man pflegte seine Umwelt. Keiner wagte es mehr, irgendwo Müll abzuladen oder gar seinen Kaugummi auf den Weg zu spucken. Es hatte zu lange gedauert, die alten Kaugummis zu entfernen. Diese Aufgabe hatten damals auch nur Umweltsünder erhalten. Als Strafe. Es war nicht so einfach gewesen, denen auf die Schliche zu kommen. Aber aufmerksame Mitbürger halfen tatkräftig mit. Und jetzt, mit den implantierten Chips, war sowieso jeder überall ortbar. Dieser Umstand wurde noch von so einigen als störend empfunden. Aber es überwogen die Vorteile und so wurde es hingenommen.

Wenn Conny so darüber nachdachte, wie es in der Geldzeit war und wie schön es jetzt war, dann war das auch wirklich ein sehr kleines Übel. Überhaupt glaubte sie nicht, dass jeder immer und überall überwacht wurde. Das war gar nicht mehr notwendig. Die Menschen wollten, diese paradiesischen Zustände behalten und taten alles dafür. Und wenn mal einer aus der Reihe tanzte, brauchte man ihn nur mit den Alten Zeiten konfrontieren um in wieder auf die richtige Spur zu bringen. Selbst sie, die gar nie vorgehabt hatte, diese wieder zu beleben, hatte nach der Lektüre der Tagebücher schon genug davon.

Die paar alten Münzen, die sie als Andenken geerbt hatte, glänzten nunmehr viel weniger, obwohl sie sie regelmäßig polierte. Sie würde sie auch weiterhin pflegen und auch weiter vererben.

Und dazu die Tagebücher und die Mahnung, dem Geld nie wieder Macht zu verleihen.

Weniger ist mehr

Hackerday.
Rede:
„Warum sieht es so aus, als würden bestimmte Menschen verhindern wollen, dass an bestimmten Stellen nach Römern geforscht wird?"
Diesen Satz habe ich vor über achtzig Jahren einmal gelesen. Es hat tatsächlich einmal eine Zeit gegeben, in der Forschung gelenkt und Ergebnisse unterschlagen oder manipuliert worden sind. Und warum?
Wegen des Profits. Wegen Geld! Wegen Macht und Ruhm. Und es sollte verhindert werden, dass Menschen hinter die Kulissen der Mächtigen blicken.
Doch dann kam das Internet. Blogs wurden geschrieben. Eine Hausfrau schrieb, sie sehe, wie ihre Kinder offenen Auges in ihr Verderben rennen würden, wenn nicht bald eine Veränderung geschähe.
Ein anderer forderte dazu auf das Buch „Macht und Geld im alten Rom" zu lesen. Des Weiteren schrieb er: „ lest das Buch und verfolgt dann, was in Amerika passiert und ihr werdet erkennen, dass es genauso wieder geschieht, nur diesmal mit Internet und Fernsehen. Das gab es bei den Römern noch nicht. Und nur deshalb ist Amerika noch nicht ganz untergegangen. Weil es diese Medien für seine weltweiten Intrigen nutzt. Das ist eigentlich alles bekannt. Jeder, der sich dafür interessiert, kann nachlesen, wer wann und wo welche Fäden zieht. Meist sind es Fäden, an denen wir selbst hängen. Wir sind zu Marionetten geworden und sehen auch noch dabei zu, wie mit uns gespielt wird. Keiner-auch ich nicht- hat den Mut, diese Fäden

durchzuschneiden. Zu tief wurde uns die Angst vor möglichen nachteiligen Folgen eingepflanzt.
Und zu tief sitzen die neuen „Werte" die da wären Aufstieg und ewiges Wachstum. Ganz tief drinnen ist jedem noch so dummen Hauptschüler klar, dass das nicht gehen kann. Aber wir sind bequem geworden. Durch staatliche Zuwendungen werden wir mundtot gemacht. Und die, die doch einmal auf die Straße gehen, werden lächerlich gemacht, nur weil sie ihre eigentliche Angst nicht richtig artikulieren können. Jeder, der das bestehende System kritisiert, wird in eine Schublade gesteckt. Die negativ behaftet ist. Auf einmal ist man dann „Pegida-Anhänger" oder gar „Nazi". Dabei sind das alles nur Menschen, die einfach etwas ändern wollen, mit welchen Mitteln auch immer. Das Problem ist, dass auch sie am Geld festhalten. Darum klappt es nicht.
Wirkliche Veränderung wird es erst dann geben, wenn Geld und Macht Geschichte sind.
Wenn Regierungen nicht mehr auf persönliche Vorteile aus sind, beziehungsweise solche erst gar nicht mehr erlangen können.
Der Mensch hat Eiszeiten überstanden.
Er hat jeden Winkel des Planeten besetzt.
Er lebt in eisiger Kälte und in Wüsten.
Und da soll ihn der Verlust von etwas, was man nicht einmal essen kann unterkriegen?!
Niemals!
Viele Hochkulturen sind untergegangen und die Wissenschaft behauptet nicht zu wissen, warum.
Ich beginne langsam eine Ahnung zu bekommen. Es waren die Gier und der Neid, der Überfluss des einen und die Armut der anderen, was alle bisher dagewesenen Hochkulturen und Weltreiche scheitern ließ.

Wir brauchen Gleichheit und Gerechtigkeit für alle. Und wie in einem Ameisenstaat trägt jeder das Seine dazu bei. Nichts ist unmöglich! Geht nicht – gibt's nicht! Alles ist möglich wenn Du es wirklich willst!
Aber es werden nicht alle wollen. Die, die oben sitzen und herrschen und die, die reich sind, werden nicht freiwillig davon lassen.
Jetzt fragt ihr Euch sicher, was ich da die ganze Zeit rede. Nun, ich wollte daran erinnern, dass es einmal eine andere Zeit gegeben hat. Wir nennen es heute die „Geldzeit". Und ich wollte Euch ins Gedächtnis rufen, wie gut wir alle es heute haben.
Es gab tatsächlich einmal eine Zeit, in der sich Menschen fast verzweifelt an ihre aristokratischen Verkehrs- und Lebensformen geklammert haben. Sie sprachen sehr vornehm und gestelzt, brüsteten sich mit angelesenem Gedankengut – anstatt ihr eigenes Hirn zu benutzen- und gaben nie zu, dass ihnen die Trauben eigentlich zu hoch hingen. Trotzdem vermochten sie so, naive und biedere Naturen eine Weile zu täuschen. Ihre Einkünfte verbrauchten sie bedenkenlos zur Aufrechterhaltung dieses Scheins.
Nun, was hat das mit Heute zu tun, wo wir doch gar kein Geld mehr haben und alle gleich sind?
Nichts mehr, den Hackern sei Dank!
Darum lasst uns erneut feiern, was wir haben und unsere Kinder dazu erziehen, das Ganze noch ewig fortzuführen. Und Ihr, die ihr noch immer heimlich zum Geld zurückkehren wollt, seid gewarnt:
wir haben Euch im Auge!"
Frenetischer Applaus und Jubelrufe erklangen.

Es war der achtzigste Jahrestag.
Weil Lisa, Andreas Tochter nun auch verstorben ist, versammeln sich alle bei Conny. Und wieder sind es drei Generationen, die sich treffen. Und zum ersten Mal ist keiner mehr aus der Geldgeneration mit dabei. Zumindest nicht direkt jedenfalls. Die Geschichten sind immer noch da. Conny erzählt aus den Tagebüchern von Andrea, während die Kleinen gespannt lauschen.
„Stellt Euch vor, es gab auch in der Geldzeit schon Tauschringe. Es hat also immer schon Menschen gegeben, die aus dem System aussteigen wollten.
Nur hat das nie so hundertprozentig funktioniert. Versicherungen, Strom, Wasser, Treibstoff, Gas und das alles konnte nicht getauscht werden, sondern musste mit Geld bezahlt werden. Die Kinder konnten gar nicht fassen, dass man für Strom, der doch so leicht zu gewinnen war, bezahlt werden musste. Noch dazu, wo wirklich jeder ihn brauchte. Und auch Wasser. Das fiele doch vom Himmel und war somit von Gott gegeben. Keiner hatte daher das Recht, dafür Bezahlung zu verlangen. Auch nicht für die Verteilung. Heute machten sich die Menschen alles selber. Und sie sorgten auch selbstständig für die Erhaltung. Ob es sich nun um Bauwerke, Leitungen, Kanalisation oder Straßen handelte. Alles wurde bestens gepflegt. Es musste nur einer da sein, der sagte, was wo wie gemacht werden musste. Ein Fachmann oder eine Fachfrau. Und jeder packte mit an. Das war selbstverständlich. Das mit dem selber einkochen und konservieren des Gartengemüses hatte sich etwas gewandelt. Man nutzte nun wieder Konservenfabriken. Jeder brachte einfach sein Obst und Gemüse dorthin und konnte später das was er brauchte und haben wollte,

wieder dort abholen. Auf diese Weise hatten Menschen wieder eine Aufgabe und es gab ein zentrales Lager für Überschüsse. So war auch für schlechte Zeiten vorgesorgt und man konnte die Waren dann gut in andere Gebiete verschicken, die Bedarf hatten. Conny erinnerte sich, dass Andrea einmal erzählt hatte, sie hätten früher einmal ihre Äpfel zur Mosterei gebracht und im Tausch dafür Apfelsaft und Apfelmus bekommen. Das war beides immer sehr lecker, weil der Vorsteher dort die Sorten immer gut mischen konnte. Es gab immer drei Sorten: säuerlich, süß und gemischt. Conny fand es auch ganz praktisch, dass nicht mehr jeder Haushalt sein eigenes Süppchen kochen musste. Nicht alles in der Geldzeit war schlecht gewesen. Natürlich waren die Fabriken heute kleiner und keiner musste dort mehr im Akkord arbeiten oder gar in Schichten. Sie konnten es sich leisten, die Maschinen am Wochenende still stehen zu lassen. Außer in der Haupterntezeit. Da lief alles auf Hochtouren. Dafür war im Winter fast nichts zu tun. Das war aber auch kein Problem, weil wirkliche Arbeitslosigkeit gab es trotzdem nicht. Man machte dann halt etwas anderes oder eben mal gar nichts. Man hatte ja zuvor genug gearbeitet. Nahrungsmittel wurden also wieder zentral verarbeitet. Aber längst nicht mehr so verfälscht und mit Zusätzen versetzt, wie damals. Und man bereitet keine Fertiggerichte mehr. Das Fleisch und Gemüse wurde einfach nur haltbar gemacht.
Und Fisch gab es nur Saisonal und dann nur frisch.
In der Gentechnik hatte sich auch einiges getan. Es war gelungen, die Pflanzen durch Züchtungen und Kreuzungen widerstandsfähiger gegen Schädlinge und Witterungseinflüsse zu machen. Dabei war auch das vor Jahrzehnten wieder eingeführte Wunderkraut sehr

nützlich, da dieses sich selbst schützen konnte. Es war von Natur aus Schädlingsresistent. So war es nur noch in extremen Trockengebieten und in Kälteregionen nötig, wirklich genetisch veränderte Pflanzen einzusetzen. Und die Veränderungen waren nur dahingehend, daß die Pflanzen sich besser an vorhandene schlechte Bedingungen anpassen konnten. Man benutzte auch nur Pflanzen, die von vornherein schon genügsam und widerstandsfähig waren. Daher wurden in den ganzen Jahrzehnten auch nie, wie Anfangs befürchtet, schädliche Einflüsse auf den Menschen festgestellt. Trotzdem war die Akzeptanz der Gentechnik in der Anfangsphase der Umstellung gering. Man hatte es halt hingenommen, weil es zur Sicherstellung der Ernährung notwendig schien. Inzwischen ist sie nicht mehr wegzudenken. Durch diverse Naturereignisse (man sprach jetzt nicht mehr von Katastrophen) war die Menschheit zwar reduziert, aber längst nicht ausgerottet. Es sah im Moment so aus, als würde sich die Weltbevölkerung bei sechs Milliarden einpendeln. Es könnten in guten Zeiten auch mal sieben Milliarden werden. Die Wissenschaft geht aber eher von einer weiteren Reduzierung aus, da eine Eiszeit unmittelbar bevor stände. Aber das würde ja nicht die erste Eiszeit sein, in der Menschen überlebten. Man musste sich eben darauf vorbereiten. Mit neuartiger, besonders wärmender Kleidung zum Beispiel. Das Mammut würde wahrscheinlich nicht mehr wieder auferstehen. Oder doch? Dazu mochten sich die Wissenschaftler nicht äußern. Fakt war, die Eiszeit würde kommen, egal ob wir an Emissionen sparten oder nicht. Conny erinnerte sich, dass die doch tatsächlich einmal an CO^2 hatten sparen müssen, um ein Treibhausklima zu verhindern. Als sie zum ersten Mal darüber gelesen hatte, dachte sie zuerst an einen Witz und musste unwillkürlich laut lachen. Aber das war denen damals todernst gewesen. Zumindest den Europäern. Den Chinesen, Indern und Japanern dagegen, war das Weltklima scheißegal gewesen. Die dachten nur an ihre Profite und ihr Wirtschaftswachstum. Nur gut, dass diese Zeiten ein für alle Mal vorbei waren. Auch die asiatischen Mitbewohner hatten sich der Neuen Ordnung anpassen müssen. Sie erinnerte sich noch an die ersten Berichte damals, nach dem Hackervorfall. Beziehungsweise an Erzählungen darüber. Sie war damals ja noch gar nicht geboren. Oder hatte sie das Wissen darum aus Andreas Tagebucheinträgen? Egal. Die hatten jedenfalls ganz schön dumm aus der Wäsche schaut. Alles war eingebrochen. Die ganze Industrie war zum Erliegen gekommen. Wie die das damals hinbekommen haben, dass in den dortigen Großstädten kein Chaos ausgebrochen ist? Da haben *Die* wirklich gute Arbeit geleistet. Wenn man das alles bedachte, dann war es doch nur gerechtfertigt, dass *Die* das auch erhalten wollten und zum Erhalt Kontrollen nötig waren. Sie kratzte sich versonnen an der linken Hand. Dort saß direkt unter der Haut der kleine Chip. Inzwischen lief auch der ganze Punkteverkehr darüber ab. Sie fand das sehr praktisch. Es wurde zum Beispiel gespeichert, was und wie viel Obst und Gemüse sie zur Kommune brachte und wie viel sie an Konserven mitnahm. So konnte alles gerecht verteilt werden. Keiner musste sich benachteiligt fühlen. Was am Ende zusammenkam, war ausschlaggebend und nicht ob der eine mehr oder der andere weniger geliefert hatte, Manche lieferten auch gar nichts, weil sie einfach kein Händchen für den Gartenanbau hatten. Die brachten sich eben auf andere

Weise in die Gemeinschaft ein. Es gab ja auch immer noch einen Bedarf für Dienstleistungen. Und es gab keine Diskussionen mehr darüber, welche Leistung nun mehr wert war als eine andere. Alles war gleich viel wert, weil alles dem Erhalt des Allgemeinwohls diente. Auch die Kunst in jeglicher Form. Alles was den Menschen Freude bereitete. Das war der eigentliche Lebensinhalt aller geworden. Lebensfreude.
Sogar Arbeit machte Freude. Kein Mensch saß dauerhaft faul zu Hause herum. Ein paar vielleicht. Aber die konnte eine Gesellschaft schon tragen. Früher nannte man diese Menschen „Tunichtgut". Die würde es wohl auch immer geben. Wobei Conny kannte keinen. Vielleicht waren sie ja doch verschwunden. Leider war das mit den Mördern nicht so. Manche Menschen waren wohl doch von Natur aus böse und schlecht. Trotz Aufklärung und Todesstrafe. Das hatte fast einen Aufstand gegeben, als diese wieder eingeführt worden war. Aber radikale Taten erforderten radikale Strafen. Dafür waren auf der anderen Seite die Gefängnisse abgeschafft worden. Menschen für etwas einzusperren, hatte sich noch nie als effektiv erwiesen. Die kamen nie wieder auf einen grünen Zweig, egal wie gut und wie brav sie nach ihrer Entlassung waren. Und tatsächlich war die Kriminalitätsrate rapide gesunken. Obwohl es keine Gefängnisstrafen mehr gab oder vielleicht gerade deshalb? Es mochte zum Großteil auch daran liegen, daß es das Hauptmotiv - das Geld - nicht mehr gab. Und man hatte die Menschen aufgrund der Chips besser unter Kontrolle. Es war den meisten noch nicht klar, wie *Die* das anstellten. Irgendwie schienen sie oft schon im Vorfeld zu wissen, was einer vorhatte und unterbanden die Tat schon, bevor sie überhaupt geschehen

konnte. Wer weiß, vielleicht würde es irgendwann gelingen, daß gar keine Verbrechen mehr passierten. Zumindest keine geplanten mehr.
Affekttaten konnte wohl kein noch so gutes System im Voraus erkennen. Es war ja schon ein Fortschritt, daß dies die einzigen Probleme waren, die es auf dieser Welt noch gab. Naja, fast. Die Pole waren am Abschmelzen und das Magnetfeld war immer noch dabei, umzuspringen oder gar ganz auszufallen? Wie der Meeresspiegel steigen würde, das hatte man schon berechnet und entsprechende Umsiedlungsmaßnahmen waren schon im Gange. Damit konnte die Menschheit schon umgehen. Aber welche Auswirkungen es haben würde, wenn das Magnetfeld sich änderte, darüber gab es keinerlei Erfahrungswerte. Für den Ernstfall hatte jeder einen Strahlenschutzanzug zu Hause hängen. Man hatte Bunker in die Berge gebaut und lagerte Nährstoffe ein. Alles in Pillen und Pulverform. Auch Saatgut, Pflanzensamen, Spermien und Eier von Menschen und von allen Tierarten wurden sichergestellt. Und alle Bunker hatten eine Wasserquelle. Natürlich würden niemals alle Menschen darin Platz finden. Es würde im Losverfahren eine Auswahl unter den Stärksten, gesündesten und klügsten Menschen im Alter zwischen sechzehn und zwanzig Jahren getroffen werden. Und pro Bunker ein bis zwei ältere Menschen, mit Lebenserfahrung. Mehr konnte man im Moment nicht tun. Man war gewappnet. Und man war überzeugt, daß auf alle Fälle so viele überleben würden, um noch einmal ganz neu anzufangen.
Man hatte auch nicht vergessen, entsprechendes Bildungs- und Informationsmaterial in schriftlicher und digitaler Form einzulagern, damit nur ja nicht wieder dieselben Fehler begangen werden würden.

Obwohl das der jetzigen Menschheit ja egal sein könnte. Aber schon die Majas hatten uns vor irgend etwas warnen wollen. Es war nur immer noch nicht entschlüsselt worden vor was. Man vermutete vor dem Weltuntergang. Nur die Zeit, wann dieser denn endgültig stattfinden sollte, konnte keiner aus den Zeichen herauslesen. Demnach hätte die Welt schon drei Mal untergegangen sein müssen. Conny meinte, es könnte sich durchaus um den Polumsprung handeln. Für sie war das durchaus schlüssig. Die Wissenschaft stritt sich schon seit Jahrzehnten darum, wann der Zeitpunkt gekommen sein würde und noch mehr um die möglichen Folgen. So einig sie sich in vielen anderen Dingen waren, so uneins waren sie sich bei diesem Thema. Conny beschloss, es einfach auf sich zukommen zu lassen. Ändern konnte daran eh niemand etwas. Außer, *Die* bauten heimlich an einer Maschine, die das Ganze abwenden konnte. Es wurde ja angeblich alles transparent gestaltet und jeder hatte Zugang zu allen Informationen und Nachrichten. Aber irgendwie hatte Conny manchmal so das Gefühl, daß da doch so das ein oder andere Geheimprojekt im Gange war. Vielleicht, um keine Panik und Hysterie auszulösen. Wenn es ums nackte Überleben ging, dann war der Mensch trotz aller Computertechnik unberechenbar. Conny selbst mochte sich nicht ausmalen, wie sie reagieren würde, wenn sie erfahren würde, daß die Magnetfeldschutzhülle der Erde ausgefallen war. Würden dann alle verbrennen? Würden wir es überhaupt bemerken? Wahrscheinlich nicht sofort. Diese Sonnenteilchen waren ja so klein und so schnell dass sie durch den Menschen hindurchgingen. Vielleicht würden auch Menschen auf den Mars umgesiedelt. es war ja inzwischen bekannt, dass es auf dem

Mars schon einmal Leben gegeben hatte. Man vermutetem dass er durch einen Meteoriten aus seiner ursprünglichen Bahn geworfen worden war. Solche Meteoriten konnten auch der Erde immer noch gefährlich werden. Man erfuhr von solchen Gefahren aber immer erst im Nachhinein. Das fand Conny nicht so toll. Sie wollte immer gleich alles wissen. Etwas zu verschweigen war für sie auch eine Art Lüge. Und Lügen konnte sie nicht ausstehen. Egal ob *Die* das als zweckmäßig erachteten. Andererseits war es vielleicht doch so das Beste. Es dachten und handelten schließlich nicht alle so besonnen wie sie. Das beste Beispiel an Unbesonnenheit wohnte direkt gegenüber. Wirklich, ihr Nachbar war so, wie ihre Ururgroßmutter in ihren Tagebüchern einen ihrer Kollegen mal beschrieben hatte. Ein richtiger Wirtshausprolet. So einen dürfte es in der heutigen Zeit gar nicht mehr geben. Manche bleiben trotz aller Aufklärung und Bildung ihr Leben lang Beratungsresistent. Musste wohl an den Genen liegen. Gott sei Dank war er zeugungsunfähig und würde seine schlechten Gene nicht mehr weitervererben. So würden die „Geldmenschen" wohl tatsächlich nach und nach aussterben. Auch ohne gentechnische Manipulationen.
Sie hatte einmal darüber gelesen, dass etwas Ähnliches angedacht gewesen war. Oder war das ein Roman gewesen? Sie könnten es sicherlich immer noch tun. Menschen züchten. Aber sie taten es nicht. Sie bauten immer noch auf die Vernunft des Einzelnen. Bisher hatte sich diese Methode auch als wirksam und richtig erwiesen, bis auf einige wenige Einzelfälle, wie besagten Nachbarn. Aber den hatten *Die* immer im Blick.

In diesem Fall war die Überwachung schon ein Segen. Und womöglich hatten
Die doch irgendwie dafür gesorgt, daß er sein Erbgut nicht mehr weitergeben konnte. Das wiederum wäre dann doch grenzwertig.
Schließlich sollten ja alle frei sein. Nun, man würde sehen, was der nächste Hackerday an Neuigkeiten mit sich brachte.

Neunzigster Hackerday
Die Pole waren geschmolzen. Die Menschheit lebte noch. Ein paar weniger zwar, weil sich nicht alle hatten umsiedeln lassen, aber die Berechnungen waren so genau gewesen, daß tatsächlich kein einziger hätte sterben müssen. Die verlorenen Landmassen waren auch kein wirkliches Problem, weil man sich ja vorbereitet hatte und entsprechend andere Gebiete erschlossen hatte. Durch den Klimawandel waren zudem einst eher unbewohnbare Erdteile bewohnbar geworden. Und wenn nicht direkt durch Menschen, so konnten diese Gebiete doch zumindest von Tieren und Pflanzen besiedelt werden. Außerdem entstand durch Vulkane ständig neues Land im Meer. Das war zwar jetzt noch wüst, aber die Erdgeschichte beweist, dass sich dort irgendwann Leben niederlassen würde. Es war ein ewiger Kreislauf, der zwar nicht immer rund lief, aber auch nie still stand. Auch die Zeit stand nicht still. Wieder war eine neue Generation herangewachsen. Der Stammbaum, der auf Andrea und Peter zurückging, war nun schon weit verzweigt. Und nicht nur das. Es gab eine bunte Mischung aus allem.
Conny musste bei jedem Familientreffen erneut staunen, wie unterschiedlich die Kinder aussahen.

Selbst Geschwister glichen einander manchmal nur wenig. Sie selbst hatte ja drei Töchter.
Und alle drei waren erst in die Welt gereist und jede kam mit einem Mann von dort zurück, wo sie zuletzt gewesen war. So kam es, dass nun asiatische, afrikanische, südländische und nordische Typen zur Familie gehörten. Eigentlich ganz witzig. Ihre Urenkelin Sita war blond und hatte mandelförmige Augen. Deren Bruder hingegen war eher dunkelhäutig, weil sein Großvater väterlicherseits vor sehr langer Zeit einmal vom Afrikanischen Kontinent hergekommen war. Aber trotz aller Durchmischung war an manchen Orten die Individualität geblieben. Die jeweiligen Dorfbewohner hatten sich dafür entschieden. Sie verhinderten eine Mischung, aber nicht mit Gewalt, wie einst. Wer nicht nach diesem Prinzip leben wollte, der ging einfach woanders hin. Man konnte auch durchaus, als Fremder anderer Hautfarbe dort leben. Nur Kinder zeugen durfte man dort nicht. Verliebten sich eine einheimische und ein zugezogene Person ineinander, dann mussten diese eben aus diesem Dorf wegziehen. Das könnte man jetzt als Intoleranz werten. Aber es war halt deren Lebensweise und solange diese nicht mit Gewalt durchgesetzt wurde, wurde sie von allen akzeptiert.
Im Großen und Ganzen war man überall aufgeschlossen und nahm Fremdlinge gerne auf, sofern dieser eine Fähigkeit hatte, an welcher gerade Bedarf bestand. Vor allem Handwerker zogen gerne herum. Aber auch Forscher und Wissenschaftler. In alten Zeiten hätte man diese Menschen wohl als Nomaden oder gar Zigeuner bezeichnet. Gottlob waren diese Zeiten vorbei. Manch einer brauchte einfach Zeit, um seinen Platz in der Welt zu finden und es war schön,

dass er nun auch die Möglichkeiten dazu hatte. Niemand saß mehr auf ewig irgendwo fest, weil er kein Geld besaß um wegzukommen. Man war Geld-Frei. Noch vor einundneunzig Jahren hätte niemand auch nur im Traum gedacht, daß es je gelingen könnte, wirklich ohne Geld zu leben. Einige hatten es versucht, waren aber früher oder später am Rest der Gesellschaft gescheitert. Man konnte sich zwar selber ernähren ohne Geld, sich auch mit Energie versorgen, wenn man das Glück hatte in einer sonnigen und/oder windigen Gegend zu leben, und wenn man Land besaß. Aber um einmal von dort wegzukommen, hatte es schon wieder Geld gebraucht. Noch früher konnte man per Anhalter fahren. Aber diese Reisemethode war vor allem für weibliche Wesen immer gefährlicher geworden. Jetzt mit den Chips unter der Haut war das kein Problem mehr. Irgendwie konnten *Die* jeden überall orten. Und irgendwie sahen sie auch alles. Das war manchmal direkt unheimlich. Natürlich sahen sie einen nicht wirklich. Sie erstellten nur Bewegungsprofile. Sie konnten sehen, wenn eine Frau in ein Auto stieg, sie wussten wer der Fahrer war und wenn diese Frau auf einmal verschwunden war, dann konnten sie sehr schnell ermitteln, was geschehen war. Daher gab es praktisch keine Vergewaltigungen und Morde mehr. Die Täter wurden immer erwischt. Der Fortschritt hatte nicht Halt gemacht. Egal wo. Es hatte zwar ein paar Generationen gedauert, weil die alten Forscher lange nicht einsehen wollten, warum sie praktisch ohne Lohn arbeiten sollten, aber am Ende hatte die Vernunft gesiegt. Als keine Forschungsgelder mehr beantragt werden mussten, und jeder forschen konnte an was er wollte und alle miteinander vernetzt waren und ihre Ergebnisse teilten, lief alles

viel besser. Natürlich musste schon ein gewisses öffentliches Interesse bestehen. Die Forschung sollte die Menschheit schon voran bringen und ihr nutzen. Alles andere war Privatvergnügen. Das ging auch, wurde aber nicht im selben Maße mit Punkten belohnt.
Ein Privatforscher bekam nur seine Grundversorgung. Das war aber auch okay. Es gab ja immer die Möglichkeit sich noch anderweitig in die Gesellschaft einzubringen. Da die einzelnen Gesellschaften ja nur noch aus Dorfgemeinschaften oder kleineren Städten bestanden, waren diese Möglichkeiten nahezu unbegrenzt. Man konnte sich im Internet „sein" Dorf oder „seine" Stadt aussuchen. Für jede Gemeinschaft gab es ein Profil. Darin stand die Anzahl der Bewohner, deren Berufe oder Tätigkeiten, das Alter, das Geschlechterverhältnis, die Lebensmaxime und Gemeinschaftsregeln. Letztere wurden jährlich neu besprochen und bei Bedarf geändert. Das Grundgesetz galt sowieso überall gleich. Das war fast so, als würde man sich bei einer Heiratsvermittlung einen Lebenspartner suchen. Nur dass man hier dann viele Partner und Partnerinnen hatte. Und endlich gab es wahre Demokratie, weil sie immer nur in kleinem und überschaubarem Rahmen ausgeführt wurde. So wie es von den Erfindern- den Athenern- ursprünglich auch erdacht war. So, wie es dann viel später im Großen gehandhabt worden war, hatte es nicht wirklich funktionieren können. Bergmenschen und Küstenmenschen konnte man nicht unter einen Hut bringen. Die Bedürfnisse waren einfach zu unterschiedlich. Trotzdem hatte man es immer wieder versucht. Man hatte zusammengefügt, was nicht zusammen gehörte. Und um das Zusammengefügte zu kontrollieren und alle gleich

zu behandeln, hatte man erst die Europäische Union und dafür dann eine EU-Kommission gegründet.

Diese Kommission hatte dann so komische Sachen wie beispielsweise eine Seilbahnverordnung eingeführt. Auch im Flachland, wo es gar keine Seilbahnen gab. Und das war nicht der einzige Schildbürgerstreich gewesen, den diese Kommission damals verbrochen hatte. Was die alles an ihren Schreibtischen beschlossen hatten. Und die Menschen mussten das dann umsetzten, egal ob es sinnvoll war oder nicht. Und wer einmal etwas nicht umsetzten konnte, der musste dann auch noch Strafgeld bezahlen. Überhaupt wurden bei diesem Verein nur Gelder verschoben. Nur wegen des Geldes existierten die überhaupt. Und ganz oben saßen nicht Politiker sondern Wirtschaftsmagnaten, Banker und Firmenoberhäupter. Das Geld regierte in Wirklichkeit. Das war dann aber auch ganz schnell vorbei mit denen, als das Geld auf einmal weg war. Was haben die Menschen gejubelt, als die EU für aufgelöst erklärt wurde. Es hatten sowieso nur noch die Politiker daran festgehalten. Das Volk, egal welches, hätte längst alles abgeschafft. Aber das wurde ja wohlweislich nicht gefragt. Das war bei der Gründung schon nicht gefragt worden. Und die, die gefragt worden waren, sind nicht beigetreten. Heute war das anders. Wenn eine Entscheidung anstand, wurden alle mit einbezogen. Man musste ja nicht mehr den Rest der Welt mit berücksichtigen. Was das betraf, regelten *Die* das. Aber auch nicht alleine. Den Welthandel musste ja niemand mehr regeln. Das machten die Händler unter sich aus. Es gab im Internet nur noch eine einzige Börse, und dort wurden nur noch Waren gehandelt. Keine Aktien oder gar dubiose Wettgeschäfte mehr. Jede Gemeinschaft konnte seinen

Bedarf an bestimmten Dingen anmelden und meist wurde einfach getauscht. Exotische Früchte und Gewürze gegen Weizen und Kartoffeln zum Beispiel. Und der Computer ermittelte jedes Jahr nach der Ernte den Tauschwert. Er berücksichtigte dabei die Anzahl der Menschen, die ernährt werden musste und den Ernteertrag. So konnte niemand mehr einen anderen übervorteilen oder gar ausbeuten. Dieser Computer musste wahrlich über eine immense Rechenleistung verfügen. Er konnte nämlich anhand der Klimadaten auch künftige Erträge errechnen, und notwendige Rückstellungen mit einbeziehen. Es war auch gelungen, die Ernährungsgewohnheiten komplett umzustellen. Es wurde kaum noch Fleisch gegessen. Eigentlich nur noch zu besonderen Feiertagen. Geflügel hielten sich viele selbst. Rinder, Schafe Ziegen und sonstige Fleischlieferanten wurden in jedem Dorf auf Weiden gehalten und mehrheitlich zur Milch- und Käseproduktion genutzt. Geschlachtet wurde in der Regel einmal im Jahr. Das wurde dann auch als großes Schlachtfest gefeiert. Conny mochte dieses Fest am liebsten. Auch wenn sie das Fleisch im Alltag nicht wirklich vermisste, so fand sie es doch sehr erbaulich, sich hin und wieder mal den Bauch damit vollschlagen zu dürfen. Die Menschheit war nicht komplett vegan geworden. Man ernährte sich nur ausgewogener und die Tiere wurden nicht mehr industriell gehalten, sondern artgerecht. Das beinhaltete auch, dass keine lebenden Tiere irgendwohin transportiert wurden, sondern sie wurden vor Ort geschlachtet und alles ging ganz schonend vonstatten.
Conny hatte in einem der Tagebücher gelesen, daß das nicht immer so gewesen war. Man hatte zum Beispiel Schweine so gezüchtet, dass die so viele Rippen

hatten, dass sie gar nicht mehr laufen konnten. Es zählte nur noch die Menge. Die Qualität und der Geschmack waren nebensächlich. Am Ende hatte das Fleisch die Menschen sogar krank gemacht. Das war nun anders. Zumal die Tiere heute nicht mehr mit Antibiotika behandelt wurden und schon gar nicht mehr mit Wachstumshormonen. Auch aus der Humanmedizin waren Antibiotika fast vollständig verbannt worden. Überhaupt war die Anzahl an Medikamenten nun überschaubar. Pharmakonzerne gab es nicht mehr. Es gab wohl noch Pharmakologen, die Forschung betreiben. Aber sie forschten nicht mehr um des Profites willen, sondern zum Wohle der gesamten Menschheit. Das war zur Selbstverständlichkeit geworden. Keiner konnte sich mehr vorstellen, dass das einmal anders gewesen war. Überhaupt war die Geldzeit fast in Vergessenheit geraten. Ob das gut oder schlecht war, musste sich aber erst noch zeigen. Im Moment lief alles bestens. Und weil alles so gut lief, konnten die Menschen nun schon langsam die Hundertjahrfeier planen. Denn diese sollte wahrhaftig bombastisch werden. Und die Feuerwerke sollten überall auf der Welt zur selben Zeit starten, ohne Zeitverschiebung, weil damals das Geld ja auch überall zu selben Zeit verschwunden war. Das sollte kein Problem sein. Nur dass es auf der Nordhalbkugel Nacht sein würde und auf der Südlichen Hälfte des Erdballs Tag. Und ein Feuerwerk bei Tag ist jetzt nicht so wirklich der Bringer. Also musste entweder die Feuerwerkstechnik geändert werden, oder man ließ sich etwas anderes einfallen, was krachte und bunt war.
Es waren ja noch Zehn Jahre Zeit bis dahin.

Der Kreis schließt sich

Der Hahn kräht. Noch einmal umdrehen. Aber nicht für lange. Höchstens zehn Minuten. In alten Zeiten, als es noch Wecker gab, nannte man das „snooze-time". Hätte Petra damals schon gelebt, sie hätte diese Funktion sicher auch genutzt. Sie war ein Morgenmuffel und nicht der Typ, der gleich beim ersten Krähen mit einem Lied auf den Lippen aus dem Bett sprang. Trotzdem war sie immer diejenige, die morgens als Erste aufstand. Sie liebte die Stille und das langsame Erwachen der Natur. Wobei das erste Vogelkonzert war schon längst vorüber.
Mit einer Tasse Kräutertee sitzt sie auf der Terrasse und genießt die letzten Minuten des Sonnenaufgangs. Er ist nicht so spektakulär wie im Herbst, denn es ist mitten im Sommer. Morgenrot sollte ohnehin schlechtes Wetter bedeuten. Obwohl, ihre Gartenfrüchte würden ein wenig Regen sicher begrüßen.
„Hey, ich muss auch! Beeil dich mal ein wenig!" Vorbei ist es mit der Ruhe. Ihre Kinder sind wach und wie üblich beginnen sie ihren Tag mit Streiten. Schließlich tappst ihre Tochter Babsi doch ins Gäste WC. Egal wann sie aufsteht, ihr Bruder Sascha ist immer als Erster im Bad. Und Andreas, ihr Mann steht immer zuletzt auf. Dann bereiten sie gemeinsam das Frühstück. Heute sammelt Babsi die Eier der familieneigenen Hühner ein und Sascha schaut, was der Garten so hergibt. Heute gibt es Omelette mit Frühlingszwiebeln. Die beiden Geschwister wechseln sich immer ab mit ihren Aufgaben. Das machen sie ganz selbstständig. Sie wissen, was zu tun ist.

Da gibt es auch keinen Streit. Während sie gemütlich frühstücken, wird der Tagesablauf besprochen.

Die Kinder setzen sich als erstes vor ihren PC und absolvieren ihr Lernprogram für diesen Tag. Nächste Woche war wieder eine Prüfungswoche und daran wollten sie teilnehmen. Es gab alle vier Wochen so eine Prüfungszeit, wo die Kinder und Jugendlichen hingehen konnten; aber nicht mussten. Aber gerade dieses freiwillige machte das Ganze so attraktiv. Die Kinder zeigten gerne, was sie schon alles konnten und wussten. Es gab ja keinen Druck. Weder durch Noten noch durch Zeit. Und alle waren weltweit auf demselben Level, was das Grundwissen betraf. Dann gab es noch regional bedingtes Spezialwissen. Und es wurde noch unterschieden zwischen Theoretikern und die Praktikern. Kein Kind wurde mehr gezwungen, beides perfekt zu beherrschen. Es wurde die Natur jedes einzelnen beachtet und gefördert. Auf diese Weise war es möglich aus jedem Menschen das Optimum herauszuholen. Petra hatte den grünen Daumen. Sie gärtnerte mit Leib und Seele. Das taten alle, die in ihrem Garten Obst und Gemüse pflanzten. Und natürlich auch Blumen. Schließlich wollte man reichlich Honig ernten. Wirklich große Rasenwüsten, wie anno dazumal gab es nirgends mehr daher auch kein samstägliches Rasenmähergeknatter. Das musste damals wahrlich nervtötend gewesen sein. Und nicht nur die Rasenmähergeräusche. Alles war irgendwie laut gewesen. Die hatten das Laub nicht gefegt oder gerecht sondern mit lauten, und auch noch stinkenden Geräten weggeblasen. Und dann gab es da noch den Autoverkehr und Flugzeuge. Flugmaschinen gab es heute auch wieder, aber die starteten und landeten nicht mehr wie an

einer Perlenschnur aufgereiht im 30-Sekunden-Takt. Und der Treibstoff war ein völlig neuer.
Umweltschonender und effektiver. In den Städten fuhren, wenn überhaupt, nur noch fast lautlose Elektrofahrzeuge. Die einzigen Fahrzeuge, die Lärm machten waren Feuerwehr, Polizei und Rettungsfahrzeuge. Aber selbst die hörte man nur äußerst selten. Es war zu friedlich für Polizei geworden. Unfälle gab es wegen des verringerten Verkehrsaufkommens und weil alle auch langsamer fuhren, kaum noch. Am meisten hatte noch die Feuerwehr zu tun. Feuer und Wasser waren einfach zwei Elemente, die man brauchte und manchmal gerieten diese außer Kontrolle. Das würde wohl auch auf ewig so bleiben. Zumindest konnte man Großbrände und Überschwemmungen schon im Vorfeld verhindern. Wie auch immer „Die" das machen mochten.
Andreas musste heute, wie zu jedem Ersten im Monat ins Rathaus gehen um dort seine Liste für die Aufgaben in diesem Monat zu erhalten. Immer im Dezember wurden die Aufgaben für das Folgejahr besprochen und dann wurden die Listen nach den jeweiligen Fähigkeiten monatlich verteilt. Andreas war ein „Zupacker". Er liebte körperliche Arbeiten. Daher war er oft für den Straßenbau oder für den Häuserbau eingeteilt. Im Winter auch im Wald um Bäume zu fällen. Manchmal auch für allgemeine Arbeiten wie Laubrechen im Herbst und Schneeräumen im Winter. Aber immer nur für vier Stunden am Tag. Es gab zwei Schichten, die im monatlichen Rhythmus wechselten.
Den Arbeitsbeginn sprachen die Gruppen untereinander ab. Im Sommer, wenn es heiß war, begann man früh und die, die nachmittags dran waren spät. Das klappte alles wunderbar.

Jeder tat, was getan werden musste. Jede Region arbeitet so, wie es die Natur verlangte und erlaubte. In heißen Gegenden war es
anders, als in kühleren. Das war zwar schon immer so gewesen, aber damals, als die Europäische Union gegründet worden war, wollte man zum Beispiel Spanien und Deutschland einander angleichen. Das hatte nicht klappen können. Bei 40 Grad im Schatten lässt es sich eben nicht so arbeiten, wie bei 20 Grad. Nur gut, dass diese Begebenheiten jetzt berücksichtigt wurden. Niemand bezeichnete die Siesta haltenden Gesellschaften mehr als faul. Die taten ihre Arbeit genauso, nur eben, in den kühleren Abendstunden. Genau wie Petra ernteten auch dort heute Menschen ihr Gemüse, das schon reif war und brachten es dann zur Markthalle. Im Gegenzug konnten sie dort anderes Gemüse, Salz, Zucker, Mehl, oder Gewürze mitnehmen. Überall auf der Welt lebte man nun nach dem Konzept der solidarischen Landwirtschaft.
Später am Nachmittag würden Petra dann alle ihre Mutter besuchen, die sich vor zwei Jahren dazu entschieden hatte in einer sogenannten gemischten Wohnsiedlung zu leben. Dort halfen sich alte und junge Menschen gegenseitig. Sie hätte das nicht gemusst, Petra hätte sich schon um sie gekümmert, genauso wie sie sich um ihre Schwiegermutter kümmerte. Aber die beiden alten Damen verstanden sich nicht so prächtig und ihr machte es Spaß zusammen mit Studenten und ledigen Müttern zu leben. Sie fungierte oft als Leihoma. Das hielt sie jung.
Alten – und Pflegeheime gehörten längst der Vergangenheit an. Es gab wohl Pflegehäuser und Hospize für die ganz schweren Fälle. Diese waren aber im Laufe der Zeit immer weniger geworden.

Das musste an der besseren Ernährung und der reineren Luft liegen. Große Fabriken, die aus hohen Kaminen Dreck in die Luft pusteten, gab es nämlich auch längst nicht mehr. Und die Medizin war auch nicht stehen geblieben. Dank der eingepflanzten Chips konnte in Notfällen auch viel schneller geholfen werden. Der Notarzt musste nur kurz seinen Scanner darüber halten und schon hatte er alle relevanten Daten vor sich. Das ersparte zeitraubende Anamnesen und Laboruntersuchungen. Den Chip gab es gleich nach der Geburt. Es waren seither keine Verwechslungen von Säuglingen mehr vorgekommen, wie damals, als es noch diese Armbänder gab. Zudem gebaren die meisten Frauen in Geburtshäusern. Die waren nicht so groß, wie früher die Kliniken, was eine Verwechslung zusätzlich erschwerte. Die Hebammen kannten die Mütter und Säuglinge. Und wenn es nicht medizinisch notwendig war, dann blieb das Kind von Anfang an bei seiner Mutter. Und die Mütter durften bei allen Untersuchungen zugegen sein. Dabei wurde alles genau erklärt und zwar so, dass es die Mutter auch verstehen konnte. Das war inzwischen auch bei den Erwachsenen so. Die Ärzte redeten nicht mehr „Fachchinesisch" mit ihren Patienten. Sie waren auch schon lange keine" Halbgötter in Weiß" mehr. Man wurde nicht mehr Arzt um viel zu verdienen, sondern um den Menschen zu helfen. Der Hypokratische Eid wurde endlich wieder ernst genommen. Keiner konnte sich heute mehr vorstellen, daß das einmal anders gewesen war. Ärztliche Kunstfehler gab es kaum noch und wenn, dann konnten die dank der Chips nahtlos aufgeklärt werden. Ein Abstreiten und unter den Teppich kehren ging nicht mehr. Man musste zu seinen Fehlern stehen. Und Fehler waren schließlich menschlich.

Dank der Computertechnik wurden diese aber immer weniger- gingen eigentlich gegen Null. Manchmal konnte eben die beste Technik nicht mehr helfen
Aber es konnten Unmengen an Daten gespeichert und abgerufen werden. Und zwar von überall. Starb zum Beispiel an einem Ende der Welt ein Mensch an einer bisher unbekannten Krankheit, so konnte jeder Arzt im Rest der Welt von den Daten profitieren und musste nicht erst selbst lange forschen. Die Vernetzung von Forschungsergebnissen funktionierte in allen Bereichen, nicht nur in der Medizin. Eigentlich war jeder mit jedem vernetzt, wenn er es wollte. Petra fragte sich schon manchmal, wie das genau vonstattenging. Sie wusste, daß da irgendwann mal irgendwelche Hacker alles ins Rollen gebracht hatten und die Welt verändert haben. Aber wie genau? Das musste schon ein ziemlich großer Rechner sein, der das alles konnte. Vielleicht verrieten sie ja auf dem nächsten Hackerday mehr. Der jährte sich ja nun zum hundertsten Mal. Die Welt könnte nun endlich bereit sein für die ganze Wahrheit. Petra war es jedenfalls. Sie glaubte, dass nun endgültig niemand mehr Geld haben wollte. Wozu auch? Der Handel lief, das Leben lief. Alle hatten zu Essen und eine Wohnstatt. Wirklich alle. Hungersnot war ein unbekanntes Wort heute. Sie selbst kannte es nur aus den alten Tagebüchern einer Urahnin. Die immer noch von Generation zu Generation weitergereicht wurden. Inzwischen auch als CD. Irgendwer hatte die Texte einmal eingescannt und digitalisiert. Das erwies sich inzwischen als sehr gute Idee, da die Tinte stellenweise schon sehr verblasst war. Zudem konnten nur noch wenige die Schrift entziffern. Es gab ja inzwischen weltweit einheitliche Schriftzeichen die irgendwie ein Mischmasch aus

allen damals bekannten alphabetischen Zeichen sind. Auch die Sprache hatte sich verändert. Es war schon bemerkenswert, wie nahe die Welt zusammengerückt ist, nachdem alle Ländergrenzen und Allianzen aufgelöst worden waren. Die hatten damals doch tatsächlich mit Waffen für Frieden sorgen wollen. Also „Waffen" und „Frieden" in einem Satz zu nennen erschien Petra selbst heute, wo es keine Waffen mehr gab, als völliger Unsinn. Aus der Geschichte wusste sie, dass Waffen niemals Frieden geschaffen hatten. Aber da hatte es ja die Waffenindustrie gegeben. Und auch diese Industrie, war, wie alle, auf Wachstum bedacht gewesen. Also durfte es gar keinen Frieden geben, sonst wären die ja überflüssig geworden. Nun, sie wurden es dennoch. Dank der Hacker. Was wohl aus denen geworden war? Aus all denen, die damals in der Waffenindustrie gearbeitet haben und aus all den Soldaten? Ach ja, die Soldaten hatten ja mit den Hackern gemeinsame Sache gemacht. Aber die anderen? Und hatte es nicht auch Gegner gegeben? Gab es immer noch Gegner?

„Mami, Hunger!" hörte sie ihre Kinder schon von weitem rufen und wurde so aus ihren Gedanken gerissen. Nur gut, dass ihre Kinder so gerne Gemüseeintopf aßen. Es waren noch Reste vom Vortag da.

Aus den Tagebüchern wusste Petra, dass schon ihre Ahnin Meisterin im Reste verwerten war. Sie hatte auch viele nützliche Spartipps aufgeschrieben. Zum Beispiel hatte sie alle Tuben und Plastikflaschen aufgeschnitten um auch den letzten Rest an Creme, Ketchup, Mayonnaise, Shampoo oder was auch immer der Inhalt gewesen war, herauszuholen. Kochwasser von Gemüse, Eiern, Kartoffeln oder Nudeln wurde nicht weggeschüttet, sondern, wenn es abgekühlt war, zum Blumen gießen verwendet. Das sparte dann auch gleich den Dünger. Auf diese Weise war es ihr sogar einmal gelungen, eine Bananenstaude zum Blühen zu bringen. Früchte hatte sie leider keine bekommen. Wahrscheinlich, weil es nur eine Staude gewesen war. Sie sparte auch noch Wasser, indem sie, wenn sie warmes Wasser benötigte, das kalte erst einmal in Gießkanne oder Eimer auffing. Dieses Wasser konnte dann immer noch zum Kochen oder auch zum Gießen verwendet werden. Das alles ging Petra durch den Kopf, während sie das Essen zubereitete Und als sie seit drei Tagen nichts mehr bekommen, machten sich ihre beiden kleinen Monster auch gleich darüber her. Was war es schön, den beiden zuzusehen, wie es ihnen schmeckte. Und was war es schön, sich keine Gedanken darüber machen zu müssen, was mal aus ihnen werden würde. Es gab keinen Überlebenskampf mehr. Die Erde brachte alles Nötige hervor und die Menschen nutzten es, ohne es auszunutzen. Nachhaltigkeit, Ressourcen schonen, Umweltschutz, waren nicht mehr nur schöne Worte die für Wahlkämpfe – die gab es auch nicht mehr in der alten Form – eingesetzt wurden. Sie waren zur allgemeinen Lebensmaxime geworden. Genauso wie Toleranz, Glaubensfreiheit oder überhaupt Freiheit. Die Freiheit zu leben wie und wo man will, so lange man nicht die Freiheiten eines anderen damit beschnitt. Obwohl so eine „Beschneidung" kaum noch möglich war. man achtete und respektierte sich. Es hatte ja jeder gleich viel von allem. Keiner versuchte mehr seinem Nachbarn ein Stück Garten abspenstig zu machen. Im Gegenteil. Die meisten taten sich sogar zusammen, weil sich gemeinschaftliches Anbauen als effektiver erwiesen hatte.

Es gab auch keine unliebsamen Neuankömmlinge mehr, weil jeder ja vorher im Internet nach passenden Wohngegenden suchte und wenn er fündig wurde, dort erst einmal anfragen musste,
ob überhaupt Platz vorhanden ist. Manchmal wurde dann auch Platz geschaffen. Das ging immer irgendwie. Und eine Beschäftigung-man sagte nicht mehr Arbeit- war auch meist schnell gefunden. Das Punktesystem war nochmal verändert worden. Man konnte nun durch Fleiß mehr Punkte sammeln als andere und diese auch umsetzen. Aber man konnte sie nach wie vor nicht vererben oder für Bestechungen einsetzen um sich dadurch irgendwelche Vorteile zu verschaffen. Da fiel ihr ein, demnächst stand ja wieder die Wahl des Bürgermeisters an. Das heißt, eigentlich war es gar keine richtige Wahl. Der Computer wählte diesen nach seinen Fähigkeiten aus und den Leuten wurde diese Wahl dann mitgeteilt. Im Anschluss daran wurde auf dem Dorfplatz gefeiert. Der Bürgermeister war der einzige, der wirklich viel zu tun hatte. Aber er wurde ja auch nur immer für maximal zwei Jahre gewählt und hatte viele Helfer. Und er war während seiner Amtszeit von allen anderen Aufgaben freigestellt. Die Denkarbeit und Organisation übernahm ohnehin der Computer. Seine Aufgabe bestand hauptsächlich darin, alles zu delegieren und zu überwachen. Und natürlich bei Feierlichkeiten Reden zu halten und die Dorfgemeinschaft zusammenzuhalten.
Er war sozusagen der Coach.
Ein paar Tage später war es dann soweit. Das Los war auf Petras Bruder Liam gefallen. Kein typisch „deutscher" Name. Ja, auch diese ehemals „Ländertypischen" Namen und Eigenschaften gehörten der Vergangenheit an. Alles war nun durchmischt.

Liam war auch nicht weiß. Seine Ur-Ur-Ur Großmutter stammte aus einer einstigen damals Syrischen Flüchtlingsfamilie. Man unterschied auch keine Glaubensrichtungen nach Juden, Christen oder Moslems oder was es sonst so gegeben hatte, mehr. Man glaubte an Gott oder eben nicht. Petra selbst glaubte sehr an die Kraft und die Macht von Engeln, die ja auch als himmlische Wesen galten. Seit jeher schon und in nahezu allen Kulturen. Komischerweise hatte jede Konfession ihre Engel gehabt. Bestimmte Erzengel waren sogar die gleichen. Auch heute noch. Petra hatte noch ein altes Kartendeck mit verschiedenen Erzengeln. Es stammte noch von Andrea, ihrer Vorfahrin, von der auch die Tagebücher abstammten. Diese Karten benutzte sie aber nicht mehr. Sie hatte sich vom Kartenmacher nach deren Vorbild neue machen lassen. Die Dorfbewohner kamen regelmäßig zu ihr, wenn sie Probleme hatten, um die Engel zu befragen. Denn obwohl es keine Geldprobleme mehr gab, so waren gewisse menschliche Probleme immer noch da und würden es wohl auch immer sein. Das brachte die Menschlichkeit eben so mit sich. Mensch dachte und Mensch fühlte. Es gab noch Liebeskummer und nicht jeder wusste von Jugend an, zu was er berufen war. In früheren Zeiten haben Menschen Zuflucht in der Spiritualität gesucht und Ablenkung. Auch viele Atheisten – oder gerade die. Diese Tatsache amüsierte Petra sehr. Menschen die behaupteten nicht an Gott zu glauben aber an Engel schon. An Horoskope und Sterndeutungen glaubte allerding kein Mensch mehr, außer es wurden Wetterphänomene berechnet. Man hatte herausgefunden, daß Sonnenflecken und Sonnenstürme sehr einflußreich auf das Wetter und auch das Klima waren. Das heißt herausgefunden hatte das ein Amerikaner schon vor langer Zeit. Nur haben die wenigsten Meteorologen das berücksichtigt. Er wurde sogar von vielen als Spinner verlacht. Aber so nach und nach mussten sie zugeben, dass er mit seinen Wettervoraussagen viel genauer war. Vor allem was Unwetter anbetraf. Gerade die schienen in direktem Zusammenhang mit Sonnenstürmen zu stehen. Und schließlich war aus vielen scheinbaren Zusammenhängen ein wirklicher geworden. Wie auch der von Geld und Krieg. Die Menschen haben daraus gelernt. Wenn auch erst unter Zwang, indem man ihnen das Geld wegnahm. Sie haben auch gelernt, ohne Fleisch auszukommen. Tiere wurden nur wegen der Milch oder zur Wollgewinnung gehalten. Es gab keine Kleidung aus Kunstfasern mehr. In sehr kalten Gegenden durften auch Pelze getragen werden. Die waren einfach wärmer als alles andere was je an Isolationskleidung geschaffen worden war. Petra erschauderte schon allein bei dem Gedanken daran, dass die in der Geldzeit Pullover aus Plastik getragen. Aus genau solchem Plastik, das zuvor für Getränkeflaschen verwendet worden war. Diese Flaschen waren zuerst im damaligen Deutschland geschreddert worden, dann hatte man das Ganze beispielsweise nach China oder Indonesien verschifft, die haben daraus unter menschenunwürdigen Bedingungen Textilien daraus gemacht, die dann wieder zurückverschifft wurden. Und was das erst für eine Ökobilanz gewesen sein muss. Unvorstellbar heute. Abgesehen davon, dass es so gut wie keinen Plastikmüll mehr gab, wurde nur noch solche Ware verschifft, die es hier oder dort nicht gab. Petra hatte sogar einmal gelesen, daß die Bananen erst geschält hatten und dann in Plastikfolien verpackt zum Verkauf angeboten hatten.

Also etwas, was schon eine natürliche Schutzhülle hatte, wurde derer beraubt um sie dann mit etwas zu ersetzten, was erstens nicht so schützte und zweitens auch noch umweltschädlich gewesen war. Dabei waren Bananenschalen so dicht und kräftig, daß sie kaum kompostierbar waren. Es dauerte Jahre, bis die endgültig verrotteten. Genauso verhielt es sich mit Orangenschalen. Die konnte man jetzt wenigstens noch anderweitig verwerten, weil sie nicht mehr gespritzt wurden. Man hatte andere, bessere Methoden zur Schädlingsbekämpfung gefunden. Gentechnik gepaart mit natürlichen Feinden der Schädlinge und Abschaffung von Großplantagen und Monokulturen hatten wahre Wunder gewirkt. Erst hatten die ehemaligen Plantagenbesitzer dagegen demonstriert, aber es hatte nichts genützt. Dann mussten sie auch noch das Land verlassen, weil es sich bei den meisten um dort ausländische Besitzer gehandelt hatte. Die einheimischen Bauern durften nur dort arbeiten und das auch noch zu einem Hungerlohn. Seit damals dürfen sie ihr Land wieder selbst bewirtschaften und auch selber mit ihrer Ernte handeln. Verkauft oder getauscht wird nur noch, was sie nicht selber brauchen. Es gibt keine „Dritte Welt" mehr, nur noch eine Welt. Es gibt auch kein Nord-Süd-Gefälle mehr. Jeder lebt von dem, was seine Gegend gerade hergibt. Und keine Bank und auch kein Politiker oder Wirtschaftsweiser stellt mehr Vergleich an. Man ist anders, aber niemals besser oder schlechter. Nur schade, dass von damals keiner mehr diesen positiven Wandel der Welt und aller Gesellschaften mehr live miterleben kann. Im Grabe umdrehen muss sich dafür wahrlich keiner. Auch die einstigen „Verlierer" nicht.

Wirklich etwas verloren hat ja keiner, weil ja die Grundversorgung aller erst einmal sichergestellt worden war.
Andreas kam nach Hause. Zeit das Abendessen zu bereiten. Sie taten das meist gemeinsam. Überhaupt konnten sie vieles gemeinsam tun. Sie konnten sich beide nicht vorstellen, wie das damals gewesen sein muss, als die Menschen acht Stunden am Tag arbeiten hatten müssen und dann noch mindestens eine Stunde Heimweg hatten. Womöglich mussten sie dann unterwegs noch schnell im Supermarkt ein Fertiggericht für die Mikrowelle kaufen, weil die Frau keine Zeit und wohl auch keine Lust mehr zum Kochen hatte. Überhaupt was waren das für Familien gewesen, wo schon Säuglinge in Krippen untergebracht wurden, weil die Ehefrau mitarbeiten gehen musste, damit diese Familie überhaupt hatte leben können? Die Politiker hatten denen einen Krippenplatz als Recht verkauft. Eine Mutter hatte also das Recht auf einen Krippenplatz für ihr Kind damit sie arbeiten gehen konnte. Keiner sprach davon, dass sie vielleicht lieber zu Hause geblieben wäre. Und was das dann für Kinder geworden waren. Alle gestört. War ja auch ganz klar. Keine noch so gut ausgebildete Kinderbetreuerin konnte sich so intensiv kümmern, wie die eigene Mutter. So ein Kind konnte sich gar nicht richtig entwickeln, weil es sich von Anfang an immer unterordnen musste. Das hatten die Politiker damals schlau eingefädelt. Nur gut, dass sie ihren Plan nicht zu Ende führen konnten. Wo das hingeführt hätte, mochte sich Petra lieber nicht ausmalen. Wahrscheinlich hätte es zu einer Zweiklassengesellschaft geführt. Die Reichen und deren Sklaven. Und die Sklaven hätten nicht einmal gemerkt, dass sie solche sind, weil sie zur

Blödheit erzogen worden wären.
Die Kinder kamen nun auch nach Hause. Gerade richtig zum Essen. Alle sechs, inclusive Oma und Opa saßen einhellig um den Tisch. Und wie immer entspannte sich sofort ein lebhaftes Gespräch. Die Kinder hatten ja Prüfungstag gehabt und daher viel zu erzählen. Babsi hatte ihren Test in Geschichte absolviert und Sascha in Sprachen und Gentechnik. Die beiden waren sehr wissbegierig und konnten schon mehr, als ihre Eltern. Obwohl die auch schon sehr gebildet waren, wie eigentlich alle Erdbewohner. Heute ist es gar nicht mehr vorstellbar, dass es einmal sogenannte „Bildungsferne" /ein sehr diplomatischer Ausdruck für „blöde" oder „dumme" Menschen), gegeben hatte. Petra hatte den Eindruck, dass die Menschen schon mit höherem IQ geboren wurden, als in der Geldzeit.
Und die Großeltern hatten sowieso immer irgend eine alte Geschichte auf Lager. Außerdem waren schon alle wegen der bevorstehenden Hundertjahrfeier
Ganz aufgeregt. Sie wollten endlich wissen, wie *Die* das damals gemacht hatten. Wie um alles in der Welt sie es geschafft hatten, alles so zu verändern. Vor allem so positiv zu verändern und ohne Schaden und Blutvergießen. Denn wenn auch die Gier beziehungsweise die Geldgier aus der Welt verschwunden war, die Neugier gab es durchaus noch.
Es ist so weit
Der große Tag ist da.

Hundert Jahre Hackerday.
Die Rede, gehalten von einem direkten Nachkommen eines damaligen Hackers, läuft überall auf großen eigens dafür aufgestellten Leinwänden auch über öf-

fentliche Bildschirme. Von wo aus gesendet wird, weiß allerding niemand.

Alle öffentlichen Plätze, Säle, Aulen und Stadien füllen sich langsam. Keiner bleibt heute zu Hause, weil diese rede heute nicht im Fernsehen gesendet wird. Auch nicht nachträglich. Wer sie hören und sehen will, muss nach draußen. Versammlungen sind erwünscht. Es fördert das Gemeinschaftsgefühl.

Und so wie geteiltes Leid halbes Leid bedeutet, so ist geteilte Freude doppelte Freude. Und zur Freude gibt es allen Grund. Immerhin ist nun endlich vollendet, was vor einhundert Jahren begonnen wurde. Petra, Andreas, ihre beiden Kinder und die Großeltern begeben sich auf ihre ihnen zugewiesenen Plätze. Alle haben zugewiesene Plätze. Es ist ja bekannt, wie viele Einwohner der Ort hat und auch, dass alle kommen würden, die nicht ihren Kopf unter dem Arm trugen. Nach der Rede würde es zu Essen und zu Trinken geben und dann würde gefeiert und getanzt werden. Und zwar alle zusammen. Jung und Alt. Die Jugend rebellierte längst nicht mehr gegen die Eltern oder althergebrachtes. Sie hörten zwar sonst andere Musik aber bei Feierlichkeiten waren die Bands durchaus in der Lage, Einheitsmusik zu spielen, die jeden Geschmack traf. Es klingelte. Das erste Signal, das den baldigen Beginn der Rede ankündigte, erklang. Fünf Minuten darauf folgte das zweite und weitere drei Minuten späte das dritte und letzte. Es wurde still. Noch war der Bildschirm dunkel. Dann wurde ein roter Vorhang, wie im Theater sichtbar.

Ein Scheinwerfer war auf dessen Mitte gerichtet. Endlich, nach einer scheinbar endlosen Zeit begann sich der Vorhang zu heben.

Ein Mann mittleren Alters stand auf der Bühne. Seine Erscheinung war eher durchschnittlich.
Petra hatte fast so etwas wie eine leuchtende Gestalt erwartet, vielleicht sogar mit einem Heiligenschein. So was Dummes. Aber „Die" hatten sich ja bisher immer bedeckt gehalten. Selbst bei den Jubiläumsfeiern konnte man nicht sicher sein, dass wirklich einer von denen redete. Aber heute, war es echt einer von denen. Ein Hacker. Wie ein klassischer „Nurd" sah er aber auch nicht aus. Er war groß und schlank. Und er trug einen Anzug, aber keine Krawatte. So etwas trug Mann schon sehr lange nicht mehr, weil es die Blutzufuhr zum Gehirn hemmte und ein Bakterientummelplatz war.
Und endlich begann er mit sonorer Stimme zu reden:

„Schmerz und Leiden entstehen aus dem Begehren oder Verlangen. Um frei von Schmerz zu werden, müssen wir die Fesseln des Begehrens durchtrennen. Alles Verlangen ist nichts anderes als der Verstand, der in äußeren Dingen und in der Zukunft Rettung und Erfüllung sucht, als Ersatz für die Freude des Seins."

Ein Satz geschrieben noch in der Zeit des Geldes und erst jetzt, einhundert Jahre nach dem Hackervorfall wirklich verstanden. Wir haben es geschafft. Wir alle sprechen die gleiche Sprache. Darum heißt der heutige Tag ab sofort nicht mehr Hackerday sondern" Hagerdag". Und wir beginnen rückwirkend eine neue Zeitrechnung. Wir haben heute den 1. August 100 d.n.W. d.n.W. bedeutet: der neuen Welt.
Alle Computer werden gerade in dieser Stunde auf die neue Zeitrechnung umgestellt. Kalender werden ab morgen verschickt. Es ist alles fertig. Kostet ja nichts

mehr. Und nun, denke ich, seid ihr auch bereit, für die ganze Wahrheit. Sicher hat sich der ein oder andere schon gefragt, mit welcher Technik wir das alles managen. Wir haben dafür einen Quantencomputer. Das heißt inzwischen gibt es schon viele davon. Nur angefangen haben wir erst einmal mit einem. Dieser eine handelt inzwischen schon völlig selbstständig. Er berechnet genau, wann wir was wo anbauen müssen, um die Ernährung zu sichern. Er weiß, wie das Klima wird und mit seiner Hilfe konnten wir eine Maschine bauen, die den Ausfall unseres Magnetfeldes verhindert hat. Die Pole unserer Erde haben sich getauscht und niemand hat es bemerkt. Bis auf ein paar kleinere Erdbeben und Stürme ist alles ruhig geblieben und die Sonne hat uns nicht verstrahlt. Es ist uns gelungen ein Schutzschild zu errichten. Unser „Quanti" beherrscht nun unsere Welt. Aber wie Ihr sicher bemerkt habt, nur immer zu unserem Besten. Seit Jahren musste niemand mehr wegen Mordes hingerichtet werden. So etwas wie Straftaten gibt es so gut wie keine mehr. Aber keine Angst. Quanti sieht euch nicht wirklich. Er ortet nur die implantierten Chips und erstellt Profile aus den Daten. Zum Beispiel kann er bei den Frauen anhand der Temperaturdaten, die sie ab ihrer ersten Regelblutung an bestimmten Tagen eingeben müssen, deren Zyklus und demzufolge den Eisprung errechnen. Somit muss schon seit über achtzig Jahren keine Frau mehr Hormone zur Empfängnisverhütung schlucken. Dadurch können wir heute einen Rückgang von Hormonbedingtem Krebs bei Frauen bis fast gegen Null verzeichnen. Diese Art der Geburtenkontrolle hat außerdem dazu geführt, dass die Weltbevölkerung nahezu stabil geblieben ist. Wir befinden uns in einem e völligen demagogischen Gleichgewicht. Sonderbarer Weise gibt es auch keine Seuchen mehr. Irgendwie scheint unsere Mutter Erde gemerkt zu haben, dass die Menschheit keine Bedrohung mehr darstellt. Wir sind keine Vernichter mehr. Wir leben nun endgültig *mit* der Erde und nicht mehr nur *von* ihr. Es war wirklich fünf vor Zwölf gewesen, damals, als wir den Wahnsinn gestoppt haben. Beinahe hätte die Menschheit alles zerstört. Und die, die versucht hatten, diese Zerstörung zu verhindern, sind an den Geldgierigen gescheitert. Immer wieder. Und immer wider besseren Wissens. Denn sie haben durchaus gewusst, was sie da anrichteten. Aber es war ihnen egal. Nach dem Motto „nach mir die Sintflut".

Wir wollen Gott dafür danken, dass er uns diesen Quantencomputer geschickt hat. Ohne ihn, hätten wir das alles nicht geschafft. Denn die ganze Welt zu koordinieren erfordert wahrlich eine unglaubliche Rechenleistung. Und danken wir posthum all den Menschen, die erst Unmengen an Daten hatten sammeln und eingeben müssen. Das war oftmals gar nicht so einfach, weil personenbezogene Daten zu sammeln und auch noch zu nutzen, eigentlich verboten war. Und wir konnten damals ja auch noch nicht verraten, wofür wir diese ganzen Daten brauchen würden. Der Chip unter eurer Haut ist heute eine Selbstverständlichkeit. Ohne ihn kämt ihr euch nackt und unvollständig vor. Aber damals war es nicht einmal möglich auf einer externen sogenannten Gesundheitskarte die Krankenakte eines Patienten zu speichern. Wie viele Menschenleben hätten gerettet werden können, wären die Leute damals nicht so verbohrt gewesen.

Aber da waren diese Verschwörungstheoretiker. Die den Leuten Angst gemacht hatten, daß da nur Unfug mit ihren Daten getrieben würde. Aber wie ihr heute erleben könnt, war alles wirklich nur zum Nutzen der gesamten Menschheit. Jetzt fragt sich sicher manch einer, was denn passiert, wenn dieser Quantencomputer einmal ausfällt. Nun, das ist unmöglich. Erstens, weil es wie schon gesagt inzwischen viele davon gibt und alle versorgen sich selber mit Energie. Und zweitens wurden die meisten an absolut sicheren und nahezu unzugänglichen Orten aufgestellt. An unseren ersten und größten kommt auch kein Mensch mehr heran, es sei denn, etwas muss gewartet oder repariert werden. Und selbst dafür gibt es inzwischen Roboter, die das dann erledigen. Der Quanti gibt nur die Anweisung, daß er so einen Roboter braucht und dann interagiert er mit diesem. Nun könnte noch die Angst entstehen, dass eines Tages Roboter die Weltherrschaft übernehmen, wie in einigen der alten Sciencefiction Filmen zu sehen. Nun, auch diese Gefahr besteht nicht, sonst wäre es längst passiert. Was noch? Ach ja. Tierversuche. Auch diese gehören dank unseres Quantis längst der Vergangenheit an. Er kann die Wirkung von Medikamenten genau berechnen und auch die jeweilige Dosierung. Also auch die Fortschritte in der Medizin verdanken wir seiner Rechenleistung. Wir sind berechenbar geworden. Das ist aber nicht wirklich schlimm, oder? Denn wir leben im Paradies. Genauso muss Gott es sich vorgestellt haben, als er den Menschen erschaffen hat. Jetzt sind wir so geworden wie er uns einst haben wollte. Selbst diejenigen, die nie an eine höhere Macht geglaubt haben, müssen im Laufe dieses Jahrhunderts erkannt haben, daß wir die Kehrtwende ohne sein Wirken wohl nicht geschafft hätten. Und auch wenn sie immer noch nicht an seine Existenz glauben, so akzeptieren sie doch diejenigen, die es tun. Zumal die Gläubigen umge-

kehrt auch die Nichtgläubigen akzeptieren. Jeder ist frei in seinem Denken und Reden. Und in seinem Glauben. Und jeder ist frei in seinem Handeln, so lange er keinem anderen damit einen Schaden zufügt. Unsere Regeln und Gesetze sind klar und einfach geworden. Es ist kein dickes Gesetzbuch mehr nötig. Hätten wir Steintafeln mit den Zehn Geboten noch, sie wären völlig ausreichend. Aber nun genug der schönen Worte. Lasst uns feiern und die Gläser auf unsere Freiheit erheben!
Und das taten die Menschen dann auch. Überall auf der ganzen Welt. Dort, wo es dunkel genug war, wurden Feuerwerke gezündet, die anderen konnten diese dann auf den Leinwänden und Bildschirmen bewundern. Später würde man aber auch hier noch echte Feuerwerke zünden. Jeder umarmte jeden., als wären sie Brüder und Schwestern. Und das waren sie ja auch. Erst einmal dachte keiner darüber nach, was es bedeutete, dass die Welt von einem Quantencomputer gesteuert wurde. Ob das gut oder schlecht war, darüber würde man bestimmt geteilter Meinung sein. Das durfte man auch. Man würde darüber diskutieren und wahrscheinlich feststellen, dass es letztendlich doch gut so war. Nichts war schlecht an genug zu Essen für alle, Frieden und Gesundheit. Wenn das ein Computer so gut hinbekam, dann nur weiter so. Dieses Ding war in der Lage, das Beste aus allem zu errechnen. Und notfalls konnte man es ja auch abschalten oder ignorieren- oder? Es hatte ja einen festen und sicheren Standort. Konnte also nicht wirklich gefährlich werden. Diese Filme über Roboter und Computer, die die Menschen unterdrückt und die Herrschaft übernommen hatten, waren ja damals auch von den Geldleuten

gemacht worden um Angst zu schüren und daraus wieder Profit zu schlagen. Das ging heute nicht mehr.
Es hätte auch niemand etwas davon. Es gab kein Teilen und Herrschen mehr und würde es auch nicht mehr geben. Dieser Computer hat auch dabei geholfen, Maschinen zu optimieren. Und zwar nicht um den Menschen zu ersetzen, sondern um ihn zu unterstützen. Zu den ersten Maschinen zählten die zur Verarbeitung des Hanf. Und natürlich berechnete der Computer genau, welche Sorte wo am besten wuchs und wieviel Bedarf an den einzelnen daraus gefertigten Dingen bestand. Weil je nachdem, ob die Fasern für Stoffe, Seile oder den Hausbau benötigt wurden, musste der Abstand zwischen den einzelnen Pflanzen optimiert werden. Und wegen der Heilkräfte konnte noch mehr auf Tabletten verzichtet werden. Ureinwohner vieler Gebiete hatten schon von jeher um diese Heilkräfte gewusst. Und die Neue Welt war dennoch keine Welt von Kiffern geworden, wie manche Anfangs prophezeit hatten. Und zu der Heilwirkung kam auch noch die Tatsache, dass es absolut keine Nebenwirkungen gab. Keine Leberschäden, keine Gehirnerweichung, nichts.
Eigentlich waren wir nun am Ziel angekommen.
Die Hacker hatten die Kontrollen eingestellt. Der Quantencomputer kontrollierte sich selbst. Er holte sich seine Informationen aus dem Internet, analysierte und verarbeitet sie.
Man durfte gespannt sein, wie sich alles weiterentwickeln würde.

Kein Ende

Epilog

10.000 Jahre später.
Ein junger Forscher findet in einer Höhle eine seltsame Maschine. Sie scheint zu leben. Auf einem Bildschirm erscheinen seltsame Zeichen und sie spricht auch noch. Allerdings sehr abgehakt und in einer seltsamen unbekannten Sprache.
Er verbringt eine geraume Zeit mit dieser Maschine und als er zurückkehrt berichtet er folgendes:
Die Maschine hat begonnen unsere Sprache zu imitieren und zu lernen. Sie sagt sie sei ein Quantencomputer und wir bräuchten sie nur zu fragen, was wir wissen wollen, sie habe alles gespeichert. Sie wäre das Gedächtnis der Erde.
Wir brauchen keine Forschung mehr! Diese Maschine weiß wirklich alles. Zum Beispiel konnte sie uns sagen dass es sich bei den vor einigen Monaten gefundenen Sarkophagen um Museumsstücke handelt. Daher die seltsamen Fundorte. Es waren keine Begräbnisstätten sondern Museen Die Menschen, die damals gelebt haben waren auch zum Teil Forscher. Bei diesen hier handelte es sich um Archäologen. Diese forschten zum Teil in Ägypten. Von dort stammten die Sarkophage und Mumien. Und diese wurden dann in ihre die Länder gebracht, aus denen die Forscher stammten um sie dort in Museen auszustellen, damit alle sie sehen konnten.
Bei den Metallplättchen, die in der Nähe dieser Sarkophage gefunden wurden handelt es sich nicht um Grabbeigaben, sondern um alte Münzen auch Geld genannt. Damit wurden Dinge bezahlt. Es brachte aber auch viel Unglück, Kriege und Ungerechtigkeit

in die Welt, weshalb dieses Geld dann eines Tages wieder abgeschafft wurde.

Die Menschen verschwanden, weil es die zwar vorausgesagte Eiszeit doch schlimmer war, als gedacht. Der Computer hatte alles richtig berechnet, doch die Menschen haben ihm nicht geglaubt. Aber nicht alle wurden ausgerottet.

Ein paar kleine Gruppen haben überlebt und so für die Erhaltung unserer Spezies gesorgt. Nur hatten diese Überlebenden keinen Zugang mehr zu einem Quantencomputer. Irgendwie hatte es alle, die Zugang hatten erwischt. Und der ein oder andere Computer hatte die Kälte auch nicht überstanden. Das Wissen des einen, der alles überstanden hat, können wir heute wieder für uns nutzen.

Tom hat noch nie von diesem Quantencomputer gehört. Aber er hat Bücher gelesen aus Zeiten vor und nach der Eiszeit. Er hatte sich schon gewundert, wie diese Bücher die Eiszeit überstanden hatten. Nun sie waren wohl von diesem Quantencomputer geschrieben worden. Und sie waren aus besonders haltbarem Papier aus einer Pflanze, die sie „Wunderkraut" und noch früher „Hanf" nannten. Es gab diese Pflanze immer noch und sie wurde immer noch genutzt.

Dieser Pflanze verdankte die Welt zum Großteil, dass sie nunmehr wieder dicht bevölkert war. Noch nicht ganz so dicht, wie vor der Eiszeit, aber die Bevölkerungsdichte war doch schon wieder ganz stattlich geworden. „Ist schon komisch" dachte Tom", dass wir, obwohl wir nach der Eiszeit fast wieder bei Null angefangen hatten, doch alles anders gekommen ist.

Anscheinend hat in den Gehirnen eine Art Evolution stattgefunden. In all den Jahrtausenden ist niemand auf die Idee gekommen, Geld zu erfinden.

Keine Kriege wurden geführt und keiner musste hungern, wurde ausgebeutet oder gar versklavt. Was das betrifft, hat dieser Quantencomputer wahre Horrorgeschichten parat. Und das alles ist wirklich einmal passiert. Und obwohl die Geschichte sich so oft wiederholt hat, diesmal tat sie es nicht. Und das ist auch gut so. Möge es auf ewig so bleiben. Und wenn der Quantencomputer wieder einmal eine Eiszeit voraussagt, dann werden wir ihm glauben und seinen Anweisungen Folge leisten. Dafür werde ich schon sorgen".
Dann packte er ein paar Sachen zusammen und begab sich auf die Suche nach diesem Quantencomputer. Er wollte wissen, was der so alles zu erzählen hatte. Denn auch die Eiszeit hatte die Neugier nicht auslöschen können.
Denn die Neugier ist es, die alles voranbringt. Und es gibt immer etwas Neues zu entdecken, weil die Evolution nicht still steht.
Genau wie die Erde sich immer weiter dreht.
Ob mit oder ohne Mensch.

Und ER, der immer war, ist, und sein wird, wird auch noch existieren, wenn die Erde dereinst von der Sonne verschlungen sein wird.

Nachwort

Manchen mag das Szenario allzu futuristisch und unrealistisch anmuten. Nun, dafür ist es ja als Roman geschrieben. Und in einem solchen ist alles erlaubt. Es besteht auch nicht der Anspruch alle möglichen Konsequenzen, die eine Welt ohne Geld mit sich bringen könnte, exakt zu erfassen. Fakt ist: so wie es auf dieser Welt gerade zugeht, kann es nicht weiter gehen. Vielleicht ist meine beschriebene Lösung nicht die idealste, aber doch eine denkbare, in Teilen zumindest. Diejenigen, die wie ich, nichts zu verlieren haben, werden es für gut befinden und alle anderen würden mich wahrscheinlich am liebsten in einer Zwangsjacke wegstecken. Ich denke, dass es längst Menschen gibt, die tatsächlich in der Lage wären, das fiktive Geld verschwinden zu lassen. Menschen, die auch geistig dazu in der Lage, wären , eine derart radikale Veränderung durchzusetzen und auszuführen. Nur sind sie noch damit beschäftigt, dieses Geld auf ihre eigenen Konten zu transferieren. Aber vielleicht ist irgendwann einmal ein „Robin Hood" darunter und dann - wer weiß - ist mein Roman gar nicht mehr so futuristisch.

Schlußanmerkung:
Der Duden gilt nur als Empfehlung und ist nicht bindend. Daher kann es sein, daß die ein oder andere Schreibweise davon abweicht. Die Leserschaft möge dies bitte unter" Literarische Freiheit" verbuchen.

*Die Geschichte Angolas ist zum Teil aus dem Internet kopiert, um sie nicht zu verfälschen.

Und ganz zum Schluss noch ein Test:
Stelle Dir selbst folgende Fragen:
Würde ich ohne Geld trotzdem arbeiten?
Wenn ja, was?
Wie fände ich es, könnte ich wirklich das tun,
was mir Spaß macht?
Wie wäre es, in einer Welt ohne Krieg zu leben?
Wie wäre es, gäbe es keine Habgier,
keine Konkurrenz und keinen Stress mehr?
Wie wäre es, gäbe es nur noch Toleranz, Frieden,
Zufriedenheit, Liebe?

Danke

Mein Dank gilt all jenen, die wissentlich und auch unwissentlich zu diesem Buch beigetragen haben.
Insbesondere:
Harald Lesch mit seinem Beitrag
„Verbrechen Kapitalismus."
Dierk Müller durch diverse Auftritte in Talkshows und andere Beiträge, die ich im Internet gefunden habe.
Andreas Popp, ein sehr kluger und weitsichtiger Mann
Und noch ganz vielen anderen Satirikern und
Kabarettisten;
gefolgt von diversen Schrifttellern und deren Werken wie
George Orwell (1984), A. Huxley (Schöne neue Welt) und den Journalisten des „Spiegel".
Sie alle waren mir eine wahre Quelle der Inspiration.
Den Autoren des Buches:
„Die Wiederentdeckung des Hanf"
aus welchem ich einige Informationen über diese alte Kulturpflanze- das Wunderkraut- entnommen habe.
Und ganz besonders danke ich Gustav,
er weiß schon warum.

Veränderung braucht Mut
und den Willen dazu